이강백 희곡전집

천구백팔십년부터 천구백팔십육년까지의 작품들

세 번째 묶음

이강백 희곡전집

천구백팔십년부터 천구백팔십육년까지의 작품들

세 번째 묶음

평민사

이강백 희곡 전집
세 번째 묶음
차례

지은이의 머리글
1980년부터 1986년까지의 작품들에 대하여

이 책 제3집에 수록한 다섯 편의 희곡들은 1980년부터 1986년까지 일곱 해 동안에 쓴 것이다. 거의 일 년마다 한 편씩의 희곡을 쓴다는 것은, 일단 질적인 문제를 떠나서 양적으로 많다고 할 수 있다. 좀 더 시간을 들여서 가다듬었더라면 좋은 작품이 될 수 있을 것 같은 아쉬움도 있는 반면, 무엇인가 쓰고자 하는 열정이 식으면 상실해 버릴 수도 있었던 것을 형상화해 놓았다는 안도감도 있다.

80년대에 들어와서 쓴 내 희곡들과 지난 70년대에 쓴 내 희곡들을 비교해 본다면 유사점과 상이점이 있다. 먼저 유사점을 지적한다면, 80년대의 희곡 역시 불의라든가 악 또는 권력의 횡포를 비판하고 저항한다는 점에서는 달라진 것이 없다. 그것은 80년대에 들어와서도 나 자신을 둘러싸고 있는 상황이 변하지 않았음을 의미하기도 하고, 그러한 상황에 종속되어 나 자신을 주체적으로 확대시키는 일에 미흡했음을 의미하기도 한다.

80년대는 '상황과 인간(개인)'이라는 관점에서 매우 중요한 시기이다. 70년대의 경우, 상황과 맞선 개인이 비록 좌절을 겪더라도 그 자신이 왜소(矮小)하다는 느낌은 전혀 없었다. 그러나 80년대는 상황과 맞선 개인이 지극히 무력하고 보잘것없다는 느낌을 씻을 수 없다. 그래서 개인이 갖고 있는 존엄성과 존재적 가치를 성장시키고 확대하는 것이 상황을 근본적으로 변화시킬 수 있으리라는 희망을 낳게 하였으며, 그러한 희망을 가진 사람들의 작업이 80년대 후반에는 구체적인 모습으로 나타나리라 기대된다.

70년대의 내 희곡들과 80년대 전반기의 내 희곡들의 상이점은, 지금까지의 고착된 틀로부터 벗어나려는 몇 가지의 시도가 발견된다고 할 수 있다. 예를 든다면 관념극을 탈피하기 위해 실제 생활로부터 소재를 택한다든가, 설화(說話) 또는 신화적 요소에 착안한다든가 하는 것이 예전과는 다른 시도였다. 하지만 그러한 시도가 충분히 눈에 띌 만한 것인지는 아직 평가할 단계가 아닌 것 같다. 80년대 후반기에 씌여질, 아직은 나 자신도 모를 작품들이 모습을 드러낼 때까지 상이점에 대한 평가는 보류해 두는 것이 좋겠다.

「족보」는 80년대에 들어와서 쓴 첫 희곡으로서, 시간이 변하여도 상황은 개선되지 않는 이유를 규명해 보려는 의욕을 갖고 쓴 것이다. 만약 우리에게 죄의식(罪意識)이 있다면 아무렇지도 않게 똑같은 죄악을 반복해서 저지르지는 않을 것이라는 생각이 이 작품을 낳게 하였다. 그 당시 우연히 읽은 어떤 잡지에서 한국인은 체면의식이 있을 뿐이지 죄의식은 없다는 글을 읽고 상당히 큰 충격을 받았다. 기독교 문화가 죄의식을 바탕으로 해서 생겨났다는 점에 비추어, 사람이 죄의식을 갖는 것이 좋으냐 갖지 않는 것이 좋으냐 하는 선택을 하라면 나는 죄의식을 갖는 것이 개인의 발전이나 사회의 발전을 위해 좋다고 생각한다. 그러면서도 나 자신부터 그러한 긍정적인 의미의 죄의식을 갖고 있느냐는 점에는 회의적이다.

어쨌든 「족보」는 "죄의식을 가져라"라고 외치고 싶은 심정에서 80년 봄부터 가을에 걸쳐 썼다. 이 희곡은 다음해 81년 9월 12일부터 17일까지 문예회관 대극장에서 〈극단 자유극장〉에 의해서 공연되었다.

김정옥(金正鈺) 선생이 연출하고 김금지(金錦枝), 장건일(張健一), 박웅(朴雄), 오영수(吳泳洙), 양진웅(梁辰雄), 권병길(權炳吉), 김정(金貞) 씨 등이 출연했던 「족보」는 〈극단 자유극장〉 특유의 군더더기 없이 깔끔한 공연을 보여주었다.

연극평론가 한상철(韓相喆) 선생은 『주간조선』(81년 9월 27일) 연극관에서 그 공연을 다음과 같이 평하고 있다. "출입구의 골격만 세운 장치, 의자 넷만이 놓인 무대, 이것은 관념을 의인화(擬人化)한 서양 중세 도덕극의 단순화를 재현시킨다. 사실적 일상성과 디테일을 제거한 이 극과 연출은 그같은 단순화를 통해서 양식(樣式)과 톤의 통일성을 획득하고 있다. 그러나 때로 지나치게 단순한 나머지 주제의 깊이와 폭이 좁아드는 결함을 노정시키기도 있다. 이 극의 교훈이 보다 충격적으로 표출되지 못한 이유의 하나로 바로 그같은 지나친 단순화와 도식화에 있다. 그러한 결함은 자칫하면 이 극을 신문 연재 만화로 타락시킬 가능성도 있다. 그러나 이번 공연은 그러한 타락은 건져내고 있다. 그것은 이 극에 엄격한 예술적 규율이 어느 정도 있었기 때문이다. 만약 2막에서 자식들이 재산을 보호하고 보다 많은 재산을 자기 것으로 하기 위해서 벌이는 갖가지 술책들이 적절히 통제되지 않았다면 마치 어린애들의 황당한 장난을 보는 듯했을 것이다. 사실 그 장면은 1막에서의 엉뚱하지만 진지한 표정과는 다른, 매우 희극적인 톤으로 일관된다. 그것은 물론 비극적인 인간희극(人間喜劇)에 방불하다. 그러나 이강백은 그들의 희극성에 강했지만 그것의 비극적 음영을 드리우는 데는 약했었다. 반면에 김정옥은 2막의 톤을 1막의 그것과 구별치 않고 계속 심각한 표정으로 일관했기 때문에 어리석고 파렴치한 인간들의 희극을 즐길 수 있는 쓰디쓴 웃음을 빼앗아갔다. 특히 아쉬운 것은 그럼으로써 맏아들이 목매는 장면의 대조적 효과가 강하게 살아나지 못한 점이다." 이렇게 길게 인용한 것은 「족보」가 희곡으로서 갖고 있는 문제점 및 무대 형상화에 있어서의 문제점을 명확하게 지적하고 있다는 공감과 함께, 앞으로 이 작품이 다시 공연될 경우 참고하도록 하기 위함이다.

「쥬라기의 사람들」은 81년에 우리의 살아있는 생활에서 소재를 택하여 쓴 작품이다. 특히 그 당시는 사북사태라는 큰 사회적 사건이 일어난 후여서 광부들의 삶에 대한 관심이 드높아 있던 때였다. 그러나 나는 광부들의 열악한 작업 환경이나 삶의 비참함을 사실적으로 묘사하기보다는 오히려 그러한 삶의 현실에 대처하는 여러 인물들의 입장을 부각 · 대조시키는 데 중점을 두었다.

「쥬라기의 사람들」은 82년 10월 7일부터 12일까지 문예회관 대극장에서 〈극단 산울림〉에 의해 공연되었다. 무대 위에서 배우의 걸음걸이까지 정확하게 자(尺)로 잰다는 치밀하고 엄격한 임영웅(林英雄) 선생이 연출을 하였고, 전무송(全茂松), 이호재(李豪宰), 이주실(李周實), 주호성(朱虎聲), 조명남(趙明男), 박웅(朴雄), 이도련(李度鍊), 연운경(延雲景), 신영희(申英姬) 씨 등 우리 무대의 가장 든든한 배우들이 참여하여 막을 올린 「쥬라기의 사람들」은 대단한 호평을 받았다. "갱 폭발이라는 하나의 사건을 중심으로 그것을 둘러싼 13명의 인물—사고를 얼버무리려는 사무소장, 허위 증언을 요구받는 주인공, 사고로 죽은 광부의 환영(幻影), 노조 지부장의 직위를 노리는 광부, 국민학교 교사 등이 취하는 각기 다른 입장들은 이 작품에 마치 깎인 유리돌과 같은 다면체(多面體)의 이미지를 부여한다. 또한 그 다면체는…… 수학적일 정도로 면밀하게 계산된 칼솜씨에 의해 깎아졌다. 따라서 이 작품은 탄광촌이라는 개별적 상황을 넘어선 우화적 보편성을 획득할 수 있었던 것이다."(82년 10월 12일, 『한국일보』)라고 연극평론가 김방옥(金芳玉) 씨는 말하였고, 연출가 겸 평론가 정진수(鄭鎭守) 씨는, "극의 탄탄한 구성과 바둑판처럼 교묘하게 짜여진 플롯과 치밀하게 계산된 인간관계 및 세련된 대사와 피부로 느껴지는 상징성, 효과적인 나레이션 등…… 우리 시대의 뼈아픈 알레고리

(寓意)로 만들어 주었으며 세계 무대에 내놓아도 빠지지 않을 수작.”(82년 10월 12일, 『서울신문』)이라고 극찬하였다. 그런가 하면 또한 다른 견해가 있었는데, 연극평론가 이상일(李相日) 선생은 「쥬라기의 사람들」이 “작가나 연출의 구체적 변신은 파악되지 않는다.”(82년 10월 12일, 『동아일보』)라고 하였었다.

「쥬라기의 사람들」에 얽혀 있는 한 가지 에피소드를 말하고 싶다. 희곡을 무대화하는 데 있어서 연출가와 극작가의 충돌은 흔한 일이지만, 임영웅 선생은 에베레스트산처럼 꿈쩍도 하지 않아서 나는 몹시 화를 내며 연습장의 문을 박차고 나가 버렸었다. 임선생은 제13장을 빼라는 주장이었고 나는 그것을 넣어야 한다는 주장이었다. 이렇게 문제가 된 13장은 이질적인 요소가 매우 강해서 전체적인 흐름의 맥을 끊어버린다는 것이 임선생의 의견이었고, 나는 제13장이야말로 이 극의 가장 상징적인 장면이므로 꼭 넣어야 한다는 고집이었다. 그런데 내 고집이 달걀만하다면 임선생의 고집은 아까 말한 대로 에베레스트산 같아서, 달걀로 태산치기였다. 처음엔 도저히 납득할 수 없는 일이라고 분개도 하고, 속상한 마음을 달래고자 온갖 짓을 다 해도 안 되더니, 차츰차츰 시간이 지날수록 그 사건은 나에게 매우 아름답고 가치있는, 인생에 있어서 결코 잊을 수 없는 귀중한 의미를 가진 추억으로 변하였다. 물론 현재도 임선생의 주장이나 나의 주장이 변한 것은 없으나, 그 변하지 않는다는 것이 임선생에 대한 나의 존경을 손상시키기는커녕 배가시키고 있다.

「호모 세파라투스」는 76년부터 틈틈이 쓰기를 계속하다가 83년 봄에 완성한 희곡이다. 나로서는 가장 오랜 시간과 정성을 들였는데, 지금도 어딘가 손질을 더하고 싶은 미련과 애착이 남아 있다. 우리 나라 사람이라면 그 누구나 분단 상황에 고통을 겪으며 살고 있고, 그러한 고통을 뛰어난 예술작품으로 승화시킨 소설이나 시는 많이 있다. 그러나 희곡의 경우는 드문 것 같다는 평소의 생각과, 나뉘어진 상황이 오래 갈수록 교묘히 이용당하고만 있다는 울분이 이 작품을 쓰도록 만들었다.

「호모 세파라투스」는 83년 9월 30일부터 10월 5일까지 〈극단 실험극장〉에 의해 문예회관 대극장에서 공연되었다. 연출은 패기에 찬 윤호진(尹浩鎭) 씨가 맡았으며, 출연진은 오현경(吳鉉京), 반석진(潘奭鎭), 채희재(蔡喜在), 이승호(李承鎬), 이한승(李翰承), 강태기(姜邰起), 서학(徐鶴), 원근희(元根喜), 문용철(文龍喆), 정혜나(鄭慧那), 차유경(車柔庚) 씨로서 〈극단 실험극장〉의 기라성 같은 배역이었던 이 공연은 희곡에서부터 연출이나 연기·장치 모두가 지나칠 정도로 기교적이었다는 의견과, 다루기 힘든 주제를 재치있고 깨끗하게 무대화했다는 의견이었다. 어쨌든 「호모 세파라투스」 공연은 사실주의 연극적 입장에서는 일종의 넌센스라고 보았던 것 같다. 그러나 나에게 「호모 세파라투스」를 변호하라고 한다면, 나는 이 작품은 처음부터 사실적으로 복사할 생각은 전혀 갖지 않았으며, 오히려 연극이 사실의 복사적 기능밖엔 없는 것이냐고 반문하고 싶다.

「호모 세파라투스」는 연합통신사 편집위원 고명식(高明植) 선생이 영문(英文)으로 번역하여 유네스코 한국위원회에서 발간하는 영문 월간지 『코리아 저널』 84년 1월호와 2월호에 게재하였다. 그리고 이 번역된 원고는 같은 해 베네주엘라 국제극예술협회(ITI)가 주최하는 제3세계 희곡 경연대회에 보내졌다. 그 결과는, 15개국 37편의 출품작 중에서 1등상은 남미(南美) 극작가 알베르토 로렌스키의 「라 라르가 로헤」(La Larga Locke)에 돌아갔고, 「호모 세파라투스」는 그 다음 다섯 편의 특별상 가운데 하나로 선정되었다.

「봄날」은 84년 봄에 썼고 같은 해 9월 28일부터 10월 3일까지 문예회관 대극장에서 〈극단 성좌〉에 의해 막을 올렸다. 연출가 권오일(權五鎰) 선생과 출연진 오현경(吳鉉京), 박웅(朴雄), 이승철(李承哲), 하상길(河相吉), 이일섭(李一燮), 이호성(李虎聲), 김익태(金益泰), 장순천(張順天) 씨가 합심하여 훌륭한 앙상블을 이루었다.

연극평론가 유민영(柳敏榮) 선생은 『주간조선』(84년 10월 21일)에서 「봄날」에 대해, "그는 과거에 쓴 작품들보다도 더 상징과 은유로써 작품을 끌고 갔다. 그러나 작품을 자세히 들여다보면 단순한 노인(아버지)의 삶이나 젊은이(자식)들과의 상극만이 아닌 더 큰 표적을 향해 있음을 알 수 있다. 즉 그는 절대권력과 짓밟힌 민중의 저항이라는 권력 메카니즘을 투영하고 있다. 그만큼 작가의 의도가 아주 저 멀리 숨겨 있는 것이다. 그런데 이번 작품의 경우 하나의 설화적(說話的) 세계를 설화 세계로 그치게 하지 않으려고 사이사이에 현실을 삽입시켰던 그것이 오히려 시적 환상극인 「봄날」을 격하시켰고 미의식을 흐트려 놓고 있다."라고 평하였다. 여석기(呂石基) 선생은 『객석』(84년 11월호)에서, "이 작품이 갖는 설화적 바탕은 일련의 메타포를 통해 봄날의 이미지를 정착시키는 데 그치는 것이 아니라, 부성과 모성(맏아들 대행), 아비와 자식, 노년과 젊음, 소유와 박탈 사이의 갈등을 상징화시켜 놓는 데 성공하였다. 거기에다 설화를 현실에 연결시켜 주기 위한 서사극적 기교마저도 작가는 잊지 않고 구사하고 있으나 이것이 작품의 효과를 높여 주었는가에 대해서는 적지아니 의문을 남기고 있다."고 하였다. 또한 연극평론가 김문환(金文煥) 씨는 『문학사상』(85년 4월호)에 「봄날」에 대해 장문의 평론을 게재하였는데, 그 가운데에서 "일종의 원형(prototype)의 암시를 통한 정치극을 시도한 것으로 읽혀지는 이 희곡이 서사극 기법을 차용한 것은 어쩌면 당연하다 할 것이다. 여기에서 말하는 서사극적 기법이란 작가 자신이 말한 대로 위의 줄거리와 함께 이 희곡 형식이 갖는 이중 구조를 구성하는 또 하나의 요소, 즉 그 줄거리의 장면과 장면 사이에 봄에 대한 시, 그림, 영화, 연주, 속요, 산문, 약전(藥典), 편지 등을 일컫는다. 그러나 이러한 요소들이 본래의 서사극적 기법과는 다른 목표를 가지고 활용됨에 따라 이 희곡은 그것이 내재적으로 지니고 있는 정치극으로서의 성격을 가리고 말았다. 작가는 이러한 삽입요소들을 '동녀풍속이 갖고 있는 설화적 요소를 좀더 실제적으로 가깝게 표현하기 위해서' 구사했다고 말한다. 만일 그렇다고 한다면, 이는 서사극이 아니라 하나의 낭만주의 연극이 되고 만다. 왜냐하면 우리가 서사극적 기법이라고 통칭한 '범상한 것을 비상하게 만드는 기법', 브레히트 식으로 표현해서 '소격효과'를 노리는 기법이 여기에서는 낭만주의 예술의 특징인 '쾌적한 방식으로 의아하게, 즉 어떤 대상을 낯설게 하면서도 실상은 잘 알려지고 매력이 있는 것으로 만드는 것'을 위해 구사되고 있기 때문이다."라고 「봄날」의 형식에 대한 문제점을 지적하였다.

　이상 네 편의 희곡들, 「족보」, 「쥬라기의 사람들」, 「호모 세파라투스」, 「봄날」은 대한민국 연극제와 떼어놓을 수 없는 관계를 갖고 있다. 이 희곡들은 제5회(81년)부터 제8회(84년)까지 4년 동안 계속해서 연극제에 선정되었다. 대한민국 연극제의 성격이나 운영 방법에 대한 여러 가지 다른 견해가 있을 수 있겠으나, 극작가에게 보다 좋은 희곡을 쓰도록 유도하는 유일한 제도적 장치라는 점에는 아무도 이의가 없을 것이다.

　「비옹사옹(非雍似雍)」은 86년 가을에 서울에서 열릴 아시안 게임 문화

행사의 하나로 공연될 희곡이다. 문예진흥원의 위촉에 의해 쓴 이 작품은 85년 여름부터 가을까지 썼으며 〈극단 국립극장〉의 상임 연출가 이승규(李昇珪) 씨가 무대에 올릴 예정이다.

우리의 정서를 바탕으로 다른 나라 사람들도 공감할 수 있으려면 우리의 고전(古典) 중에서 희곡의 소재를 가져오는 것이 좋을 것 같았다. 그래서 여러 가지 구비문학적 고전들을 검토하다가 옹고집전(雍固執傳)을 택하였다. 남에게 인정사정없고 오직 자기 자신만의 이익을 위해 사는 사람을 옹고집 같다고 부를 만큼 우리 민족이 만들어낸 개성 있는 인물이 옹고집이다. 더구나 옹고집에게 흥미를 느꼈던 것은 자기 소유(所有)에만 집착하면 가짜 옹고집이 나타나서 진짜 옹고집을 몰아낸다는 소유의 분열 증세에 있다. 진짜 옹고집과 가짜 옹고집의 싸움은, 옹고집 자신의 분열뿐 아니라 옹고집을 둘러싸고 있는 소유지향적 사회 환경의 분열이라는 점에서 소유지향적 사회가 된 우리의 고전 중에서도 현대적 해석이 가능한 탁월한 작품이다.

그러나 고전을 재해석해서 작품을 쓰는 경우 등장인물의 독특한 개성, 다시 말해서 모든 사람들의 마음속에 고정되다시피 자리잡고 있는 그 인물의 개성을 그대로 놓아둘 것이냐 아니면 철저히 파괴해서 재창조할 것이냐에 갈등이 있다. 고정된 인물의 개성을 그대로 둔다면 사실상 재해석의 의미가 없고, 철저히 파괴해서 재창조한다는 것은 고전의 인물과는 전혀 다른 모양이 되기 때문이다.

이 책 제3권의 희곡집까지, 내가 지난 15년 동안 썼던 모든 희곡들이 세 권의 전집에 수록되어 출판되었다. 82년 겨울 제1집의 출판 때 평민사(平民社)의 발행인이었던 김종찬(金鐘贊) 씨가 시작해 준 이 일이 현재의 이갑섭(李甲燮) 씨의 적극적 호의와 도움에 의해 이어져 오고 있으며,

내가 살아있는 동안 쓰게 될 모든 희곡을 계속해서 출판하겠다는 굳은 약속은 그 어떤 격려보다 크게 작용하고 있다. 책이 나올 때마다 기뻐해 주는 연극인들과 직접 이 책을 만드는 일에 수고해 주는 분들께 감사한다.

족보

· **등장인물**
부친
모친
종험(長男)
종진(次男)
종소(三男)
종희(四女)
남자
소년

제1막

무대 어둠. 아무것도 보이지 않는다. 부친과 모친의 목소리만이 들려온다.

부 친   더듬어! 더듬으라구!

모 친   (불만에 가득 차서) 어두워요.

부 친   조심해! 여긴 발판 한 개가 빠졌군.

모 친   왜 자꾸만 지하실로 끌고 가는 거예요?

부 친   당신에게 꼭 보여줄 것이 있지!

모 친   여보, 우리 밖으로 나가요.

부 친   더듬어! 더듬어야 내려갈 수 있소!

사이.

모 친   (비웃듯이) 당신, 어쩜 그렇게 잘 더듬죠? 머리에 더듬이라도 달렸어요?

부 친   나는 자주 이곳에 내려오거든.

모 친   (애원하며) 제발…… 나갑시다.

부 친   더듬으라니까!

모 친   (화가 나서) 벌레 같으니라구!

부 친   방금 뭐라고 했소?

모 친   벌레 같다구 했어요! 왜요? 틀린 말을 한 거예요?

부 친   아니지, 당신은 언제나 그렇게 나를 멸시해 왔는걸. 고상한 생각, 우아한 태도, 그런 건 당신이 도맡아 했구, 온갖 비열하며 추악한 것은 내가 다 했었지. 하지만 여보, 난 당신도 못된 짓을 했다는 증거를 갖고 있소. 당신과 나 사이에 태어난 자식들, 그 하나하나의 얼굴이며 성격이 나하고는 전혀 닮지를 않았거든. (격앙되려는 감정을 억누르며) 여보, 당신을 책망하려구 그런 증거를 댄 건 아니오. 다만 나는 당신이 평소에 나를 어떻게 대접해 왔는지 말해 본 것뿐이지.

사이.

부 친   찾았소.
모 친   (침묵)
부 친   석유등이야.
모 친   겨우 그거예요? 어둠 속을 온통 더듬고 돌아다니더니?
부 친   불을 켜기 전에 주의를 주지.
모 친   놀라지 말라, 그런 친절하신 충고를 하실 건가요?
부 친   얼마든지 놀라도 좋소. 다만 고함을 지르지 않도록. 알겠소? 위에는 자식들이 넷이나 있구 당신이 고함을 질러대면 몰려오겠지. 하지만 그런 번잡스런 짓은 맙시다. 고상하고 우아하게, 언제나 당신답게, 품위를 잃지 말고 내가 보여주는 것을 보구려. 자, 그럼 불을 켜겠소. (성냥을 그어 석유등에 불을 붙인다. 석유등을 들고 어둠 속을 가리키며) 사방을 둘러보구려. 여긴 우리 집안의 족보와 선조들의 기록이 쌓여 있소.
모 친   (얼굴을 찌푸리며) 어휴, 썩는 냄새!
부 친   썩는 건 당연하지. 원체 우리 선조들의 삶이 깨끗하질 못했으니까…… 어느 것이든 꺼내 보지 않겠소?
모 친   아뇨, 흥미없어요.
부 친   (어둠 속에서 두툼한 일기장을 꺼내 오며) 이건 내 일기요.
모 친   실망했어요. 좀더 비밀스럽고 무서운 걸 보여주지 않구서…….
부 친   어디 한군데 읽어 봅시다. (일기장을 펼친다.) 음…… 우리가 처음 만났을 때구려. 당신은 처녀 시절 낭비벽이 심했다구 적혀 있군. 그 때문에 많은 빚을 지고 있었구. 그래서 물건을 경매 하듯 당신 스스로를 팔겠다 내놨었소.

모 친   경매라뇨? 난 나의 아름다움에 자신이 있었던 거예요!

부 친   그러나 그 아름다움은 엄청나게 많은 돈을 요구했어! 파리떼 처럼 남자들이 모여들었구…… 결국은 그 경쟁에서 내가 이겼 소. 하지만 여보, 그렇게 해서 우리들이 결합했다는 것은 이 세상에서 가장 악질적인 두 인간이 어울려서 수많은 죄를 저 질렀다는 결과를 빚었소.

모 친   이제 와서 그게 무슨 말씀이시죠? 당신 주장대로라면 내가 못 된 짓을 시킨 셈이군요.

부 친   그렇소.

모 친   오, 그래요? (치마자락을 털어내며) 이 벌레 좀 봐! 비열하게 치 마 속으로 기어들다니!

부 친   당신을 만난 그 처음부터 지금까지 내 인생은 비열한 범죄로 가득 차 있소. 이 일기의 그 어디를 펼쳐 보든지…… (아무 곳이 나 펼친다.) 그 범죄의 기록들을 읽을 수가 있소. 이건 목매달아 죽은 남자의 기록이군. 선량하고 덕망있는 사람이었지. 그런 데 나의 교묘한 수법에 재산을 빼앗기고 평화롭던 가정마저 파탄되자 기다란 밧줄로 목을 매구 죽었소. 기억할 수 있겠소, 그 남자를?

모 친   내가 어떻게 알아요, 당신 때문에 죽은 사람을!

부 친   말은 똑바로 합시다. (일기장을 가리키며) 여기에 적혀 있는 수 많은 사람들은 그 모두가 당신 때문에 고통을 당했던 거요!

모 친   뒤집어씌우지 말아요!

부 친   이럴 줄 알고 일기를 썼던 거지! 나는 이 일기에 그동안 긁어 모은 재산의 목록과 사람들의 이름을 빠짐없이 적어 놨소.

모 친   (냉소적으로) 그래서요? 박수라도 쳐 드릴까요?

부 친   나는 사람들에게 내 일기를 공개할 거요.

모 친 (박수를 치며) 정말 기특하셔라!

부 친 거리마다 돌아다니며 큰소리로 읽겠소.

모 친 (화가 나서) 여보, 지금 무슨 말씀을 하시는 거예요?

부 친 당신은 나를 사랑하지 않았어. 더구나 나를 속였으며, 내 피가 섞이지 않은 자식들을 낳아서 이젠 내가 모은 재산마저 상속시키려 하구 있소.

모 친 오해예요! 모두 다 당신의 자식인 걸요!

부 친 오늘 아침, 병원으로부터 최종 결과를 통보받았지. 역시 불치의 병이더군. 앞으로 몇 달을 살지 알 수 없는 형편에…… 유감이겠지만 당신한테 이런 말을 해야겠소. 재산은 단념하구려. 당신이나 당신의 자식들에겐 단 한 푼도 남겨줄 수 없소. 그 재산은 내가 빼앗았던 사람들에게 되돌려 주겠어!

모 친 설마…… 진정은 아니시겠죠?

부 친 여보, 애원해 봐야 소용없소. 나에겐 이제 죽음이 임박해 왔구, 당신에게는 캄캄한 절망이 닥쳐 온 거야. 자, 그럼 불을 꺼야겠소. (석유등의 불을 꺼버린다.) 더듬어! 벌레처럼 잘 더듬어야 이 어둠 속을 나갈 수 있어!

무대 어둠. 서서히 밝아진다. 네 명의 자녀들이 모여서 의논을 하고 있다.

종 진 (종험에게) 어떻게 하실 겁니까, 형님?

종 소 (재촉하며) 대책을 세워야죠, 대책을!

종 진 아버지께서 왜 그러시는지 모르겠습니다. 거리마다 돌아다니시며 우리 집안의 모든 재산이 온갖 더러운 방법으로 모은 거라고 외쳐대고 계시니…….

종 희 깜짝 놀란 건 사람들이죠!

종 진 바로 그게 문제야. (종험에게) 형님, 이대로 가만있다가는 분명히 험악한 사태가 벌어질 겁니다.

| 종 험 | 나두 그걸 염려하고 있다만…….

| 종 소 | 조심해야겠어요. 언제 흥분한 사람들이 몰려올지 몰라요.

| 종 진 | 하인들에게는 문단속을 단단히 시켜야겠군!

| 종 희 | 하인들요? 달아날 궁리만 하던걸요.

| 종 진 | 뭐, 달아나?

| 종 희 | 불안한 표정들로 모여서 수근거리는 꼴이 아무래도 심상치가 않아요.

| 종 소 | 이건 모두 아버지 때문이야! (종험에게) 형님, 우리 집안의 장남으로서 형님이 아버지를 만나 보세요. 지금 돌아가는 형편을 설명해 드리구, 도대체 자식들에 대한 대책은 무엇인지 여쭤보시라구요.

| 종 험 | 이미 말씀드렸었다, 그건.

| 종 소 | 그랬더니요?

| 종 험 | (침묵)

| 종 소 | 소용없어요?

| 종 험 | 그래.

| 종 진 | 도대체…… 답답해서 죽겠군!

사이.

| 종 희 | 한 가지 좋은 방법은 있어요.

| 종 진 | 뭔데?

| 종 희 | (종험을 바라보며) 말해도 괜찮겠어요, 오빠?

| 종 소 | 눈치 볼 것 없다. 말해.

| 종 희 | 법원에 맡기는 거죠. 아버지한테는 정말 안됐지만…… 재산을 다룰 능력이 없다는 금치산자(禁治産者) 판결이 나면 우리 집안 재산은 아버지 마음대로 처리할 수 없어요.

| 종 험 | 금치산자? 넌 그게 뭔지 알고 하는 말이냐?

| 종 희 | 알고 있죠. 하지만 아버지는 지금 정상이 아니잖아요?

종 혐	난 네 의견에 반대한다.
종 희	그 방법밖엔 없어요, 오빠.
종 혐	금치산자 판결을 받기 위해 아버지를 미치광이나 노망든 늙은 이로 만들 순 없어. 그건 우리 집안의 치욕이야.
종 희	(종진과 종소에게) 오빠들도 반대예요?
종 진	글쎄…… (종소에게) 너는?
종 소	확실히 재산은 건질 겁니다. 그렇지만…… 명예스럽지 못해 서…….
종 희	출세하는 데 지장이 있다 그거죠, 오빠들이?
종 소	물론이지.
종 진	그럼 나두 반대야.
종 희	실망했어요, 나는! 오빠들하곤 의논할 필요도 없군요. 난 나대 로 내 살 길을 찾겠어요!
종 진	너 혼자서?
종 소	아주 대견하구나! 그런데 뭐냐, 네가 방금 말한 것두 너 혼자 생각해낸 건 아니지? 내가 모를 줄 아니? 어머니가 네 귀에 속 삭이는 걸 보았지!
종 진	왜 얼굴이 붉어지니? 꼭 삶아 놓은 홍당무 같구나!

모친, 정문으로부터 등장. 그녀는 들어오기 전에 살며시 문을 열고 내부의 동정을 살펴보는 버릇이 있다. 그녀는 오빠들의 놀림을 받고 있는 종희에게 다가오며 말한다.

모 친	얘야, 내가 네 귀에 속삭일 때, 얼굴이 붉어지라곤 하지 않았 어.
종 희	아, 어머니…….
모 친	너희는 모두 내 자식들이야. 누구 혼자서만 살 수는 없어. (의 자에 쓰러지듯 앉으며) 변호사 사무소엘 다녀온다. 피곤해. (종희 에게) 마실 것 좀 갖다 주겠니?

종 희	네. (부엌 쪽으로 퇴장한다.)
모 친	저 앤 아직 어려. 너희들이 감싸 주고 보살펴 줘야지.
종 소	아뇨, 우리보다 영악한걸요.
모 친	난 정말 저 애가 걱정이다. 다 큰 너희들이야 무슨 일이 닥쳐도 살 수 있겠지만 저 앤 연약한 여자 아니냐? 너희들 사내하고는 달라. (손수건을 꺼내 눈시울을 닦으며) 하나뿐인 여동생을 동정해 주렴.
종 소	오히려 우리를 걱정해 주세요.
종 진	어머니는…… 우리 아들들이야 어떻게 되든 상관없다 그건가요?
모 친	내가 누구를 이뻐하고 누구는 미워하겠니? 너희는 모두 내 자식이야. 너희들을 망해 버리지 않도록 구하는 것이 내 임무다.
종 험	변호사를 만나셨다구요?
모 친	그래…… 이 에미를 비난할지 모르겠다만…… 오늘 법원에 제출했다. 변호사도 그 방법밖엔 없다더라. 지금 거리에 나가봐. 아버지가 뭐라고 하시는 줄 아니? "우리 집안 재산을 가져가라. 가져가라." (비통한 표정으로 눈물을 흘리며) 그분이 왜 그러실까? 재판 광경이 눈에 선하구나. 내 남편이 미쳤으니 부디 자비로운 판결을…… 너희들이 아니라면 이 에민 결코 그런 짓은 못할 거다!
종 희	(다급하게 들어오며) 아버지가…… 아버지가…….
모 친	뭐냐, 똑똑히 말해 보렴.
종 희	부엌에서 차를 끓이고 있는데 달그락거리는 소리가 들리더군요. 그래서 고양이인 줄만 알았는데 아버지가 뒷문으로 들어와 계신 거예요!
모 친	이리로 모셔라.
종 희	싫어요. 어찌나 놀랐던지!
모 친	모셔 오라니까. (종희를 보내고 나서 아들들에게) 아버지를 잘 살펴봐. 그리고 너희들이 법정에 나가서 본 대로 말하렴.

종 험　어머니, 저희들은 그런 법정엔 나가지 않을 겁니다.

모 친　왜? 너희들을 위한 일인데?

종 험　우리 자식들에게 맡겨 주십시오, 이번 일은.

모 친　너희들? 너희들이 해결할 수 있는 일이라면 왜 내가 직접 나서겠니? 아버지를 잘 봐! 그분은 정상이 아냐!

부친 등장. 낡아빠진 일기장을 옆구리에 끼고 손에는 찻잔을 들고서 의기양양하게 들어온다. 그 뒤를 종희가 따라온다.

종 희　그걸 줘요! 어머니가 마실 거예요!

부 친　(차를 마시며, 모친에게) 여보, 미안하오. 내가 당신 것을 가로챘어.

모 친　괜찮아요.

부 친　괜찮을 리가 있나. 이건 당신이 마실 거라는데?

모 친　(종희에게) 또 한 잔 가져오면 되잖니?

종 희　안 돼요. 빨리 드리려고 단 한 잔만 끓였던 거예요.

모 친　넉넉하게 끓이지 않구서…… 그럼 네 잘못이구나.

부 친　그 앨 꾸짖지 마오. 잘못은 나한테 있어. (아들들을 둘러보며) 왜 뚫어지게 쳐다보고 있지, 너희들은? 내가 어때서? 나는 미치지 않았다. 그건 내 행동을 봐서도 알 거야. 가장 이성적인 인간이 아니고서는 자기 자신의 잘못을 떳떳하게 털어놓을 수 없다. 그래, 너희들한테도 고백하마. 이 애비는 온갖 추악한 짓을 했다. 나 때문에 무수히 많은 사람들이 고통을 당했었지. 저기…… 저…… 하늘을 봐라. (물끄러미 허공을 바라보더니 손가락으로 가리키며) 저 하늘에는 그 사람들이 모여 있다. 생전에 한을 품었던 그들…… 죽어서는 지금 이 아래를 내려다본다. 두렵다, 나는…… 온몸에 식은땀이 흘러내린다. 내가 이곳에 서 있으면 그들은 이곳을 내려다보며…… (자리를 옮긴다.) 또 이쪽으로 옮기면 그들도 이쪽을 내려다본다. 아, 나는 그들을 피할 수가 없다. 더구나 저기, 저 남자를 보아라. 기다란 밧줄로 목을 매달고는 지금도 나를 원망에 가득 찬 눈으로 내려다본다. (겨드랑이에 끼고 있던 자기 자신의 일기장을 아들들에게 내밀며) 아들들아, 믿어지지 않으면 내 일기를 봐라!

모 친 여보, 집어치워요!

부 친 읽어야 해, 내 잘못들을!

모 친 당신은 탐욕스런 사람이야!

부 친 그렇지, 예전에 나는…….

모 친 아뇨, 지금 당신을 두고 하는 말이에요!

부 친 지금의 나? 겸허하게 내 잘못을 고백하고 있는걸!

모 친 겸허하다구요? 천만에! 그것마저 탐욕이에요! (아들들에게) 생각해 보렴. 아버지는 이제 저 하늘에서의 평안마저 탐내고 있어. 그렇잖아? 왜 이제서야 그 잘못이라는 걸 고백하는 거냐? 이젠 살 만큼 다 살았으니까, 온갖 몹쓸 짓을 저질러서 욕심껏 만족하며 살았으니까, 이제는 홀가분히 죄의식을 털어 버리고, 죽은 뒤 저 하늘에서의 평안마저 얻겠다는 심보가 분명하다. (부친에게) 오, 탐욕의 덩어리! 당신은 그런 인간이에요!

부 친 도대체 당신은…… 나를 이해 못하는 것 같소.

모 친 이해 못한다구요? 왜 이제서야 그 너절한 잘못이라는 것을 털어놓겠다는 거죠? 좀더 일찍이, 당신이 한창 젊었을 때 하지 않구서?

부 친 여보, 난 곧 죽을 몸이야. 그것도 내일, 모레…… 아니, 오늘 당장이라도…….

모 친 나는 살아야 해요! 이 자식들과 남아서 살아야 한다구요!

부 친 몰인정한 사람이군! 죽어야 할 내 처지를 손톱만큼도 생각 안 해 주다니!

모 친 당신은 어떻구요? 살아 남을 사람들은 아무래도 좋다는 거예요?

부 친 (분노가 복받치며) 왜 당신 입장만 내세우지? 곧 죽을 사람을 존

중해 줘야 할 것 아냐!

종 험　진정하시지요, 아버지.

부 친　너희 어머니가 뭐냐, 너무 야박스럽구나!

모 친　우리는 살아야 해요! 야박한 건 누구죠?

종 험　어머니, 제발…… 이러다간 감정만 격앙될 뿐입니다.

모 친　참을 것이 따로 있지! 당신, 왜 재산은 사람들에게 나눠 주겠다는 거예요?

부 친　당연하지, 내 죄를 갚아야 하거든!

모 친　그들이 뭔데 갚아요? 당신이 고통을 줬다는 그 사람들은 지금 모두 다 하늘에 있다면서?

부 친　땅에 있는 후손들에게 갚는 거지.

모 친　후손들……?

부 친　그렇다니까.

모 친　(울부짖듯이) 그럼 우리 가족은 어떻게 하라는 거예요?

부 친　……어떻게 하라니?

모 친　우리는 살아야 할 권리가 있다구요!

부 친　그러나 나한테는 편히 죽을 권리가 있소.

모 친　더 이상 다툴 필요없어요. 법이 올바른 판단을 해줄 테니까요.

부 친　법이라니?

모 친　법원에 신청했어요. 재산을 당신 마음대로 처분할 수 없도록요.

부 친　(웃으며) 여보, 당신은 어리석은 짓을 해놨군. 법원에서의 판결이 언제쯤 날 것 같소? 일주일? 이주일? 아니면 한 달? 글쎄, 아무리 빨라야 육 개월은 걸릴 테지! 그러나 그때는 이미 모든 건 늦어 버릴걸. 오늘 밤이라도 당장 사람들이 몰려올 기세인데, 당신은 바보같이 판결만을 기다리겠다는 거요? (아들들에게) 너희는 저항하지 말아라. 이 애비를 편안히 죽게 하려거든, 그들이 가져가는 대로 내버려두렴. (종험에게) 자, 편히 쉬고 싶구나. 내 방으로 데려가다오.

부친과 종험 퇴장한다.

모 친   (흐느껴 울며) 이건 정말 어처구니없구나! 아예 저항하지도 말라구!

종 희   오빠들은 어떻게 하실 거예요?

모 친   가만히 앉아 빼앗기는 걸 구경만 하구 있을 거다!

종 소   어머니, 저희들이 그럴 것 같아요?

종 진   염려 마십쇼. 집안이 망해 가는데 저희들이 가만 있겠습니까?

모 친   고맙구나.

종 소   지금 곧 대책을 마련하겠어요.

종 희   (모친을 껴안으며) 방으로 들어가요, 어머니. 너무 지치셨어요.

모 친   (종희의 팔에 안겨서 퇴장하며) 살아야 한다. 우리들은 살아야 해.

사이.

종 진   (허공을 바라보며) 뭐가 보인다구 그러실까, 아버지는?

종 소   (일부러 과장된 몸짓으로) 보인다, 보여! 저 시커먼 밤하늘 가득히, 원한에 사로잡힌 수많은 사람들의 초롱초롱한 눈들이 우리 집안을 내려다보구 있어!

종 진   정말이냐?

종 소   형님, 내 손가락 끝을 바라보십쇼! 저기, 저 남자…… 기다랗게 늘어진 밧줄에 목을 매단 저 남자…… 우리가 이쪽에 서 있으면 이쪽을 바라보고…… 저쪽으로 가면 저쪽으로…… (허공을 향하여 야유의 주먹질을 하며) 이 얼간아, 내려와! 비겁하게 허공에서 노려만 보구 있지 말구, 냉큼 이 땅으로 내려와! (종진에게) 자, 나를 따라 하세요. 하늘에 있는 너희 얼간이들아! 모두들 내려오너라! 특히 너, 밧줄에 목을 매달은 자식아, 얼굴은 핏기 없이 창백하고 시뻘건 혀를 낼름 빼문 바보 자식아! 내려올 테면 내려와!

종 진	이 바보 자식들아, 내려와!
종 소	내려오라니까, 얼간이들아!
종 진	그런데…… 내려오면?
종 소	싸워야죠!
종 진	암, 싸워야지! (온몸의 근육을 부풀리고 덤벼드는 싸움닭처럼 뛰어다니며, 허공을 향하여) 이 바보 자식들아, 내려와서 싸워 보자!
종 소	(종진의 모습을 한동안 지켜보더니 웃음을 터뜨린다.) 그만둬요, 그만.
종 진	이 얼간이 자식들아!
종 소	하하, 그만두십쇼. 이래서 형님을 속여먹기가 쉽다니까.
종 진	그럼…… 날 속인 거냐?
종 소	저 밤하늘에는 별들만 빛날 뿐 아무것도 없어요. (정문 쪽을 가리키며) 정말 우리가 싸울 상대는 저기 있죠. 저기 문 밖에 살아있는 사람들, 지금이라도 당장 우리 집 안으로 밀어닥치려는 저 사람들…… 형님, 우린 그들과 싸워야 해요!
종 진	물론이지. 싸워서 물리쳐 버리겠다.

종험, 부친의 방에서 나온다. 그는 아버지의 일기를 들고 있다.

종 험	누구와 싸운다는 거냐, 너희들?
종 진	저 문 밖의 모든 사람들이죠!
종 험	겨우 우리 셋이서?
종 소	왜 우리뿐입니까? 하인들도 있잖아요?
종 험	오늘 밤 그들은 떠날 것이다.
종 소	떠나요?
종 험	아버지께서 나가라구 하셨다더라. 뭐든지 가져가고 싶은 것은 갖고 가라면서…….
종 소	그럼 친척들이라도 데려와야지요.
종 험	친척들…… 오지 않을 거다.

종 진 싸웁시다, 싸워!

종 험 기대하지 말아라. 친척들이 도움을 청할 때마다 우리가 어떻게 했었지? 매정하게 거절해 버리곤 했었다. 지금 우리를 미워하기는 다른 사람들이나 마찬가지야.

종 소 형님은 우리 집안의 장남입니다! 그런데 아무것도 안 할 거예요?

종 험 (아버지의 일기를 펼쳐 들며) 난 이것을 읽겠다.

종 진 한심하군, 한심해!

종 소 형님, 지금 그거나 읽고 있을 때입니까?

종 험 너희들도 함께 읽자. 일단 우리 집안의 내력을 알아야 할 것 아니냐?

종 소 그건 휴지뭉치예요! 읽을 가치가 없습니다!

종 진 젠장할, 큰형님이 저렇게 무능해서야…… (종소의 팔을 잡아 이끌며) 우리 둘이 나가자구. 나가서 친척들을 데려와야지.

종 소 (종험에게) 두고 봐요, 형님! 우리 집안을 구해낼 테니까.

종진과 종소 퇴장한다. 종험은 의자에 앉아서 아버지의 일기를 읽는다. 사이. 바람소리, 사람들의 아우성, 죽은 넋들의 부르짖음, 그 온갖 소리들이 뒤섞여서 들려온다. 사이. 부친 등장. 발밑까지 내려오는 기다란 잠옷을 입고 다리를 질질 끌면서 나온다.

부 친 분하구나, 분해!

종 험 (부친을 바라본다.)

부 친 분하다. 나를 탐욕스런 인간이라니!

종 험 주무십시오, 아버지.

부 친 분해서 잠이 와야지…… 그, 내 일기 다 읽었으면 되돌려 주겠냐?

종 험 읽고 있는 중입니다.

부 친 그래…… 지하실에 내려가 봐라. 우리 선조들의 일기도 수북하게 쌓여 있다. 하긴…… 뭐…… 뭐랄까…… 모조리 읽어볼 필요는 없다. 못된 짓은 그 어느 시대, 그 어떤 인간이나 비슷비슷하니까…… 내 일기에도 그런 표시를 해놨다. 할아버지와 똑같은 죄를 졌을 때엔 공표, 아버지와 똑같은 경우엔 세모표…… 너도 일기를 쓰고 있다면 그런 표시를 해봐라. 분명히 우리 집안의 계속되는 행위를 발견하게 될 거다.

종 험 아버지…… 난 이걸 읽으며 구토를 느낍니다.

부 친 물론 그렇겠지. 나도 아버지의 일기를 봤을 때 그랬으니까…… 그런데…… 저어…… 너한테 한 가지만 물어 봐도 되겠니? 사람이 죽으면 어떻게 되는 거냐? 죽어서 땅 속에 묻혀 썩어 버리면 끝나는 거냐? 아니면 영혼은 저 하늘에 올라가 영생을 누리는 거냐? 그것도 아니라면 내세(來世)에 또다시 태어나는 거냐?

종 험 아버지…….

부 친 대답해 다오. 난 그게 궁금해서 견딜 수가 없구나.

종 험 아버지는 저 하늘에 죽은 사람들이 보인다고 하셨잖습니까?

부 친 아…… 그건…… 솔직히 말해서…… 아무것도 보이지 않아. (더욱 화가 치민 표정이 되며) 분하구나, 분해! 그러니 내가 저 하늘에서의 평안마저 탐낸다는 말을 듣고 얼마나 분했겠느냐!

종 험 그럼 왜 보인다고 하셨어요?

부 친 그거야 너희들을 겁주려구 한 소리지. 두렵더냐?

종 험 (침묵)

부 친 나 자신을 포함해서 우리 집안 식구들의 뻔뻔스러움에는 질려 버렸다. 도대체, 하늘마저 두려워하질 않다니…… (허공을 올려다보며) 차라리 저 위에서 죽은 사람들이 이 아래를 내려다보구 있었으면 좋겠다.

종 험 (침묵)

부 친 죽기 전에 그런 광경을 꼭 봤으면…….

종 험 (침묵)

부 친	분하구나, 분해!
종 험	주무십시오, 아버지.
부 친	잠이 오질 않는구나. (자신의 방 쪽으로 퇴장하며) 분하다, 분해!

모친의 방에서 종희가 나온다. 부친, 방문을 소리내어 닫는다.

종 희	뭘 분하시다는 거예요?
종 험	아니다, 아무것두⋯⋯.
종 희	나 좀 가르쳐 줘요, 오빠.
종 험	어머니는 어떠시냐?
종 희	울구 계시죠.
종 험	(침묵, 일기를 읽는다.)
종 희	그런데도 전혀 걱정을 않는군요!
종 험	(침묵)
종 희	짐승만도 못해요, 오빠들은! 어머니의 울음소리가 들리니까 부엌 고양이가 쫓아왔다구요!
종 험	그곳에 무슨 일이 있기 때문일 거다. 부엌에 가봐라.
종 희	부엌에⋯⋯?
종 험	하인들이 부엌 창고에서 물건을 가져가더라도 내버려둬라. 이미 아버지의 승낙을 받은 거다.

종희, 부엌 쪽으로 퇴장한다. 바람소리, 사람들의 아우성, 죽은 넋들의 부르짖음이 더욱 심해진다. 사이. 종험은 여전히 아버지의 일기를 읽고 있다. 사이. 정문이 열린다. 중년기(中年期)의 남자와 열서너 살 가량의 소년이 들어온다. 남자는 기다란 밧줄을 들고 있다. 그들은 종험이 의식할 때까지 묵묵히 기다린다.

종 험	누구요⋯⋯ 누구십니까?
남 자	(밧줄을 소년에게 주며) 저분께 갖다 드리렴.

소 년   (정중하게 밧줄을 받쳐들고 와서 종험에게 준다.)

남 자   아시겠습니까, 그것이 무엇인지? 나의 선친(先親)께선 그 밧줄에 목을 매달고 죽으셨습니다.

종 험   지금까지 갖고 계셨군요…….

남 자   네. 우리 집안에 남아 있는 거라고는 그것뿐이니까요.

종 험   (일기장을 넘기면서 목록을 찾는다.) 되돌려 드리겠습니다. 여기 적혀 있는 재산 그대로를…….

남 자   우리들 재산 말씀인가요?

종 험   그렇습니다.

남 자   (소년을 가리키며) 내 아들입니다. (소년에게) 네가 그 재산에 대해서 말씀드려라.

소 년   (종험을 증오에 찬 시선으로 노려본다.) 받지 않겠어요, 그 재산은.

종 험   받지 않겠다니? 그 빼앗긴 재산 때문에 우리를 증오했을 텐데?

남 자   그 증오에 대해서도 말씀드려라.

소 년   우리는 증오를 버리려고 해요.

남 자   잘 말했다, 내 아들아. (종험에게) 빼앗긴 재산을 되돌려 받는다고 증오가 사라지겠습니까? 오히려 우리는 증오를 버리고자 합니다. 그 일기에 적혀 있는 모든 재산은 포기하겠습니다. 그건 뭐랄까요…… 너무 오랜 시간이 지났습니다. 이젠 옛 모습 그대로 되돌려 주기도 또 받기도 불가능합니다. 그러나 단 한 가지만은 지금도 원형 그대로 받을 수 있는 것이 있지요. (소년에게) 네가 말씀드려라. (종험에게) 내 아들이 그것을 요구할 겁니다.

소 년   우리는 죽음을 요구해요.

종 험   죽음을…… 죽음이라니?

남 자   죽음은 가장 순수한 형태입니다. 시간이 가도 변하지 않는, 그리고 감히 그 누가 다른 것과 바꿀 수가 없습니다.

종 험   당신 집안의 죽음을 우리 집안의 죽음으로 갚아 달라는 겁니까?

남 자 그렇습니다. 당신 가족 중에 누구든지 단 한 명이면 됩니다.

종 험 그렇다뇨? 당신들은 증오를 버리겠다 하더니!

남 자 증오 때문이 아니지요. 오히려 증오를 근절시키고자 죽음을 요구하는 것이니까요. 당신 아버님이 잘못을 고백하며 돌아다닌 뒤에, 분노한 사람들은 무서운 폭도로 변했습니다. 오늘 밤이라도 당장 당신 집으로 몰려올 기세였어요. 그래서 나는 아들과 함께 나가서 그들을 가로막았습니다. "멈춰라! 가장 분노할 사람은 바로 우리다! 그러나 우리는 증오를 버리겠다!" 흥분한 그들이 외치더군요. "도대체 증오를 어떻게 버릴 수 있느냐?" 나는 밧줄을, 선친께서 목 매다셨던 그 밧줄을 내보였습니다. "우리는 죽음을 요구한다." 그러자 물을 끼얹은 듯 조용해졌어요. 나는 당신 집안의 한 사람이 책임을 지고 죽음으로써 모든 잘못이 청산되는 것으로 여기자고 제안했습니다. 오늘 밤, 우리가 여기에 온 것은 바로 그러한 증오의 단절을 위해서입니다. (소년에게) 아들아, 네가 약속드려라.

소 년 (종험에게) 약속드립니다. 나의 선조들이 품었던 증오를 나 자신이 물려받지 않으며, 또한 나의 자손들에게 물려주지 않겠습니다.

종 험 (침묵)

남 자 내일이 되면 아침, 낮, 저녁 세 차례 나의 아들이 결과를 보러올 겁니다. 만약 저녁때까지 죽음이 확인되지 않는다면, 모든 사람들이 폭도가 되어 몰려올 것입니다.

남자와 소년, 퇴장한다. 사이. 종험은 들고 있는 밧줄의 올가미를 풀어 버리려는 듯이 줄을 잡아 뽑는다. 그러나 올가미의 크기만 점점 커다랗게 될 뿐이다. 문득 그는 멈춘다. 올가미를 바라본다. 어느 사이인지 모르게 그 자신의 몸이 커다랗게 원을 이룬 올가미 속에 들어가 있다. 두려움에 사로잡힌 그는 온몸이 굳은 듯 서 있다. 사이.

종희가 등장한다. 그녀는 의아로운 표정으로 종험에게 다가와서 묻는다.

종 희　뭘 하시는 거예요, 오빠?

종 험　(침묵)

종 희　뭐예요?

종 험　(침묵)

종 희　오빠, 내 말이 안 들려요?

종 험　이 밧줄은 길고, 올가미는 크기도 하다. 나도…… 너도…… 그리고 우리 가족 그 누구도 감히 빠져 나갈 수 없을 만큼…….

무대 서서히 어두워진다.

제2막

무대 새벽. 종진과 종소가 밖에서 돌아온다. 친척들의 호응을 얻지 못한 그들은 의기소침해진 모습이다. 희미한 어둠 속에서 조심스럽게 집안을 둘러본다.

종 진 여기…… 다른 집 아냐?

종 소 멀쩡하군. 그렇다면 잘못 들어온 겁니다.

종 진 가만 있자…… 어디서 많이 본 것 같지 않니, 이 의자? (의자를 치켜들고 어루만지며) 우리 집에 있던 것과 똑같지?

종 소 (냉소적으로) 그래요?

종 진 이건 우리 집 의자구나. 틀림없어!

종 소 그럼 더욱 의심스럽잖아요?

종 진 어째서? 이 의자가 우리 소유니까, 여기가 우리 집이라는 증거 아니겠니?

종 소 아뇨. 겨우 의자 한 개로는 이 집 전체가 우리 것이라는 확신을 갖기엔 부족해요. 어젯밤…… 사람들이 이 의자를 우리 집으로부터 약탈하여 여기에 옮겨 놓았다구 한다면…….

종 진 어떻게 되는 거냐, 너와 나는?

종 소 전혀 엉뚱한 곳에 들어온 거죠.

종 진 전혀 엉뚱한 곳에?

종 소 그렇다니까요.

종 진 맙소사…….

종진, 무너지듯 주저앉는다. 사이. 그는 바닥에 엎드려서 양탄자를 유심히 살펴본다.

종 진	너, 이걸 좀 봐라.
종 소	뭐죠?
종 진	이 양탄자…… 내가 보기에 색깔이라든지 무늬가…… 예전부터 우리 집에 깔려 있었던 것 같다만…….
종 소	어두워서 잘 모르겠는데요…….
종 진	(성냥불을 켠다. 그 불빛으로 양탄자의 색깔과 무늬를 비춰보며) …… 그렇지?
종 소	조심하세요. 불똥이라도 떨어져 태웠다가는, 여기가 우리 집이라는 증거를 상실할지 몰라요.
종 진	어떠냐?
종 소	맞아요. 틀림없이 우리 양탄자군요.
종 진	오, 기쁘구나!
종 소	형님, 기뻐하기에 아직 일러요. 어젯밤에 사람들이 몽땅 우리들 재산을 빼앗아 여기에 옮겨 놓은 것이라구 한다면…….
종 진	……그렇다면?
종 소	여전히 우리는 엉뚱한 곳에 들어와 있는 거예요.
종 진	(성을 내며) 아직도 증거가 부족하다는 거냐?
종 소	왜 화를 내요, 나한테?
종 진	젠장할…… 어떻게 해야 우리가 잘못 들어오지 않았다는 사실을 알게 된다는 거냐?
종 소	형님, 그렇잖아요? 이곳에 놓여 있는 모든 것이 우리들 소유물이라고 판명됐다 쳐요. 또 저기 저 방마다 우리 아버지, 어머니, 형제들이 있다고 해요. 그렇더라도 형님과 내가 지금 잘못 들어오지 않았다는 사실을 어떻게 알 수 있겠어요? 왜냐하면 말이죠, 어젯밤 사람들이 고스란히 이 모든 것을 여기에 옮겨 놓았다고 한다면…… 우리는 영원히 엉뚱한 곳에 들어와 있는 것이 되거든요.
종 진	(낙심하며) 영원히라구?
종 소	(우롱하는 은밀한 기쁨을 감추고자 슬프게 꾸민 목소리로) 암, 영원

하죠!

종 진　나는…… 내 인생은 어떻게 하라구…….

종 소　(한숨을 쉰다.) 그냥 이렇게 살다가 죽는 거죠.

종 진　젠장할! 이 엉뚱한 곳에 잘못 들어와 살다가 죽으라는 거냐?

종 소　별수 없잖아요?

종 진　어젯밤에 친척들이 우릴 도와줬다면 이렇지는 않을 거다.

종 소　말도 마세요. 그걸 친척이랍시구…….

종 진　콧방귀만 뀌더라!

종 소　헛고생만 실컷 했죠.

종희, 등장한다. 그녀는 종진과 종소를 향하여 날카롭게 비명을 지른다.

종 희　주의하세요! 뱀이 있어요!

종진·종소　(놀라며) 뭐, 뱀……?

종 희　주의하라니까요!

종 진　어디 있니?

종 희　오빠들 바로 발 밑에!

종진과 종소, 조심스럽게 발 밑을 살펴본다. 그들은 밧줄의 커다란 올가미 안에 들어있다. 종소, 밧줄을 손가락으로 집어 올린다.

종 소　이건 뭐야?

종 희　건드리지 말아요!

종 소　(줄의 끝을 잡아당긴다. 올가미의 크기가 축소되어 마침내 목매기에 알맞는 정도가 된다.) 형님, 이건 우리 집안 소유물 같지 않은데요?

종 진　(밧줄을 바라보며) 글쎄…… 꼭 교수대에서 쓰는 물건 같은데?

종 소　하하, 누군지 꽤 심심했군. 이따위 장난으로 우리를 놀래 주려

하다니!

종 희   장난이 아니에요, 오빠.

종 진   너지, 네가 이런 짓을 한 거지?

종 희   어젯밤 어딜 갔었죠?

종 진   야속했던 모양이구나, 널 빼놓구 우리끼리만 나갔다구!

종 희   집에 있어야 했던 거예요, 오빠들은!

종 소   왜? 무슨 일이 있었니?

종 희   이상한 일이 있었던 건 확실해요. 어떤 사람이 그 밧줄을 가지고 와서, 자기 아버지가 우리 집안의 잘못 때문에 죽었는데, 이제 그걸 갚아 달라구 하더래요. 큰오빠가 그들을 만났다는군요. 더구나…… 큰오빠는 그 요구를 승낙할 모양이에요. 무서워요! 난 밤새껏 잠을 못 잤어요!

종 소   혹시…… 악몽을 꾼 건 아니냐?

종 희   잠도 못 잤는데 무슨 꿈을 꿔요?

종 소   믿어지질 않아!

종 희   그럼 큰오빠에게 물어 봐요! 이제 우리 가족들은 빠져 나갈 수 없다는 거예요, 그 밧줄에서…… 무서워요!

종 소   (기분 나쁜 표정으로 밧줄을 내던진다.)

종 진   (밧줄을 짓밟으며) 이까짓 게 뭐가 무서워!

종 희   (뱀처럼 징그럽고 무서워요!)

종 소   (커다랗게 부르며) 큰형! 큰형님은 어디 있어요?

종 희   지하실에요.

종 진   지하실은, 왜?

종 희   어젯밤부터 거기 내려가 있어요.

종 소   (밑바닥을 발로 차며) 형님, 나오세요!

종혐, 등장한다. 잠을 자지 못한 모습이다. 창백한 그의 얼굴이 어떤 결정을 내린 듯한 긴장으로 굳어져 있다.

종 험	돌아왔구나, 너희들.
종 소	어젯밤 무슨 일이 있었다구요?
종 험	친척들을 데려왔니?
종 소	무슨 일이에요?
종 험	몇 명이냐?
종 진	뻔히 알면서도 그건 왜 묻습니까!
종 험	그럼…… 단 한 명도?
종 진	친척이라구 믿을 게 못 됩니다!
종 험	결국은…… 짐작했던 대로…… 우리들뿐이구나. (의자를 가리키며) 앉아라.

동생들, 종험의 태도에 눌리듯이 의자에 앉는다. 침묵. 그들은 서로의 얼굴을 바라본다.

종 험	다들 알고 있는 표정들인데……?
종 희	내가 말해 줬어요.
종 험	그럼 구태여 다시 설명하진 않겠다. 다만 우리 집안 문제에 대해서, 오직 우리만이 해결할 수밖에 없다는 걸 분명히 해두고 싶다.
종 소	안 돼요, 형님. 어젯밤 우리가 집을 좀 비웠다 해서 무시하는 겁니까? 무슨 일인지 상세하게 알려주셔야지 슬쩍 넘기려고 하진 마세요.
종 진	속시원히 말씀하십쇼! 그래야 해결인가 뭔가를 할 것 아닙니까?
종 험	어젯밤엔 무사했었다. 곧 밀어닥칠 것 같던 사람들도 오지 않았구…… 집안은 조용했어.
종 소	이상하군! 조용할 리 없을 텐데요?
종 험	저 밧줄 때문이지. (바닥에 놓여 있는 밧줄을 가리킨다.) 바로 저 밧줄이 어젯밤에 분노한 사람들을 가로막고 우리를 지켜 줬다.

종 희	무서워요!
종 험	(부드럽게 진정시키려는 목소리로) 무서워할 것 없다. 오히려 고맙게 생각해야지. (동생들을 둘러보며) 저 밧줄은 우리 집안의 잘못을 청산해줄 거다. 결코 증오를 남기지 않구…… 우리들 중에 한 명이면 돼.
종 희	(일어나 달아나려 하며) 난 죽고 싶지 않아요!
종 험	(종희를 붙들어 앉히며) 두려워하지 말아라.
종 희	(흐느껴 운다.) 무서워요! 무서워요!
종 소	그래서 우리가 뭘 결정하길 바라시죠?
종 험	오늘 기회는 세 번 있다. 아침, 낮, 저녁 이렇게…….
종 진	(답답하다는 듯이) 우리가 죽어야 한다는 겁니까? 확실히 하세요!
종 험	우리는 이 기회를 감사히 여기자.
종 소	이건 감정적으로 처리할 문제가 아닙니다. 부모가 지은 죄를 자식들이 갚아야 한다는 건 당연한 일이겠죠. 하지만 말과 행동은 다른 겁니다. 그분들이 잘못을 저지르도록 우리가 시키기를 했어요, 아니면 함께 공모를 했어요? 그도 저도 아니면 그 잘못을 저지를 때 보기를 했습니까? 그렇잖아요? 형님은 우리가 그 잘못의 책임을 지자구 하는 모양인데, 도대체 우리가 그 잘못들과 무슨 상관이 있습니까?
종 험	무슨 상관 있느냐구? 전혀 상관없는 것 같은 그 잘못과 우리의 관계를 알고 싶어서 나는 어젯밤 지하실에 내려갔었다. 그곳에 우리 혈통의 족보와 선조들의 기록으로 가득 차있지. 핏줄과 시대를 거슬러 올라가며, 나는 그 모든 것을 읽었다. 그런데…… 흡사 아버지의 일기를 읽는 것 같더군. 우리 집안에 내려오고 있는 그 잘못은…… 자기 자신과 연관된 죄의식이 없기 때문에 반복돼 왔던 거야. 어젯밤 이후, 나는 그 관계를 뚜렷이 느낀다. 우리들 육신에 깃들어 있는 아버지와, 아버지의 아버지와, 그 아버지의 아버지의 아버지를…… 또한 아직

태어나지 않은 후손들을 나는 본다. 자식과 자식의 자식과, 그 자식의 자식과 자식을……

종 희 무서워요! 무서워요!

종 험 진정으로 무서운 건 우리 집안의 잘못이야. 죄의식이라고는 전혀 없는 집안에 태어나서, 보고, 배우고, 행동한 그 모든 것이 두렵다. 만약 우리가 지금 그 잘못을 우리 것이라고 인정하여 과감하게 청산하지 않는다면, 우리는 윗세대를 반복하며 사는 것밖엔 다른 삶이 없어.

종 진 난 머리가 나빠서 복잡하게 말하면 못 알아듣습니다. 간단히 뭡니까? 살아 남은 사람은 재산을 차지할 텐데, 죽는 사람에겐 뭘 주겠습니까?

종 소 있긴 뭐가 있어요. 아무것도 없죠!

종 진 정말 아무것도 없어요?

종 소 죽는 사람만 억울한 겁니다!

종 진 형님, 그렇다면 난 못 죽습니다! 선조들이 어떻구, 후손들이 어떻다 하시는데…… 그게 뭐예요? 죽으면 아무것도 없다는데 만사 헛일 아닙니까?

종 소 아예 나한테는 기대 걸지 마십쇼!

종 희 설마…… 나더러 죽어 달라는 건 아니겠죠?

사이.

종 험 그래서 나는…… 생각해 봤다. 우리들 중에 누가 가장 적임자인지…… (종희를 바라보며) 너는 아냐. 귀엽구 사랑스런 너, 너에겐 죽음이 어울리지 않아.

종 희 오빠! 고마워요!

종 진 젠장할! 그럼 내가 잘 어울린다 그겁니까?

종 험 넌 젊구 건강해. 죽기엔 아직 이를 때다.

종 진 물론입니다, 형님!

종 소   납니까? 내가 죽어야 해요?

종 험   너는 감정이 풍부하고 지혜가 있지. 죽기엔 너무 아까워.

종 소   그건 잘 보셨습니다!

종 험   이렇게 너희들을 빼놓으니까…… 내가 남았다. 즉, 가장 적임
자는 나 자신이야.

종진·종소   형님이라구요?

종 험   그렇다니까.

종 희   오빠!

종 험   아무리 검토해 봐도 이 선택은 잘 된 것 같다. 우리 집안의 잘
못과 청산의 필요성을 잘 인식하고 있는 사람이 누구겠니? 바
로 나다. (밧줄을 주워 들며) 더구나 나는 장남이야. 우리 가족의
모범이 되어야 할 의무도 있다. (올가미를 목에 건다.) 내가 스스
로 확고하게 결정한 이상, 구태여 기둥에 의지해서 목을 매달
것두 없어. (밧줄을 잡아당겨 올가미를 좁히며) 꿋꿋하게, 내 손으
로 잡아당기면 되는 거지.

사이.

종 험   ……이렇게 하구 있으니, 역시 죽을 사람은 나라는 생각이 든
다.

사이.

종 험   그렇지만…….

사이.

종 험   그럼에도 불구하고…….

사이.

종 험   손가락이 마비됐어! 더 이상 당겨지질 않아!

종 진   정말 어처구니없군.

종 희   오빠, 우릴 농락했어요!

종 소   (종험에게 다가서서) 가르쳐 드릴까요, 왜 마비됐는지?

종 험   그래……

종 소   올가미를 벗겨 보십쇼. 움직여질 테니.

종 험   (좁혀졌던 올가미를 넓히는 쪽으로 줄을 당긴다.) 왜…… 이젠 움직
         여지지?

종 소   죽기가 그렇게 쉽습니까? 죽어야 할 때 죽지 못해서 얼마나
         많은 사람들이 굴욕적인 자기 자신을 참으면서 살고 있는지
         아세요?

종 진   우리 형님 참 한심한 분이시군!

종 희   꼴사납게 뭐예요, 되지도 않을 짓을!

종 진   우릴 속이려구 했다가 안 된 거지!

종 험   결코 너희를 속이려구 했던 건 아냐. 다만…… 내 생각과 내
         행동이 일치되질 않았지. 그 이유가 뭘까? 실패한 이유를 찾
         아야겠어.

종 소   뻔하잖아요? 죽겠다구 말구 악착같이 살 궁리나 하십쇼! 그럼
         형님 몸 전체가 그 생각대로 척척 따라 해줄 테니!

종 진   형님이 세 살 먹은 어린애냐? 가르쳐 드릴 것두 없다!

밖에서 누군가 문을 두드리고 있다. 동생들이 종험을 힐난하는 와중
에서 알아듣지 못했던 그 두드림은 최고조에 도달한다. 종진이 고함
을 지른다.

종 진   누구냐?

문밖의 소리 아침입니다.

종 진	누구냐니까? 들어와!

소년이 들어온다. 겸손하고 발랄하게 인사한다.

소 년	안녕하세요? 아버지께서 결과를 알아보라 해서 왔습니다.
종 진	결과를 알아보라……?
소 년	(종험에게) 어떻게 됐습니까?
종 험	너는…… 낮에도 온다고 했었지?
소 년	네. 아침, 낮, 저녁 세 차례죠.
종 험	다시 오렴, 낮에.
종 진	오라, 밧줄을 갖고 온 게 너였구나? (소년을 바라본다. 악의적인 태도로써 악수를 청하며) 우리 초면인데 인사나 하자. 난 이 집안의 둘째 아들이다.
소 년	(거리낌없이 악수에 응한다.) 뵙게 되어 기쁩니다.
종 진	기뻐?
소 년	네.
종 진	건방진 놈이군! 왜, 우리가 너의 밥처럼 보여서 기쁘냐?
종 소	그 녀석 버릇을 고쳐 줘야겠어요!
종 진	(소년의 손을 등뒤로 비틀어 잡고 무릎을 꿇어 앉히며) 어때? 이래 두 우리 집안을 우습게 여길 테냐?
종 험	놓아 주렴. 그 애가 무슨 잘못이 있니?
종 진	상관마십쇼, 형님.
종 희	(종희에게 다가가서) 놓으세요, 오빠.
종 진	너두 말릴 것 없다.
종 소	저런 녀석은 혼을 내야 해!
종 희	몹쓸 짓이에요, 정말! (종진에게 붙잡힌 소년의 손을 빼낸다.) 얼마나 아팠겠니? 미안하다. 내가 대신 사과할게.
종 진	네가 우리 집안 망신을 시키는구나!
종 희	화낼 것 없어요. 오빠처럼 손목을 비튼다구 해결될 줄 아세요?

종 소	그럼 너는? 너처럼 아양을 떨면 뭐가 해결되지?
종 희	(소년을 쓰다듬으며) 난 이 집안 막내딸이야. …… 넌 참 잘생겼구나. 이마하며, 눈, 코, 입술…… 아직 단단히 여물지는 않았지만 조금 있어 봐. 어깨는 넓어지구 가슴은 두툼해져. 넌 우람한 멋진 사내가 될 거야. 그런데…… 왜 아무 말이 없니? 너를 일으켜 세워 너의 아픈 몸을 쓰다듬어 주는 나에게? …… 날 잊지는 말아라. 언제나 나를 기억해 주며, 우리 집안에 무슨 일이 있을 때에도 나만은 각별히 보살펴 주겠다고 약속하렴.
소 년	(침묵)
종 희	약속해, 어서!
종 험	(소년에게) 돌아가거라, 너는.
소 년	저희 아버지께 무어라고 전해 드릴까요?
종 험	기다려 달라고 하렴.
소 년	그 말씀뿐인가요?
종 험	그래…….
소 년	제가 여기에서 겪은 일들은요?
종 험	전하지 마라 …… 부끄럽다.
종 소	부끄럽다뇨. 형님이 약하게 나오니까 이 어린것마저 얕잡아보는 겁니다! (소년에게) 다 일러바쳐라! 이곳엘 왔더니 한 남자는 너의 팔을 비틀었구, 한 여자는 너를 유혹했었다구!
소 년	네, 전해 드리죠.
종 험	그럴 것 없다. 아침엔 결정하지 못했으니 기다려 달라구만 해.
소 년	확실한 걸 바라십니다, 아버지는. 지금 사람들에게 둘러싸여 있거든요.
종 험	사람들……?
소 년	네. 날이 새자마자 몰려들 와서 결과를 기다리고 있죠.
종 소	오, 잘 됐다! (밧줄을 소년에게 쥐어 주며) 너, 이걸 갖고 가서 그 모든 사람들에게 보여줘라! 올가미가 좁혀 있지! 머리 하나가

들어갈 만큼…… 이건 말야, 우리도 죽으려고 노력을 했었다
는 증거야. 그런데 솔직히 말해서, 우리는 죽고 싶어도 죽을
수가 없어. 생각과 행동이 일치가 안 돼. 오늘 아침 그걸 일치
시켜 보겠다구 우리 형님이 무진 애를 썼었다만, 안 되는 걸
어떻게 하니? 그러니 말야, 단념하라구 해라. 깨끗하게 너의
아버지와 사람들이 단념하라구 해.

종 진   뛰어! 그 밧줄을 들고 뛰어가!

소 년   (종험을 바라본다.)

종 진   이 얼간아, 뭘 해? 뛰라니까! (구령을 붙인다.) 하나, 둘, 셋, 넷!
하나, 둘…… 이 얼간아 어서 뛰어갓!

모친의 방문이 열린다. 현재의 나이와는 어울리지 않는, 옛 젊은 시
절의 화사한 옷을 차려 입은 모친이 손거울을 들고 나온다. 그녀는
거울을 바라보며 머리에 빗질을 한다.

모 친   소란스럽구나, 아침부터…….

종 진   하나, 둘, 셋, 넷! 뛰어!

모 친   하긴 망해 가는 집안이 조용할 리 없겠지.

종 험   (소년에게) 낮에 다시 오렴.

소 년   이 밧줄은요?

종 험   내가 다시 해보마. 이리 다오.

소 년   (종험에게 밧줄을 주고 정문을 향하여 걸어간다.)

종 진   뛰어갓! 이 얼간아, 어서 뛰어!

종 소   (못마땅한 표정으로 종험에게) 도대체 형님은 쓸데없는 그 밧줄은
왜 또 받아요?

모 친   (거울 너머로 종희에게) 아버지는 일어나셨니?

종 희   글쎄요…….

모 친   잠은 깨셨을 거다. 이렇게 소란스러운데 무슨 염치로 주무실
수 있겠니? 네가 가서 모시구 나오너라.

종 희	그냥 두세요.
모 친	모셔오렴. 아버지하고 담판을 져야겠다.
종 희	담판이라뇨?
모 친	이대로 망할 수야 없다.
종 희	그렇다면 모셔와야죠.

종희, 부친의 방 쪽으로 퇴장한다.

모 친	(종험에게) 역시 넌 장남답더라. 죽어서라도 이 집안을 구하겠다는 그 갸륵함이…… 난 다 엿보구 있었다. 그런 너를 동생들이 비웃고, 그 어린것은 너를 얕잡아 대하더라. 그래, 나두 너처럼 생각이 많았다. 밤새도록 이 궁리 저 궁리에 결국은 아버지와 마지막 담판을 져야겠다구 결심했다. 그래서 이렇게 머리를 빗구, 어여쁘게 화장을 하구, 화사하게 차려 입었지. 죽어 가는 사람과 담판을 해서 이기려면 산 사람은 눈부시게 아름다워야 해. 어떠냐, 내 모습이?
종 험	어머니는 아름다우십니다, 언제나.
모 친	고맙구나.
종 험	하지만 어머니…… 이번 일은 저에게 맡겨 두십시오.
모 친	넌 해볼 만큼은 했어. 그래도 안 됐잖니?
종 험	저는 그 실패한 원인을 꼭 찾아낼 겁니다.
모 친	살아야 한다, 우리는. 무슨 짓을 해서라도 살아야 해.
종 험	어머니…… 오늘 저녁때까지 두 번의 기회가 남아 있습니다. (퇴장하며 종진과 종소에게) 난 지하실에 내려가 있겠다. 그 애가 다시 오거든 나를 불러라.
종 소	(종험의 뒤를 향하여) 쳇, 죽기는 왜 죽습니까? 살아야죠!
모 친	(거울에 자신의 모습을 비춰 보며, 점점 목소리가 높아진다.) 암, 살아야지. 죽는 건 싫다. 늙는 것두 싫구…… 망해 가는 것도 싫다!

종희, 부친의 방에서 나온다.

종 희　아버지가 나오시겠대요.

모 친　지금까지 뭘 하구 계시더냐?

종 희　반듯하게 누워만 계시더니, 어머니 고함소릴 듣고 일어나셨어요.

모 친　자, 너희들은 자리를 비켜 다오.

종 진　왜요? 함께 있으면 안 됩니까?

종 소　저희들은 어머님 편인걸요. 더구나 아버지를 만나면은 어머니께 무슨 위험한 일이 생길지도 모르겠구…….

모 친　이 귀여운 것들아, 내가 너희들 속셈을 모를 줄 아니? 너희들에게 불리한 담판을 할까 봐서 그러는 거지?

종 진　아닙니다, 저희들은…….

모 친　내가 염려하는 건 너희들이야. 그렇지만 아버지는 너희들을 보면 역정을 내실 거다. 비켜라. 어디든지 숨어서 너희들 모습을 보이지 마라. 이 에민 결코 너희들에게 해로운 짓은 하지 않으마.

종 희　(경각심을 불러일으키는 목소리로) 아버지예요!

부 친　이 귀여운 것들아…… (기억을 해내려고 애쓰며) 너희들에게…… 그래, 너희들에게 불리한 담판이 될까 봐서 두려운 거지? …… 그리고 뭐라더라? 걱정하는…… 아냐, 걱정되는 건 너희들이야. 너희들은, 악착같이 살려고만 하는 너희들을 보면 오히려 아버지는 분노를 느낄 거다. 다음을…… 맞아, 이랬지! 비켜라! 비켜! 어디든지 가서 너희들의 그 꼬락서닐 감춰라!

부친이 고함을 지르는 동안에 자식들은 흩어져서 각기 자취를 감춘다.

부 친　나를 만나자구 했소?

모 친	여보, 화부터 내지 말아요.
부 친	담판을 하자면서?
모 친	당신을 사랑하겠어요.
부 친	아, 나를?
모 친	당신이 평생 동안 바라오셨던 것이 아닌가요?
부 친	그렇소. 하지만 이제서야……?
모 친	그 대신 조건이 있어요.
부 친	물론, 무조건 사랑해 줄 리는 없겠지. 뭐요?
모 친	자식들과 재산이죠.
부 친	그러니까 서로 바꾸자는 제안이군. 그러나 유감스럽게도 당신이 달라는 그 재산은 사라져 버렸소.
모 친	아뇨, 오늘 저녁때까진 그대로 있어요.
부 친	결국 망하기는 마찬가지야.
모 친	귀중품을 꾸리기엔 충분한 시간이에요. 여보, 이곳을 떠납시다. 어디론가 멀리, 전혀 우리 집안을 아는 사람들이 없는 곳으로 가요.
부 친	얼마나 멀리 가야 그런 곳이 있겠소?
모 친	지구의 서 뒤쪽이라도 좋아요.
부 친	지구의 뒤쪽? 이왕 떠날 바에야 더 멀리 화성이나 금성이 낫지 않을까?
모 친	여보, 농담이 아니에요. 떠납시다! 어디론가 멀리 가서 다시 시작해요. (곱게 차려 입은 옷의 자락을 활짝 펼쳐 보이며) 다시 한번 매혹적인 꿈을 꿔요! 이 화사한 무늬와 색깔을 바라보면서 당신의 처음으로 돌아가요. 당신과 처음 만났을 때 내 모습 그대로예요. 곱게 빗은 머리, 어여쁜 얼굴, 아름다운 자태, 그러자 당신은 말했었죠. 새로운 인생이 시작됐다구요. 여보, 떠납시다! 이 지긋지긋한 곳, 온갖 잘못들이 숨막히게 짓누르는 이곳을 떠나 다시 한번 새롭게 시작하는 거예요!
부 친	아주 좋은 생각이오!

모 친   (기쁨에 넘쳐서) 오, 자식들에게도 말하겠어요! 서둘러 떠날 준
비를 하라구요.

부 친   (노기 어린 목소리로) 기발한데! 언제 그런 궁리를 다 했소?

모 친   여보, 당신도 준비하세요!

부 친   (분노가 터지며) 거짓말! 당신은 거짓말쟁이야!

모 친   (부친의 표정을 살피며) 여보…….

부 친   새롭게 시작한다면서 몇 번이나 그따위 수작으로 날 속였지?

모 친   (침묵)

부 친   내가 또 속을 것 같소?

모 친   정말이에요, 이번은.

부 친   집어치워! 어떻게 그런 뻔뻔스런 말을 할 수가 있소?

모 친   (얼굴을 잔뜩 찌푸리며, 내뱉듯이) 그렇다면 속아 주세요.

부 친   (더욱 분노하며) ……뭐, 속아 달라?

모 친   그래요. 새롭게 시작하면서 난 당신을 속였었구, 또 당신은 속
아 줬어요. 그게 산다는 것 아닌가요! 왜 이제 와서 새삼스럽
게 그걸 못 하겠다는 거죠?

부 친   안 돼, 이번만은 날 못 속여!

모 친   그럼 방해하지만 말아요. 나는 자식들과 함께 떠나겠어요.

부 친   내가 보고만 있겠소? 도망간다 붙잡아라, 그런 고함쯤은 얼마
든지 지를 수가 있소.

모 친   여보, 도대체 왜 그러세요? 오라, 이제는 속아 주고 싶어도 속
아 줄 수 없어서 그렇군요! 밑천이 다 떨어진 사람마냥 이제는
나하구 바꿀 것이 없으니까 그렇죠? 괜히 억울해 하지 말아
요. 상대가 되지 못하겠거든 가만히나 있어요! 꼴사납게 고함
따윈 지르지 말구요.

부 친   상대가 안 되는 건 당신이야. (모친이 들고 있는 손거울을 빼앗아
그녀의 모습을 잘 보라는 듯이 들이대며) 당신 자신을 보라구! 파
뿌리 같은 흰머리엔 물감을 들이구 늙어빠진 얼굴에는 더덕더
덕 분칠을 했지! 하하 하하하…… 그런 꼴에 빛바랜 색깔과 낡

아 버린 무늬를 두르고서 날 속이겠다구!

모 친 속아 주지도 못하는 주제에, 기가 막혀라!

부 친 하하, 하하하, 이제 다시는 날 못 속이지!

모 친 (애원하며) 여보, 내가 낳은 자식들은 모두 당신 핏줄이에요.

부 친 하하, 더 이상은 날 못 속여!

모 친 믿어 주세요, 제발! 난 당신이 왜 자식들을 싫어하는지 알아요. 당신은 잘못된 자기 자신을 미워하니까 당신을 꼭 닮은 자식들마저 미워하는 거예요. 여보, 그러지 말고 우리 모두 이곳을 떠나요. 어디든지 멀리 가서 정말 새롭게 다시 우리의 삶을 시작해 봐요.

부 친 하하하, 하하, 그런 꼴로 날 속이겠다구!

모 친 믿어 줘요! 이젠 당신을 속인다는 것두 지긋지긋해요.

부 친 (자기 방을 향하여 걸어가며) 하하, 하하하, 이제 다시는 날 못 속이지!

모 친 망한 뒤에 후회하면 늦어요!

부 친 (방문을 닫는다.) 날 못 속인다니까!

모 친 (절망적으로 부르짖는다.) 여보, 당신 자식들이에요!

제3막

저녁 무렵, 종소는 기다란 밧줄을 일직선으로 바닥에 늘어놓고 바라
보며 심사숙고하는 모습이다. 종진은 그 주위를 초초하게 거닐고 있
다. 이따금씩 그는 걸음을 멈추고 종소에게 묻는다.

종 진 뭘 생각하고 있지?

종 소 (침묵)

종 진 뭘 생각해?

종 소 (침묵)

종 진 걱정이다! 저녁때가 다 됐어! 그런데 너는 쭈그리고 앉아서 그
　　　　밧줄만 바라보구 있으니…… 그래, 좋은 수라도 있어?

종 소 (침묵)

종 진 대답 좀 해라!

종 소 기사회생(起死回生)의 방법을 궁리중이죠.

종 진 기사회생?

종 소 죽을 뻔하다가 살아난다…… 형님은 싫습니까?

종 진 싫기는, 그러나 밧줄만 우두커니 바라보구 있으면 그런 수가
　　　　생긴다더냐?

종 소 그러니깐 조용히 하구 방해하지 마십쇼.

　　　사이.

종 진 답답해 미치겠다. 그만 좀 집어치워!

종 소 왜 그러세요? 살 궁리를 하고 있는데.

종 진 너, 형님과 똑같구나. 이 아래 지하실에서는 형님이 죽을 궁리

만 하면서 시간을 낭비하는데, 그 위에서 너는 살 궁리를 한답시구 역시 시간만 질질 끌고 있잖아? 글쎄, 지금이 어느 때냐? (절망적으로) 늦었다 이제는! 저녁이 다 됐는데 기껏 한다는 짓들이…….

종 소 (종진의 말을 가로막으며) 쉿, 조용히…… 하나를 둘로 나누면 어떻게 될까요?

종 진 난 머리가 나빠서 그런 건 모르겠다!

종 소 둘이 됩니다. 그럼 그 둘을 다시 합치면요?

종 진 그거야 하나지!

종 소 형님, 축하해 주십쇼! 드디어 내가 살아날 수 있는 공식을 완성했습니다!

종 진 도대체 무슨 수수께끼 같은 소리냐?

종 소 먼저 하나를 둘로 나눠라! 다음은 그 둘을 다시 하나로 합쳐라!

종 진 그게 뭔지 좀 가르쳐 줘!

종 소 왜, 이 간단한 걸 몰랐을까요?

종 진 되게 좋아하는군!

종 소 하긴 그렇죠, 세상 일이란 생각해 놓구 보면 어려운 게 없거든요!

종 진 그래, 축하한다. 하지만 너 혼자 알고 있을 거냐?

종 소 아주 간단한 거예요. 먼저 하나를 둘로 나눠라…… (그는 기다랗게 놓여 있는 밧줄의 한가운데를 집어 올린다. 양쪽으로 두 가닥이 되어 늘어진다.) 자, 하나가 둘이 됐죠. 그런데 여기 이쪽에는 올가미가 달렸지만 다른 이쪽에는 없거든요. 그럼 양쪽이 똑같이 올가미를 만듭니다. (또 하나의 올가미를 만든다.) 자, 그럼 이 두 개의 올가미를 어떻게 사용하느냐…… 내가 직접 해보일까요? (그는 윗옷을 벗고 올가미 하나를 겨드랑이에 건다.) 우선 하나는 어깨 밑 겨드랑이에 건다 이겁니다. 어때요? 몸무게쯤은 거뜬히 지탱할 수 있어요. (벗었던 옷을 입어서 어깨 밑의 올가미를 감춘다. 그리고 밧줄을 목덜미 뒤로 뽑아 올린다.) 그렇다면 이제 남은 올가미는 어디에 쓸 거냐…… 이건 살며시 목에 거는 겁니다. (올가미를 목에 걸고 피부와 닿도록 좁힌다.) 이 정도만큼…… 숨은 쉬어야 하니까요. 다음은 둘을 다시 하나로 합칠 차례인데, 즉 이렇게 하는 거지요. (밧줄의 한가운데를 정점으로 해서 어깨 밑에 맨 쪽과 목에 맨 쪽을 꼬아 합친다.) 자, 다 됐습니다. 이리하여…… 어디 적당한 곳에 이 밧줄을 매다는 거죠. 두 눈을 꼭 감고 길게 혀를 빼물고 있으면 영락없이 죽은 사람으로 보일 겁니다.

종 진 그럼…… 죽지는 않는다는 거냐?

종 소 어깨 밑의 밧줄이 몸 전체를 지탱해 주는데 어떻게 죽어요?

종 진 (감탄하며) 그렇겠다, 정말!

종 소 오늘 저녁 사람들 속이는 거야 쉽죠. 그런데 그 다음이 문제예요. 죽은 사람이 어떻게 살아갈 거냐…… 형님이라면 어떻게 하시겠어요?

종 진 글쎄…….

종 소 (윗옷을 벗고 어깨 밑의 올가미를 빼면서) 한 가지 방법은 있죠. 어머니가 말씀하셨다가 아버지께 거절당한…… 이곳을 떠나는 겁니다! 어디론가 멀리 가서 인생을 다시 시작하는 거예요. (목에 걸었던 올가미를 걷어내며) 아예 떠날 바에야 화성이나 금성이 낫겠지만요, 그곳은 사람 살기엔 기후가 맞질 않죠. 지구의 뒤쪽, 그러니까 사시사철 푸르고 또 아름다운 여자와 바다가 있는, 그런 낙원을 골라 봅시다.

종 진 (종소를 붙잡고 흔들며) 과연 너는 머리가 좋아!

종 소 난 그 낙원으로 갈 겁니다. 형님은요?

종 진 나도 가겠다!

종 소 쉬잇, 누가 엿들을지 몰라요.

종 진 염려 마라. 들어도 우리 집안 식구들일 텐데.

종 소 형님과 나, 단 둘이서만 가기로 합시다.

종 진	그럼 나머지 식구들은?
종 소	나머지 가족이야 죽은 사람도 아니니까 이곳을 떠날 필요가 없잖아요?
종 진	그래, 만사는 이것으로 해결났구나!
종 소	가장 어려운 문제가 남았는데요…… 그건 돈이죠.
종 진	돈?
종 소	낙원에 가서 거지마냥 구걸이나 할 거예요?
종 진	그럴 수야 없지. 하지만…….
종 소	오히려 지금 우리 집안 형편이 잘 됐어요. 망해 가는 집안을 구해 주는 대가로, 재산의 반절쯤 요구해 봅시다. 아버지하곤 통하지 않겠지만, 어머니는 기꺼이 승낙하시겠죠.
종 진	아버지는 곧 돌아가실 분이니까…… 그러나 형님이 계시잖아?
종 소	큰형님도 반대하진 못할 겁니다.
종 진	그렇지 않을걸. 아까 낮에 그 애가 다시 왔을 때 봤었지? 형님 모습이 더욱 심각해졌더라. 아무래도 형님 때문에…… 낙원이구 뭐구 헛꿈이 될 것 같다.
종 소	큰형님을 설득시켜야죠. 결코 이익이면 이익이지 손해날 건 아니거든요. 우선 사람들의 태도가 달라질 겁니다. 아, 죽음으로써 죄악을 청산한 집안이구나 하면서 동정을 하구, 그리고 존경까지 할 테니까요. 큰형님이 남아서 그걸 몽땅 차지해 보세요. 사실 그렇게 되면 낙원은 바로 이곳이지 다른 데가 아닙니다. 내가 큰형님을 만나 보겠어요. (밧줄을 종진에게 내밀며) 밧줄에 매달리는 건 형님이 하세요.
종 진	…… 내가?
종 소	그럼 형님은 아무것도 안 하고 낙원에 갈 겁니까?
종 진	(곤혹스럽게) 나는…… 몸이 무겁잖니?
종 소	간단한 거예요! 오늘 저녁 형님은 죽은 체만 하십쇼. 그 다음 모든 건 내가 다 맡아서 처리할 테니까. 어때요? 그래도 매달

종 진　좋아, 내가 하마.

종 소　(퇴장하며) 큰형님을 만나고 오겠어요.

종 진　(혼자 남아서 걱정스럽게) 설득이 잘 될까…… (희색이 만면해지며) 아, 그렇지! 저녁때가 다 됐는데 큰형님도 별 수 있을라구!

기쁨에 넘친 종진은 밧줄을 맬 적당한 곳을 찾으며 돌아다닌다. 종희, 정문으로부터 들어온다. 그녀는 텅 빈 시장바구니를 신경질적으로 내던진다.

종 희　오늘 저녁은 굶어야 해요!

종 진　……굶다니?

종 희　시장에 식료품을 사러 갔지만요, 아무도 우리한테는 팔지 않겠대요. 쌀 한 톨 살 수 없어요. (의자에 주저앉으며) 고약한 하인들 같으니…… 먹을 것마저 몽땅 가져가다니!

종 진　보리라든가 감자는?

종 희　(고개를 내젓는다.)

종 진　그럼 고기는? 생선이라든가…….

종 희　바보 같은 소리 말아요!

종 진　그런 지독한 놈들이 있나!

종 희　뭘 사고 싶거든 내일 아침에 다시 오라더군요.

종 진　그게 무슨 고약한 심보냐? 오늘 저녁엔 안 된다면서 내일 아침이면 팔겠다는 건?

종 희　뻔하잖아요? 그때까지 우리 집안이 망하든가, 아니면 정말 누가 죽어서 유지되든가…… 상점 주인들은 아주 노골적으로 말하더군요. 우리 집안에 한 사람 죽으면 굉장할 거라구요. 증오하긴커녕 도리어 존경을 할 거래요. 그러면서 내 등뒤를 가리키는데, 사람들이 묵묵히 나를 바라보구 있었어요. 차츰차츰 시장의 그 좁은 골목마다에서 어찌나 많이 사람들이 쏟아져

	나오는지, 나중엔 무슨 군중 집회라도 벌여 놓은 것 같더군요.
종 진	걱정할 것 없다. 그 상점 주인들 말대로 내일 아침엔 굉장할 거야. 사실 그 사람들이 뭐냐? 언제 저희들은 자기네 잘못을 청산해 본 적이 있어? 괜히 자기들 마음이 괴로우니까, 그걸 바가지로 우리 집안에 뒤집어씌우는 거지. 두고 봐라! 깜짝 놀랄 일이 생길 거다! (그는 밧줄을 맬 곳으로서 정문의 문설주를 택한다.) 여기가 좋겠군! 이 문설주에 밧줄을 걸고…… 활짝 이 문을 열어젖히는 거다. 그럼 오늘 저녁 사람들은 대롱대롱 매달려 흔들거리는 바로 나를 보게 될 거다.
종 희	오빠가 매달려요?
종 진	그래, 나지!
종 희	설마…… 오빠는 그럴 사람이 아니에요.
종 진	너, 나를 우습게 아는 모양이구나?
종 희	죽겠다구 노력하는 큰오빠도 못 하잖아요. 그걸 오빠가 해요?
종 진	노력이 해결하는 건 아냐. 우리 집안을 구해내겠다는 지혜가 해결하는 거지! 어쨌든 두고 보렴. 오, 살아 남는 가족들에게 축복이 있기를!
종 희	솔직히 말하세요. 뭐죠?
종 진	……뭐라니?
종 희	날 속일 거예요?
종 진	난 속이는 게 없다!
종 희	(은근한 목소리로) 먹을 것을 드릴까요? 나 혼자 먹으려구 감춰 둔 음식이 있어요.
종 진	(침묵)
종 희	오빠, 배고프시죠?
종 진	(난처한 표정을 짓고 머뭇거리며) 저…….
종 희	말하기 싫으면 그만두세요. 대신 굶을 테니까!
종 진	아니다, 말하마. (밧줄 양쪽을 보여주며) 하나를 둘로 나누면 둘이 된다. 그리고 다시 그 둘을 합하면 하나가 되지. 그 공식에

따라 이 밧줄을 사용하는 거다. 그럼 사람들 보기엔 꼭 죽은 것마냥 보이겠지만, 사실은 살아있는 거지.

종 희 (웃으며) 그래서 오빠가 매달리기로 했군요?

종 진 너의 작은오빠와 나하구 둘이서 생각해낸 거야. 어때, 멋있지? 망해 가는 우리 집안을 구할 수가 있어서 좋구, 또 재산을 나눠 가질 수 있어서 좋지. 그런 뒤에 우린 낙원으로 가기로 했다. 새로운 인생의 시작을 위하여, 오직 기쁨이 있는 나날을 위하여! 자, 이젠 먹을 것을 주렴.

종 희 미안해요. 먹을 것은 없어요.

종 진 뭐 없다니?

종 희 없으니까 시장엘 갔었구요, 시장에선 아무것도 못 샀잖아요?

종 진 (화를 내며) 넌 분명히 먹을 것을 준다구 했어!

종 희 오빠, 있으면 왜 드리지 않겠어요? (문설주를 올려다보며) 장소는 잘 고르셨어요. 오빠 말대로 이 문을 활짝 열어젖히면 사람들이 다 볼 수 있을 테니까요. 그런데 어머니가 이 사실을 아세요?

종 진 묻지 마! 너하고는 말하지도 않겠다.

종 희 먹을 건 없지만 마실 건 있죠. 항아리에 가득히 술이 있어요.

종 진 날 또 속이려는 건 아니겠지.

종 희 왜 오빠도 아시잖아요? 지난해 매실나무에서 함께 딴 열매로 담은 술…… 지금은 잘 익었을 걸요.

종 진 (성난 표정이 풀어지며) 그렇지, 그 매실주!

종 희 하지만 오늘 저녁 오빠는 술 마시면 안 되겠군요. 잔뜩 취해서 그 밧줄에 매달려 봐요. 별 희한한 구경도 다 하는구나, 사람들이 그러겠죠?

종 진 한 잔만 다오. 취하지 않으마!

종 희 아뇨, 드릴 수 없어요. 어머니한테는 내가 직접 말하겠어요. (그녀는 모친의 방문을 두드린다.) 어머니! 어머니! 좋은 소식이 있어요!

모친, 등장한다. 허탈에 빠져 실성한 듯한 모습이다. 곱게 빗었던 머리는 산발하고, 얼굴은 흘러내린 눈물 자욱으로 얼룩졌으며, 화사한 옷은 구겨질 대로 구겨져 있다.

모 친   사람들이 왔구나! 우리 집안 재산을 가져가려구 몰려들 왔어. 우린 어떻게 살라고 다들 빼앗아 가려는 거냐!

종 희   (모친을 껴안으며) 진정하세요, 어머니. 아무도 오지 않았어요.

모 친   우린 망했다, 망했어!

종 희   이젠 걱정 안 하셔도 돼요. (종진을 가리키며) 저 오빠가 밧줄에 매달리겠대요.

모 친   안 된다, 우리는 살아야 해!

종 희   사실은 오빤 죽지 않아요. 그저 죽은 것처럼 보이려는 거죠. (종진에게) 어머니는 믿질 않아요. 오빠가 설명 좀 하세요.

종 진   (냉담하게) 싫다, 나는.

종 희   왜 않겠다는 거예요?

종 진   넌 나를 속이구 아무것도 주지 않았어.

종 희   내일 아침엔 배부르게 해드릴게요!

종 진   못 믿는다, 네 말은! (모친에게 다가가서) 어머니, 제가 우리 집안을 구해내면 뭐든지 주시겠어요?

모 친   난 아무것도 없다. 사람들이 다 빼앗아 갈 거야.

종 진   아무도 우리 집안 재산을 건드리지 못하게 해드립니다. 그럼 반절을 주실 겁니까?

종 희   반절이나 달라구요?

종 진   왜? 없어지는 것보다야 낫지!

종 희   욕심이 너무 커요.

종 진   (모친에게) 어머니, 어떻게 하시겠어요?

모 친   망하지 않는다면야 왜 못 주겠니?

종 진   (희색이 만면해지며) 약속은 지키셔야 합니다. 그럼 어머니, 오늘 저녁 제가 하는 꼴만 보구 계십쇼.

종 희	그게 뭐 어렵다구 재산의 반절이나 요구해요? (모친에게) 약속하지 마세요, 어머니. 밧줄을 이용해서 간단한 속임수를 쓰는 것뿐이에요.
종 진	간단하다구? 남이 생각한 걸 들으면 모든 게 쉽지.
모 친	너희들끼리 다툴 건 없다. 다만 무슨 일이든 아버지가 아시면 안 돼. 그분은 틀림없이 방해하실 거야. (종진에게) 아버지도 네가 하겠다는 그걸 알고 계시냐?
종 진	아뇨, 아직은 모르십니다.
모 친	모르신다니 잘 됐다. (불안한 표정으로) 그러나…… 무슨 수가 없겠니? 전혀 눈치도 못 채게 하는……?
종 희	어머니, 제가 그걸 말씀드린다면 저에겐 얼마만큼 재산을 주시겠어요?
모 친	(책망하듯이) 너희들은 왜 그러니? 그저 갖겠다는 욕심뿐이구나!
종 희	약속부터 하세요. 나머지 반절은 저에게 주시겠죠?
모 친	그래 주마! 뭐냐?
종 희	오늘 저녁 아버지를 취하시도록 하는 거죠. 항아리에 가득히 매실주가 있어요.
모 친	그렇구나! 아버지를 취하게 하는 건 내가 맡으마! 어서 술을 가져와야겠다.

모친, 부엌 쪽으로 퇴장한다.

종 희	오빠는 어디로 가실 거예요?
종 진	어디로라니?
종 희	낙원인가 뭐 가겠다구 했잖아요?
종 진	어머니가…… 가엾지!
종 희	그런 걱정은 안 해도 돼요. 내가 여생을 보살펴 드릴 거니까.
종 진	이따금씩 편지를 하마.

종 희 절대로 편지 따위 하지 말아요!

종 진 아예 가지도 말까? 가족들이 보구 싶을 땐 어떻게 하지?

종 희 이 근처엔 나타나서도 안 돼요. 아셨죠?

종 진 사람들 눈에 뜨일까봐 두렵니?

종 희 두려운 건 오빠들이에요. 어디든 가서 싫증이 나거나 또 돈이라도 다 쓰고 나서 되돌아와 봐요. 남아 있는 가족들이 무슨 꼴이 되겠어요?

종 진 반가워서 서로들 눈물을 흘리겠지!

종 희 이곳은 잊어버려요. 그렇지 않구서는 한 푼어치의 재산도 드릴 수 없어요.

정문이 두들겨진다.

종 진 누구냐?

문밖의 소리 저녁입니다.

종 진 들어와!

소 년 어떻게 됐습니까?

종 진 내가 죽기로 했다. 왜 실망했니?

소 년 (침묵)

종 진 실망한 모양이구나! 아침에는 너의 팔을 비틀었구, 낮에는 억지로 너를 떠밀던 내가, 이젠 뭐냐, 저녁때가 되니깐 고분고분 목을 매달겠단다. (정문 곁의 전등 스위치를 가리키며) 수고스럽지만 그 문 곁의 전등 스위치 좀 올려 주겠니? 어두워서 네가 잘못 볼까봐 그런다.

소 년 (정문 곁의 스위치를 올려서 전등을 켠다.)

종 진 잘 봐둬라! 난 바로 저기 저 문설주에 밧줄을 매달 거야. 너희 아버지하구 사람들에게 지금 곧 와달라 전해 줘. 대환영이라구!

종험과 종소가 등장한다.

종 소   형님, 고집 좀 부리지 마세요.

종 험   안 된다면 안 돼.

종 소   안 된다는 이유를 들어봅시다!

종 험   처음부터 내가 맡겠다구 했잖아! (종진에게 다가와서) 그 밧줄을
        내놔!

종 진   드릴 수 없습니다. 이건 내가 매달릴 거라서요.

종 험   너희들이 하겠다는 그건 안 돼!

종 소   참, 답답하군요! 형님이 하겠다는 그거야말로 안 되는 겁니다.

종 진   괜히 방해하지 마십쇼!

종 험   나에게 맡겨 둬!

종 소   되지도 않을 걸 맡겨요?

소 년   (종험을 가리키며) 아침과 낮 두 번이나 저분께서는 저에게 약속
        하셨습니다.

종 희   네가 결정하는 거야?

소 년   그건 아닙니다만……

종 희   그럼 간섭하지 마! 이건 우리 집안에서 결정할 테니까.

종 험   (소년에게) 내 생각엔 변함이 없다.

종 진   (소년에게) 생각만 가지고는 또 실패할 거다. 지금은 행동이 필
        요할 때야!

종 희   (소년에게) 넌 가지 않을 거니? 엉뚱하게 서 있는 모양이 또 내
        쫓겨야 가겠다는 것 같구나!

소 년   지금 곧 가야 합니다. 그러나…….

종 희   사람들에게 전해! 우리 집안의 누구든 결국은 매달릴 거라구.

소 년   알겠습니다.

소년, 퇴장한다.

종 희	오빠들은 우리 집안 망하는 꼴을 보셔야만 속이 시원하겠군요. (의자들이 있는 곳을 가리키며) 앉으세요. 망하는 걸 보시려면 편히 앉아서 구경하셔야죠! 난 어머니께 가겠어요. 오빠들 고집 때문에 다 틀렸으니까 준비하지도 말라구요.
종 소	어머니가 뭘 준비하시는데?
종 진	술로써 취하게 하시려는 거다. 우리 계획을 방해 않도록 하려는 거지.
종 소	척척 들어맞는군! (의자에 앉으며, 종희에게) 너두 앉아라. 어머닌 준비하시게 내버려 두구. (종험에게) 형님, 앉으십시오. 우리 협상하기로 합시다.
종 진	협상은 끝났어. 밧줄에 매달리는 대신에 우리 둘이 재산의 반절을 받기로 했지. (종희를 턱으로 가리키며) 저 앤 나머지 반절을 갖기로 했다. 아버지를 취하게 만들자는 생각을 해낸 대가였지.
종 소	뭡니까, 그럼? 공평하질 못하잖아요?
종 진	하는 수 없지, 우리가 좀 손해볼 수밖에.
종 소	손해볼 짓은 왜 합니까? 더구나 나하고는 한마디 상의도 없이?
종 진	미안하다. 넌 큰형님을 만나러 갔었구…….
종 소	(종희에게) 그 사이에 네가 가로챘구나?
종 희	오빠, 그게 불만이에요?
종 소	너 혼자 나머지를 차지하다니!
종 희	오빠 몫도 적은 건 아니에요.
종 험	(종진에게) 밧줄을 다오.
종 진	글쎄 안 돼요! (의자를 끌고 가서 문설주 아래에 놓는다. 그리고 의자 위에 올라간다. 목과 어깨 밑에 올가미를 걸기 시작한다.) 말로만 다툴 게 아니지! 내가 먼저 매달려 버리면 될걸 가지구.
종 험	내려와! 네가 거짓으로 매달리면 난 사람들에게 말하겠다!
종 진	뭐라구요?

종 험	그래! 네가 하는 짓이 뭔지 알기나 해? 우리 집안의 잘못을 또 하나 보태는 거야!
종 소	(종험에게 가서 붙잡고) 형님, 그러니까 협상하자는 것 아닙니까? 재산은 우리 넷이 똑같이 나누는 거예요. (종희에게) 너두 동의해 주겠지?
종 희	큰오빠는 죽질 못해요. 아침에도 실패했었잖아요. 낮엔 또 어땠어요? 그저 햇빛도 없는 캄캄한 지하실 속에 틀어박혀서 하루 온종일 고민만 했던 것이 고작이에요. 그런데 재산을 나눠 줘요? 난 못 해요! (종험에게 다가가서) 그러나 오빠, 다른 건 얼마든지 드리겠어요. 사람들의 존경과 사랑이죠. 우리 집안을 대하는 그들의 태도가 달라질 거예요. 증오하던 그들이 도리어 우리 집안을 존경하구, 명예롭게 대우하게 돼요. 오빠 같은 남자가 이용하기에 따라서는, 결코 재산보다 나쁘지 않을 거예요. (오빠들을 둘러보며) 하지만 재산은 못 내놔요. 여자인 내가 갖겠어요. 다른 남자와 결혼을 하구, 아기를 낳구, 전혀 새로운 생활을 해나갈 거예요. 오빠들 아셨죠? 그게 내가 말하고 싶은 전부예요!
종 소	남는 가족들만 수지맞는군.
종 진	우린 낙원으로 가면 되잖아?
종 소	낙원에 가게 될지 지옥에 가게 될지 알게 뭐람!
종 진	포기할 거냐, 그럼?
종 소	그 밧줄 큰형님 줘버려요!
종 진	그러지 말구 가자!
종 소	큰형님이 맡겠다고 하잖아요!
종 진	(종험에게) 못 할 것을 왜 말로만 우겨댑니까?
종 험	내 생각은 변함이 없다.
종 소	물론 그러실 테죠! 하지만 뭡니까? 그 생각이 행동으로 되길 했어요?
종 진	용기가 부족해서겠지.

종 소	아뇨.
종 진	실천력이 모자란 탓일 거야!
종 소	아니죠. 그런 건 어느 정도 부족해도 노력하면 돼요. 하지만 단 한 가지, 꼭 있어야 할 필수적인 것, 그것이 형님에겐 전혀 있질 않아요.
종 진	그게 뭔데?
종 소	죄의식(罪意識)이죠.
종 험	……죄의식?
종 소	바로 그 죄의식이 없다는 것이 실패의 원인이에요.
종 험	글쎄…… 나는 우리 집안의 잘못들 때문에 죽겠다는 생각을 하고 있다. 그렇다면…… 내가 죄의식을 갖고 있다는 증거 아니냐?
종 소	천만에 말씀이죠! 형님은 혼동을 하고 있어요. 형님은 우리 집안의 잘못을 알게 되었다는 것에 지나지 않습니다. 그런 거라면 나두 알고 있죠. 요즈음 며칠 동안 발칵 뒤집혔으니까…… 하지만 난 그 잘못을 알게 됐다구 해서 죽으려 하진 않아요. 왜냐, 나하고는 아무 상관도 없는 잘못이거든요! 그러니 무슨 죄의식이 있겠어요? 형님 역시 마찬가집니다. 하루 온종일 심각해서 생각에 몰두하셨는데, 결과는 뭐죠? 그 생각이 행동으로 발효되려면 한움큼의 누룩과도 같은 죄의식이 있어야 해요. 그런데 죄의식도 없이 설익은 생각으로만 죽으려 하니까 번번이 실패할 뿐이죠!
종 희	(종험에게) 그 말이 맞아요. 오빠 단념하세요.
종 험	그럼…… 죄의식을 가지면 될 것 아니냐?

모친, 술이 담긴 쟁반을 들고 들어온다.

| 모 친 | 갑자기 갖고 싶다고 해서 가질 수 있는 거냐? 죄의식이란 태어날 때 이미 뱃속에서 갖고 나오지 않으면 영영 갖질 못하는 |

거야. (종희에게 술이 담긴 쟁반을 주며) 자, 됐다.

종 희 향기로운 냄새가 나는군요.

모 친 어서 아버지께 드려라.

종 희 (부친의 방으로 가면서) 어머니, 큰오빠를 단념시키세요.

모 친 (종험에게) 우리 집안엔 죄의식이라곤 없어.

종 소 옳은 말씀입니다, 어머니. 저도 형님께 그 점을 말한 거예요.

종 진 형님은 누구요? 우리 집안 사람 아닙니까?

모 친 그래, 네가 우리 집안에서 태어난 이상, 아무리 노력해도 죄의
식 같은 건 갖지 못할 거다. 너는 우리 조상들의 족보와 기록
을 읽어 봤다지? 뭐라고 씌어 있던? 먼 조상까지 올라갈 것 없
이 아버지와 어머니의 행실은 어떻더냐? (종험을 껴안으며) 아
들아, 내 아들아, 오히려 너는 죄의식을 갖지 않구 태어났다는
걸 다행으로 여겨라.

종 험 (침묵)

모 친 살아야 한다, 너는. 우리가 무슨 짓을 해서라도 살았던 것처럼
너도 그렇게 살아야 해.

종 험 어머니…….

모 친 아무 말도 마라. 네가 죽으려 한다는 건 되지도 않을 짓이야.

종 험 (모친의 포옹으로부터 벗어나며) 저에게…… 맡겨 두십시오. 아침
과 낮엔 실패했었습니다만…… 아직 한번 더 기회가 남아 있
지 않습니까? (동생들에게) 부탁이다. 내가 죽을 수 있도록 나에
게 밧줄을 다오. 우리 집안에 언제 또 이런 기회가 오겠니?

종 진 형님만 우리 집안을 위하는 체 마십쇼! 나도 사실은 우리 집안
을 위해서 매달리겠다 그겁니다.

종 소 (종진에게) 형님께 밧줄을 줘요.

종 진 뻔하잖아? 또다시 실패할걸!

종 소 줘버려요.

종 진 그럼 우리 집안은?

종 소 큰형님에게 맡깁시다.

종 진 너, 나하고 낙원엔 안 갈 거냐?

종 소 오히려 떠난다는 것이 손해볼지 몰라요. 더구나 사람들 태도가 달라질 거구…… 우린 그걸 이용해서 출세할 수 있어요. 내려오세요. 큰형님이 죽으면 감동적인 성명서라도 작성해서 발표합시다.

종 진 (미심쩍은 표정으로 종험을 내려다보며) 글쎄, 아무래도…… 내가 하는 것이…….

종 소 하지만 형님이 매달리면 사람들한테 알리겠다구 하잖아요?

종 진 젠장할! (밧줄을 아래로 내던진다.) 자, 받아요! 그러나 형님, 이건 알아두십쇼. 우리 집안을 망하게 해선 안 됩니다!

종 소 (종험에게) 형님 소원대로 하세요. 하지만 우리 집안을 망하게 하진 마십쇼!

종험, 밧줄을 들고 의자 위에 올라선다. 멀리서부터 바람소리, 사람들의 아우성, 죽은 넋들의 부르짖음이 뒤엉켜서 들려온다. 사이. 점점 가까이 다가온다.

모 친 ……사람들이야. 몰려오구 있어.

종 소 그렇군요. 점점 가까워집니다.

모 친 ……견딜 수가 없구나.

종 진 젠장할, 올 테면 오라지!

모 친 전등을 꺼라!

종 소 왜요?

모 친 차라리 어둠 속이 낫다! 초조하게 떨고 있는 우리들 모습을 보이고 싶지 않아!

종 진 그들이 와서는 다시 불을 켤 텐데요?

모 친 어서 꺼! 꺼버려라!

종진, 전등 스위치를 내린다. 어둠. 전혀 아무것도 보이지 않는다.

온갖 소리들은 다가온다. 어둠 속에서 이따금씩 가족들의 목소리가
들린다.

종 진 (목소리) 큰형님이 할 수 있겠어?
종 소 (목소리) 맡겨 둡시다, 이제는.
종 진 (목소리) 어두워서 밧줄이 보일까?
종 소 (목소리) 맹인도 목매달아 죽는 사람 있잖아요?
종 진 (목소리) 하하, 그렇구나!

사이.

모 친 (목소리) 초조하게 이 어둠 속에서 무엇을 하고 있니, 너희들
        은?
종 소 (목소리) 생각하구 있어요.
모 친 (목소리) 무슨 생각을?
종 소 (목소리) 사람들에게 발표할 것을요. 감동적으로…… 위대한
        우리 집안을 돋보이게 할 수 있는…….
종 진 (목소리) 나는 낙원으로 가고 싶었는데…….
종 소 (목소리) 걱정 마십시오. 행복과 영광 속에 살 테니까!

온갖 소리들은 더욱 가까이 다가온다. 사이. 갑자기 어둠 속에서 묵
직한 물건이 쓰러지는 소리가 들린다.

모 친 (목소리) 무슨 소리냐?
종 소 (목소리) 글쎄요, 의자가 넘어진 것 같은데요?
종 진 (목소리) 분명해! 형님이 올라섰던 의자가 쓰러진 거야!
종 소 (목소리) 형님이 발로 걷어차셨군!
종 진 (목소리) 매달리셨어!
모 친 (목소리) 아들아…… 내 아들아…….

종 진　(목소리) 울지 마십쇼, 어머니.

모 친　(목소리) 내 아들아……

종 소　(목소리) 형님은 진실로 위대한 우리 집안을 위하여 목숨을 바치셨습니다.

모 친　(목소리) 난 여기 있고 싶지가 않다. 내 방으로 데려가 다오.

종 소　(목소리) 어두워서 방향을 알 수 있어야지…… 불을 켤까요?

모 친　(목소리) 더듬어라!

종진·종소　(목소리) 더듬어요?

모 친　(목소리) 더듬어라, 더듬어! 벌레처럼 더듬어야 이 어둠 속을 나갈 수 있다!

　　　　온갖 소리들은 마침내 정문 앞에 다다른다. 사이. 그 문이 열렸다가 닫힌다. 전등이 켜진다. 남자와 소년, 텅 빈 집안을 둘러본다. 쓰러져 있는 의자, 문설주에 걸려 있는 밧줄, 종험이 그 밧줄에 매달려 있다.

남 자　잘 보아 두어라.

소 년　네, 아버지.

남 자　그리고 증오하지 말아라.

소 년　(잠시 침묵) 알겠습니다.

남 자　문 밖의 사람들에게 이 광경을 전하렴.

소 년　네.

　　　　소년, 문 밖으로 퇴장. 남자는 의자를 일으켜 세워 놓는다. 그리고 의자에 앉아서 종험을 바라본다. 침묵. 담배를 꺼내 피운다. 깊은 한숨을 토해내듯 연기를 뿜어낸다. 그는 일어나서 종험에게 다가간다. 새 담배를 꺼내 내민다.

남 자　담배 피우시겠습니까?

종 험	(침묵)
남 자	(축 늘어져 있는 종험의 손에 담배를 쥐어 주며) 한 대 피우시지요.
종 험	(침묵)
남 자	눈을 뜨십시오.
종 험	(눈을 뜨고 남자를 바라본다.) 알고 계셨군요?
남 자	네.
종 험	……어떻게 아셨습니까?
남 자	밧줄의 길이가 다릅니다. 우리 선친께서 목매다셨던 때의 길이와 지금 당신이 매달린 길이 차이는 거의 반절이나 짧군요. (담배에 불을 붙여 주며) 다른 사람이라면 몰랐겠지요. 하지만 난 첫눈에 알 수 있었습니다.
종 험	미안합니다. 나는…… 죽지 못했습니다.
남 자	(침묵)
종 험	나를 꾸짖어 주십시오.
남 자	지금 당신이 살아있다는 바로 그것이 당신을 꾸짖고 있을 텐데요?
종 험	……내 자신이 부끄럽군요.
남 자	나는 내 아들을 문 밖으로 내보냈습니다. 그 애의 흘러내리는 눈물을 바라보며 이제는 증오하지 말아라, 당부하면서…… 그러나 내 마음이 어떻겠습니까? 당신 집안에 대한 미움을 이토록 강하게 느낀 적은 없었습니다. 나 자신과 내 아들, 후손들, 그리고 모든 사람들에 이르기까지 근절시켜 버릴 수 있으리라 믿었던 그 증오가…… (절망적인 얼굴로 종험을 바라보며) 당신에게 너무 무리한 요구를 했던 것일까요?
종 험	(침묵)
남 자	(고개를 흔든다.) 내가 당신에게 기대를 걸었던 것이 후회됩니다. (문 밖으로 나가려 하며) 당신은 눈을 감으십시오. 그 두 팔도 축 늘어뜨리구…… 구태여 나는 사람들에게 당신이 거짓으로 죽은 체하고 있다고 말하진 않겠습니다.

종 혐 잠깐만 내 말을 듣고 가십시오. 이토록 부끄러운 모습으로 매달린 내가, 오히려 당신의 기대를 꼭 이루어 드리겠다고 말할 수 있습니다. 나는 죽지 못했으나…… 그러기에 비로소 죄의식을 갖게 되었습니다. 나는 지하실에 들어가 살겠습니다. 우리 집안 사람들이 다시 잘못을 저지르고자 할 때에, 그 밑에 있는 나를 생각해 보도록, 나는 햇빛도 없는 우리 집안의 가장 밑바닥에 들어가 평생을 참회하며 보내겠습니다.

남자, 정문을 활짝 열어젖힌다. 문 밖의 군중을 향하여 외친다.

남 자 여러분, 이 사람을 보십시오. 오늘 하루 온종일, 나는 분노하는 여러분과 맞서서 이 사람을 변호하였습니다. 모든 잘못과 증오를 청산할 테니 두고 보라구요. 마침내 그는, 조상 대대로 내려오는 죄악을 청산하기 위하여 여기 이렇게 매달렸습니다!

남자, 문 밖으로 퇴장한다. 사이. 온갖 소리들은 고요해진다. 부친의 방에서 술에 취한 부친이 몸을 가누지도 못해 비틀거리며 나온다. 그는 문 쪽을 바라본다. 믿어지지 않는 광경을 본다는 듯이 정신을 가다듬고자 애쓰면서 바라보더니 마침내 울음인지 웃음인지 모를 괴성을 고래고래 지른다.

부 친 모두들 어디에 있느냐? 여기 나와서 저 광경을 보아라! 나오라니까, 모두들! 나와서 저 모습을 보라구! 하늘에서, 목을 매단 사람이, 두 눈을 뜨고, 우리 집안을 내려다보구 있어!

집 안의 방문들이 조금씩 열린다. 가족들이 얼굴을 내민다. 사이, 무대를 밝혀 주던 조명이 서서히 어두워지며 막이 내린다.

– 막.

쥬라기(紀)의 사람들

· **등장인물**

만석

만석의 처

소장

지부장

광부 박씨

광부 김씨

광부 이씨

광부 조씨

죽은 광부 최씨

억순

천안댁

국민학교 교사

전화 교환수

제1장

영동탄광 현장 사무소. 저녁 무렵, 얼굴을 잔뜩 찌푸린 소장이 짜증
난 목소리로 전화를 하고 있다. 옆에는 우울한 모습의 노조 지부장
이 서 있다.

소 장   아, 당신이오? 나야. 쯧쯧, 빌어먹을! 오늘 밤 집에 들어가기
는 틀렸어! 뭐라구? 잘 안 들려, 크게 말해! (더욱 신경질적으로)
뭐긴 뭐야, 또 14번 갱에서 사고가 난 거지. 지금 난리야. 매몰
된 광부들 가족이 몰려와서 아우성이구. 당신, 아이들 데리고
집에 가만히 있어. 괜히 구경한답시구 나와 봤자 좋을 게 없다
구. 그럼 전화 끊겠어.

지부장   소장님이 부럽군요.

소 장   놀리는 거야? 왜 내가 부러워?

지부장   소장님 부인께선 정숙하게 집을 지키고 계시니 말입니다. 하
지만 내 마누라는…… 사고난 날 밤엔 오히려 얼씨구나 좋다
거든요.

소 장   얼씨구나 좋다? 그게 뭔데?

지부장   바람이 난다 그겁니다. (담뱃갑을 꺼내며) 사고 수습하느라 내가
집에 들어갈 겨를이 없다는 걸 알구 그 모양인데……. (담배가
없자, 그는 빈 갑을 구겨서 내던진다.)

소 장   (자신의 담배를 권하며) 여기, 한대 피우지.

지부장   고맙습니다. (한숨과 담배연기를 함께 내뿜는다.)

소 장   쯧쯧…… 빌어먹을…… 수습 대책을 생각해내라구 했더니 기
껏 한다는 것이 마누라 걱정뿐이구만…….

지부장   도대체 이게 몇 번째 사고입니까? 대충 꼽아도 열 손가락이
모자랄 정돕니다.

소 장   나한테도 있어, 손가락은! 노조 지부장, 사고가 났을 때 필요
한 건 머리야! 자, 수습 방안을 생각해내라구!

지부장	함께 생각하십시다. 나한테만 떠맡기시지 말구요.
소 장	당신 혼자서 생각해!

광부들이 들것에 인사불성이 된 광부 만석을 싣고 들어온다.

소 장	사망자인가?
광부들	글쎄요…… 아직 죽지는 않은 것 같습니다.
소 장	다행이군. (들것에 누워 있는 광부를 살펴보며) 심하게 다치지도 않았는데?
광부 박씨	정신을 잃은 거죠. 갱 속에서 유독가스를 너무 많이 마신 겁니다.
광부들	소장님, 환풍기를 주십시오!
소 장	환풍기?
광부 박씨	갱 속엔 가스가 꽉 차있습니다. 그걸 환풍기로 뽑아내야 사고 현장에 접근할 수 있겠어요.
소 장	어디쯤이야, 사고 지점이?
광부 김씨	14번 갱 깊숙한 곳입니다. 입구로부터 3백 미터쯤 들어가서, 사갱을 타고 다시 4백5십 미터 더 내려간 뒤에, 또 수평갱으로 2백 미터 더 들어간 지점입니다.
지부장	사고 원인은?
광부 김씨	가연성 가스가 축전차의 스파크로 인화된 모양이에요.
지부장	당신이 직접 들어가 봤어?
광부 박씨	짐작이…… 그렇습니다.
지부장	짐작 가지고 사고 원인을 확정짓지 말아!
광부 이씨	우선 급한 것이 환풍기입니다, 소장님.
소 장	왜 나더러 환풍기를 달라는 거야?
광부 이씨	사람을 살려야 합니다. 현재 있는 환풍기는 워낙 낡아빠진 고물이어서…… 고장이 나 돌지를 않습니다.
소 장	산소 마스크가 있잖아! 그걸 쓰고 들어가 봐.

광부 조씨	그까짓 마스크 가지곤 당해낼 수 없어요!
소 장	(들것에 누워 있는 광부를 가리키며) 그럼 이 사람은 어떻게 꺼내 왔어?
광부 조씨	우리가 꺼내 온 게 아닙니다. 갱 입구까지 악으로 기어 나오더니 정신을 잃더군요.
광부들	새 환풍기를 주십시오, 소장님.
광부 박씨	갱 밖에서는 광부들 가족이 애타게 기다리고 있습니다.
소 장	(혀를 찬다.) 쯧쯧…… 빌어먹을! 새 환풍기가 있으면 왜 안 주겠어?
광부 박씨	새 것을 구입해 놓겠다구 소장님이 약속하셨잖습니까?
소 장	물론 약속했었지! 하지만 노조 지부장이 그 예산을 후생복지 비용으로 돌려 썼잖아!
광부들	후생복지? 그게 뭡니까?
지부장	아, 그거 당신들 모두에게 혜택을 주기 위한 거야. 지난번 당신들 건강진단을 받았지? 혹시 규폐증 같은 병에 걸리지 않았는가, 엑스 레이도 찍고 몸무게도 달아 봤잖아?
광부 박씨	지부장님, 그건 회사에서 해주는 것 아닙니까?
지부장	회사에서 해줘야지, 당연히. 법으로도 그렇게 되어 있어. 하지만 회사의 건강진단은…… 솔직히 말해서 형식적이거든. 그래서 우리 노조가 결의하여 그 환풍기 살 돈을 더 급한 후생복지 비로 돌려 쓰자구 소장님께 말씀했던 거야. 생각해 보라구. 병이란 정확하게 발견해서 하루라도 빨리 치료해야 좋은 거 아냐?
광부 박씨	그럼 갱 속에 있는 광부들은 구해낼 수가 없겠군요!
소 장	내 인격에 걸고 약속하지! 환풍기는 내일 당장에 사겠어. 그러니 말야, 오늘은 다른 방법으로 구조 작업을 해보라구!
광부들	(서로의 얼굴을 바라보며 머뭇거린다.)
소 장	뭘 해? 어서 사고 현장에 가보라니까!
광부들	(들것을 내려놓는다.)

소 장	여봐! 여봐! (광부들은 되돌아오지 않는다. 지부장에게) 이게 무슨 짓이지?
지부장	뻔하잖습니까? 그들 불만을 표시한 거죠.
소 장	(들것에 누워 있는 만석을 흔들며) 일어나! 여긴 누워 있을 곳이 아냐!
지부장	정신 잃은 사람이 어떻게 일어납니까? 소장님, 담배나 한 대 더 주십쇼.
소 장	(담배를 꺼내 주며) 쯧쯧, 빌어먹을! 어서 빨리 수습 대책을 생각해내!
지부장	(담배를 피우면서 침묵)
소 장	또 마누라 걱정인가?
지부장	(침묵)
소 장	틀림없어! 자넨 또 마누라 걱정만 하는 거야!
지부장	제발 조용히 좀 하십쇼, 생각 좀 하게…….

소장, 담배를 피우면서 생각을 하고 있는 지부장 앞을 왔다갔다 한다. 마침내 참을 수 없게 되어 혀를 찬다.

소 장	쯧쯧…… 빌어먹겠군!
지부장	소장님, 문제는 두 가지 아닙니까? 첫째는 보상금 문제, 둘째는 감정적인 문제죠. 사고가 일어나면 언제나 사상자에 대한 보상금 액수 때문에 말썽이구요, 또 광부들의 격앙된 감정 때문에 애를 먹거든요. 이 두 가지 문제를 어떻게 해결하느냐에 따라서 14번 갱의 작업이 빨라지느냐 아니면 늦어지느냐가 달린 거죠.
소 장	늦어져서는 안 돼, 절대로!
지부장	그렇다면 이번 사고는 고의적인 사고라고 해야 합니다.
소 장	……고의적인 사고라니?
지부장	이를테면…… 갱 내에서 지켜야 할 안전수칙을 어겨서 생긴

사고라든가…… 가령 어떤 광부가 금지된 성냥을 켰다…… 더구나 그 성냥으로 다이너마이트에 불을 붙였다면…… 물론 자기 목숨을 일부러 끊어 버릴 각오를 하지 않고서는 그럴 리가 없겠지만 말입니다…….

소 장 그게 무슨 소리야? 어떤 병신 같은 자식이 스스로 자기 목숨을 끊어?

지부장 하지만 사람이란 죽고 싶은 경우도 있거든요. 산다는 게 무의미하다든가, 불치의 병에 걸려 괴롭기만 하다든가, 가난에 쪼들려서 살 맛이 없다든가…… 그런 사람을 이번 사망자 중에서 찾아내는 거죠.

소 장 그렇지만 지부장…… 죽은 사람이 어떻게 스스로 다이너마이트를 터뜨려 사고를 낸 거라구 말할 수 있나?

지부장 물론 죽은 사람은 말하지 못합니다. 그러니깐 산 사람을 말하도록 해야지요. 돈을 좀 준다든가, 힘든 일을 쉬운 일로 바꿔 준다든가…… 그렇게 해서 마치 사고 현장에서 목격한 것처럼 말하도록 하는 겁니다.

소 장 그래, 바로 그거야! 내가 생각해내라고 했던 것이 바로 그거라구!

소장이 관객들에게 말한다.

소 장 사고가 나면 골치가 아픕니다. 그래서 나는 머리 좋은 노조 지부장에게 수습 방법을 생각해 보라고 했던 거지요. 방금 여러분도 들으셔서 아시겠지만 불행중 다행이랄까, 이번 사고, 고의적 자살 행위 때문에 생겼다고 할 수 있게 됐습니다. (혀를 차며) 쯧쯧…… 빌어먹을! 물론 그렇게 하는 것이 옳지 못하다는 건 나두 압니다. 하지만 우리 석탄 광산의 입장을 들어 보시면 이해하실 거예요. 지난해 겨울이 얼마나 따뜻했습니까? 석탄 소비가 전혀 되질 않았습니다. 더구나 모자랄까봐 외국에서 들여 온 석탄이 산더미처럼 쌓여 있습니다. 그래서 지금 무려 1백만 톤에서 1백5십만 톤의 석탄이 남아돌고 있는 실정이에요! 자, 이러니 어떻게 되겠습니까? 조그만 영세 광산들은 자금압박에 견디다 못해 폐업을 할 지경입니다. 우리 영동탄광 역시 아주 조그만 업체지요. 문을 닫지 않으려고 꼭 필요한 경비마저 절감하고 있습니다. 그런데 광부들의 안전대책이라니…… 쯧쯧, 빌어먹을! (전화기를 든다.) 여봐 교환! 장거리 전화 부탁해! 서울 본사 좀 대줘! (관객들에게) 제발 오해 없으시기 바랍니다. 이번 사고 처리는 어디까지나 현장 소장으로서 나의 책임이지, 서울 본사가 시켜서 한 건 아닙니다. 사울 본사는 솔직히 말해서 현장에 있는 우리들 고충을 전혀 알지를 못합니다. 또 알려고도 하질 않아요. 위자료 문제를 꺼냈다가는 아예 폐업해 버리라구 할 겁니다. 그렇게 되면 일자리를 잃은 광부들과 가족들은 뭘 먹고 살아야 합니까? 그래서 이번 사고 역시 대수롭지 않은 거라구 보고할 겁니다. (통화를 한다.) 네, 영동탄광 현장 사무소입니다. 본사 누구십니까? ……아, 서무과 미스터 리! 오늘 밤 숙직이라구? 그럼 높으신 분들은? 다 퇴근하셨어? 뭐, 그저 사소한 사고가 일어나서…… 걱정할 건 없다구 전해 드려. 그럼 수고해. (전화기를 내던지듯 내려놓으며) 쯧쯧…… 빌어먹겠군!

제2장

읍내 병원의 응급실 침대 위에 눕혀져 있는 만석, 아직도 그는 인사불성인 채 링겔 주사를 맞고 있다. 곁에 지부장이 앉아서 만석이 깨어나기를 기다린다. 사이. 만석은 신음 같기도 하고 심호흡 같기도 한 소리를 낸다. 지부장, 그를 흔든다.

지부장	여봐, 만석이! 정신차리라구!
만 석	(몸을 뒤채이다가 눈을 뜬다.)
지부장	오, 눈을 떴군 그래!
만 석	여기가…… 어딥니까?
지부장	읍내 병원이야, 자넨 이틀 동안 꼬박 누워 있었어.
만 석	(사방을 둘러보고……) 병원? 지부장님, 왜 내가 여기에 있죠?
지부장	사고가 났었잖아, 자네가 일하던 14번 갱에서. 기억나나?
만 석	네…… 14번 갱…….
지부장	만석이, 자넨 운이 좋았어. 축하한다구…… 왜 울상인가?
만 석	저어, 지부장님…….
지부장	아, 오줌이 마려워서? 그래, 링겔을 오래 맞으면 오줌이 마려운 거야. 미안해 할 것 없어. 날 꼭 잡아, 자넬 세워 줄 테니까. (그는 만석을 일으켜 세워 뒤돌아 앉게 하고 요기를 받쳐 준다.) 조심해서 눠.
만 석	몇 명이나 죽었습니까, 이번엔?
지부장	다섯 명이야. 지난번 사고 때보다는 적은 셈이지.
만 석	살아난 사람은요?
지부장	사네 혼자야, 만석이.

만석, 요기를 내놓는다. 지부장은 친절하게 그를 부축해서 다시 침대에 눕힌다.

지부장	역시 산다는 건 좋은 거야.
만 석	(침묵)
지부장	그렇잖아?
만 석	(침묵)
지부장	자네…… 울고 있군. 그래, 실컷 울어. 만석이…… 창 밖을 바라봐. 화사한 꽃들이 피어 있구 나비들이 날고 있어. 더구나 저 하늘을 보라구. 햇빛이 기막히구만! 갱 속에서는 볼 수 없

는 것들이지만 말야. 그래도 살아있으니까 이렇게 볼 기회가 있는 거라구.

만 석 고맙습니다, 지부장님. 나를 살리려구…… 입원까지 시켜 주셔서…….

지부장 뭘, 내 직책이 이런 거지. 그런데 만석이…… 지난번 건강진단 때…… 의사가 자네 몸이 좋질 않다구 했었지? 그래서 이왕 병원에 들어온 김에 아주 세밀하게 검사해 보라구 했어. (흉곽을 찍은 엑스 레이 필름을 꺼내 보이며) 엑스 레이도 큼직하게 다시 찍고 말야.

만 석 고맙습니다, 정말…….

지부장 자넨 규폐증에 걸렸다는군. 양쪽 폐가 이렇게 석탄덩어리처럼 단단히 굳어지기 시작했다는 거야.

만 석 (상반신을 일으켜 세운다. 그리고 엑스 레이 필름을 나꿔채듯이 빼앗아 들여다본다.)

지부장 규폐증에 걸리면 잘 먹어야지. 몸도 함부로 쓰지 말구. 그래야 생명이 조금이라도 더 연장되는걸. 만석이, 자네 좀 쉬운 일로 옮겨 주지. 하늘도 바라보이고 맑은 공기도 맘껏 마실 수 있는…… 소장님도 약속하셨어. 자네가 원한다면 그렇게 해주마구. 대신 말야, 소장님도 자네한테 원하는 게 있으신가 봐.

만 석 그게…… 뭡니까?

지부장 뭐 천천히 말해 주지. 지금은 편안하게 좀 누우라구. (만석을 부축하여 눕힌다.) 이젠 그 지긋지긋한 갱 속은 잊어 버려. 자네 부인도 또 자네 아들도 좋아할 거야.

지부장이 관객들에게 말한다.

지부장 만석이는 운이 터졌습니다. 고달픈 인생을 살다가 저렇게 운 한번 터지지 못하고 죽은 사람이 얼마나 많습니까? 만석이는 창 밖의 풍경을 바라보며 눈물을 흘렸습니다. 그러자 내 가슴이 뭉클해지더군요. 사실 난 죽기 일보 직전의 만석이를 읍내 병원까지 트럭으로 실어다가 입원시켜 줬고, 이틀 동안 지극히 간호하여 목숨을 살려 놨습니다. 그리고 이젠 새까만 갱 속이 아니라, 푸른 하늘을 바라볼 수 있는 일자리를 마련해 주었습니다. 여러분, 노조 지부장이란 뭐겠습니까? 실컷 고생만 하다가 죽은 사람이야 어쩔 수 없는 거지만, 산 사람 하나만이라도 행복하게 해주는 것이 노조 지부장이 할 도리입니다. 바로 그런 점에서 나는 만석에게 고마운 생명의 은인이기도 합니다.

제3장

만석의 집. 병원에서 퇴원한 만석이 돌아온다. 그의 아내가 반가움에 울먹이는 얼굴로 맞이한다. 만석은 아내를 부둥켜안아 올리더니 맴을 돈다.

만석의 처 여보…… 돌아오셨군요!
만 석 잘 있었소, 우리 마누라!
만석의 처 (웃으며) 내려 줘요, 여보.
만 석 (안아 올린 채) 당신…… 참 가볍군.
만석의 처 내려놔요, 힘들잖아요?
만 석 아냐, 당신은 꼭 메밀 껍질처럼 가벼워.
만석의 처 여보…….
만 석 (아내를 내려놓으며) 고생을 해서 그런 거야. 내가 고생을 시켜서 그런 거라구.
만석의 처 여보, 난 고생하지 않았어요. 오히려 당신이…… 시키면 갱 속으로 일하러 가는 당신을 배웅하고 돌아서면, 차마 밝은 하늘 아래 서 있기가 죄송한걸요. 이번 사고 나던 날에도 그랬었죠.

아침밥을 푸다가 주걱을 땅에 떨어뜨렸는데, 가슴이 덜컹 내려앉았어요. 제발 아무 탈이 생기지 않기를 빌면서…… 하루 온종일 빌었지만…… 사고가 나구 말았어요. 미안해요.

만 석 여보, 어디 그게 당신이 밥주걱을 떨어뜨렸다구 생긴 사고겠어? 아무때든 사고는 나는 거지. 다만 난 이번에 운이 좋았어. 막장에서 탄을 캐내고 있었는데, 떠받쳐야 할 갱목이 없잖아. 그런데 그걸 갖다 주는 후산부가 보이질 않았어. 반장이 화를 내며 지시를 내리더군. 나더러 대신 가져오라는 거야. 난 마음이 내키지 않았지. 막장에서 갱목이 있는 곳까진 아주 좁아서 겨우 한 사람이 기어다닐 정도야. 바닥엔 물이 고여 질퍽하고 미끄럽게 경사가 심해. 게다가 무거운 갱목을 짊어지고 기어다녀야 한다는 건…… 하지만 할 수 없었어. 난 갱목을 가지러 기어갔지. 그랬는데 도중에 누군가 쓰러져 있더군. 불빛으로 얼굴을 비춰 봤더니 후산부 최씨야. 바지에 손을 넣어 봤지. 똥과 오줌을 싸서 축축히 젖어 있었어. 가스 중독이라는 걸 짐작했지. 그래서 막장의 광부들한테 대피하라구 고함을 지르려는데…… 눈앞이 번쩍 하면서 갱이 우르르 무너져 내리는 거야. 난…… 정신없이 기었지. 그 다음은…… 병원에 누워 있더군.

만석의 처 그럼 전혀 다르군요. 광업소에선 후산부 최씨가 일으킨 사고래요.

만 석 (침묵)

만석의 처 불쌍해요, 최씨네 남은 가족들이…… 올망졸망한 어린 것들은 많구, 앞으로 어떻게 살아야 하죠? 더구나 보상금도 제대로 못 받게 되나 봐요. 여보, 당신이 소장님께 말씀하세요. 최씨 때문에 생긴 사고가 아니잖아요?

만 석 글쎄…… 후산부 최씨가 다이나마이트를 터뜨렸는지도 모르지…….

만석의 처 당신이 보셨다면서요?

만 석	물론 보았었지. 하지만…… 최씨는 규폐증 환자였어. 술에 취하면 자기 오래 못 산다, 차라리 죽는 게 낫다, 그런 소리를 늘 입버릇처럼 했었지.
만석의 처	여보…….
만 석	난 최씨가 사고를 냈다고 말할 거야! 그럼, 저 지긋지긋한 갱 속이 아니라 다른 일자리로 옮겨 준다구 했어! 여보, 당신이 어떻게 생각할지 모르지만…… 십 년 넘게 광부 생활을 하다가 직업병만 얻은 채 노후의 보장도 없이 퇴직하는 사람들이 얼마나 많아? 그리고 몇 푼 되지도 않는 퇴직금을 치료비로 탕진하고 결국 세상을 떠나는 걸 보면…… 마치 내 앞날을 보는 것 같아 막막하기만 하더라구.
만석의 처	(침묵)
만 석	당신도 늘 걱정했었지? 내가 그 꼴이 되면 자식은 어떻게 키워야 하겠느냐구…… 우리 아들 진욱이…… 난 그 애가 나처럼 되는 건 싫어. 정말 나처럼 광부로 만들기는 싫다구!
만석의 처	미안해요, 여보.
만 석	(침묵)
만석의 처	최씨 부인한테도 미안하구요. 자식 걱정하기는 마찬가진데…… 최씨네 한 아이는 우리 아들 진욱이와 단짝이에요. 학교 갈 때도 늘 붙어 다니구, 이번에 합창단이 생겼는데 함께 뽑혔대요.
만 석	합창단이라니?
만석의 처	국민학교 합창단이죠. 새로 오신 선생님이 만드셨어요.
만 석	진욱이가 그럼 노래를 부른단 말이오?
만석의 처	네, 아주 잘해요.
만 석	사내 녀석이 노래 같은 걸 잘해서 뭣에 쓰겠어?
만석의 처	여보, 진욱이 선생님을 만나 보세요.
만 석	…… 선생을?
만석의 처	당신을 뵙구 꼭 드릴 말씀이 있다구 학교로 오시랬어요.

만 석	난 학교라면 질색인데…….
만석의 처	왜요?
만 석	선생 앞에 가면 괜히 야단맞을 것 같거든.
만석의 처	부탁이에요, 여보. 학교 선생님을 찾아가세요.

만석의 처, 관객들에게 말한다.

만석의 처	난 남편의 심정을 이해해요. 갱 속에서 직접 보구서도 오죽하면 엉뚱하게 최씨가 사고를 냈다는 말을 하구 싶겠어요? 아마 내 남편이 광부만 아니었어도 나는 그 말을 해선 안 된다구 말렸을 거예요. 하지만 광부의 아내는 그럴 수 없어요. 다른 아내들이 아무렇지도 않게 할 수 있는 잔소리도, 광부의 아내들은 혼자서 꿀꺽 삼켜 버려야 해요. 그리곤 오직 미안한 마음만이…… 답답해져요.

제4장

국민학교의 교실 복도. 교실 안에서 합창 연습을 하고 있는 어린 학생들의 노랫소리와 교사의 목소리, 오르간 반주 소리가 들려오고 있다.

합창단	(소리) 나의 살던 고향은 꽃피는 산골 복숭아꽃 살구꽃 아기 진달래 울긋불긋 꽃대궐 차리인 동네 그 속에서 놀던 때가 그립습니다.
교 사	(소리) 잘 불렀어, 모두들. 하지만 내가 몇 번이나 말했지? 노래라는 건 입으로 소리만 낸다구 다 되는 게 아냐. 중요한 건 마음이야. 마음으로 불러야 한다구. 복숭아꽃 살구꽃이 환하게

피어 있는 그 광경을 마음으로 보면서 불러야 그 노래를 듣는 사람이 감동하는 거야. 알겠나?

합창단　(소리) 네, 선생님.

교　사　자, 다시 불러 봐. 마음속에 충분히 그 광경을 그리면서……　시작!

합창단　(노래한다.)

만석은 그 노래를 귀기울여 듣고 있다. 사이, 광부 박씨가 만석의 등 뒤쪽에서 들어온다.

광부 박씨　(만석의 어깨를 툭 치며) 만석이.

만　석　어, 자넨가?

광부 박씨　역시 달라졌어! 쫙 빼어 입은 폼이 일류 신사 같구만!

만　석　뭐…… 이거 결혼할 때 장모님이 한 벌 해준 거야. 이젠 구식 양복이지. 몸에 맞지도 않구…… 자넨 무슨 일로 학교에 왔나?

광부 박씨　선생이 만나자구 해서 왔지. 자넨?

만　석　나두 그래. 괜히 잘못한 것도 없이 떨리는군.

광부 박씨　솔직히 말해 봐, 이번에 얼마 받기로 했나?

만　석　……얼마라니?

광부 박씨　이번 사고 원인을 유리하게 말해 주는 대가가 있을 것 아냐?

만　석　(침묵)

광부 박씨　다른 사람은 속여도 나만은 못 속여! 그래 얼마 받는 거야? 꽤 많겠지?

교사, 복도에 나온다.

교　사　죄송합니다, 너무 기다리게 해서.

광부 박씨　아, 선생님이십니까? 저는 칠복이 애비올시다.

교 사	잘 오셨습니다. 그런데 진욱이 아버님은……?
광부 박씨	(만석을 가리키며) 여기, 이 사람이구요.
교 사	(만석의 손을 잡으며) 이번 사고에 용케 사셨다구요. 정말 다행입니다.
만 석	네…… 선생님.
교 사	댁의 아드님은 훌륭한 목소리를 가졌습니다. 우리 학교 합창단에 없어서는 안 될 아이지요.
만 석	선생님, 저는 제 자식이 공부를 잘해서 상급학교에 들어가길 바라고 있습니다. 그런데 노래 같은 걸 잘 부른다구 진학이 되겠습니까?
교 사	물론 상급학교에 진학하려면 공부를 잘해야겠지요. 하지만 어렸을 때 인격의 바탕을 길러 주는 것도 대단히 중요합니다. (손에 든 지휘봉으로 복도의 벽을 가리킨다.) 이걸 보십시오. 아이들의 글짓기 작품을 벽에 붙여 놓은 겁니다. 이렇게 나는 글 쓰는 것도 가르치고 있어요. 그러나 교사로서 나는 가슴이 아픕니다. 왜냐…… 이곳에서는 모든 것이 새까맣기 때문에, 아이들은 땅도 시냇물도 까맣다고 써놓고 있거든요. 또 이쪽 벽을 바라보십시오. 여긴 아이들의 그림을 붙여 놨습니다. 나는 이렇게 그림 그리기도 가르치고 있어요. 하지만 이 새까맣게 칠해 놓은 그림 앞에서 나는 깊은 절망을 느낍니다. 그렇다면 무엇을 이 아이들에게 가르쳐야 하느냐…… 그건 노래입니다! 오직 노래만이 새까맣지 않아요! 그래서 나는 합창단을 만든 겁니다. 그리고 놀라지 마십시오! 우리 합창단은 서울에서 열리는 전국 합창 경연 대회에 나갈 겁니다! 이미 참가 신청서를 제출해 놓았습니다. 일등하게 된다면…… 우리 아이들에게는 희망이 있습니다! 자, 나하고 함께 교실에 들어가서 노래를 들어 보십시오!
만 석	선생님…… 난 그냥 여기 있겠습니다.
광부 박씨	왜, 들어가 들어 보지 그래?

만 석	난 노래를 몰라서…….
광부 박씨	자네더러 부르라구 하는 건 아니잖아?
만 석	그래두…….
교 사	굳이 사양하신다면 괜찮습니다. 그런데 진욱이 아버님을 특별히 오시라고 한 것은…… 이거 말문 열기가 어렵군요. 다름이 아니라…… 합창 경연 대회에 나가려면 단체복을 입혀야 합니다. 그래서 진욱이한테 옷 한 벌 해주실 수 있겠습니까? 먹고 살기에도 빠듯한데 무슨 쓸데없는 옷이냐구 하시겠지만…… 합창대회가 얼마 남지 않았거든요.
만 석	옷…… 옷이라구요?
광부 박씨	뭘 망설이나, 만석이. 자넨 떼돈이 생겼잖아? (교사에게) 모두 몇 명입니까, 합창단은?
교 사	열일곱 명입니다.
광부 박씨	몇 명 되지도 않는군요! 그런데 일일이 학부모를 불러서 부탁해 가지구 언제 그 단체복을 다 입힐 수 있겠습니까? 선생께서 만석이에게 부탁해 보시지요. 그까짓 합창단 전원의 옷 같은 건 문제가 없을 겁니다.
교 사	(반색을 하며 만석에게) 그게 사실입니까?
만 석	아닙니다, 선생님.
광부 박씨	아니기는 뭐가 아냐! 내가 다 아는데! (교사에게) 경연 대회는 언제인데요?
교 사	다음 주 토요일입니다.
광부 박씨	며칠 남지도 않았군!
교 사	(만석에게 사정하며) 어떻게 안 되겠습니까?
광부 박씨	만석아, 인색하게 굴지 마!
만 석	난 인색하지 않아!
교 사	물론 그러시겠지요! 정말 감사합니다.
광부 박씨	진작 그럴 것이지, 빼기기는. (교사에게) 그런데 선생님, 우리 아들 칠복이도 합창대회에 나가겠지요?

교 사 칠복이는…….

광부 박씨 ……합창단원이 아닙니까?

교 사 유감입니다만, 그렇습니다.

광부 박씨 (표정이 달라지며) 왜요? 목소리가 나쁩니까?

교 사 칠복이는 품행이 좋지 않아요. 성미가 거칠구 사납습니다. 더구나 요즈음엔 합창단 아이들만 보면 욕설을 하거나 덤벼들어 때립니다. 그래서 이렇게 학부형을 오시라구 했어요. 제발 엄하게 말씀 좀 하십시오. 가정에서도 깊은 관심을 갖고 못된 행동은 고쳐 주어야 합니다. 아셨습니까?

광부 박씨 그래요? 대단히 고마우신 말씀이시군요!

교사가 관객들에게 말한다.

교 사 나는 이곳 국민학교에 부임해 온 지 얼마 되질 않습니다. 솔직히 말해서 좌천당해 온 거나 다름없지요. 문화시설도 없고, 뭔가 새로운 자극이나 신선한 변화도 없는, 그래서 현대에 살다가 갑자기 저 까마득한 옛날 식물의 유해들이 석탄으로 만들어지던 쥬라기(紀) 때로 보내져 왔구나, 그런 생각이 들곤 합니다. 나하고 자리를 바꾼 전임교사는 완전히 가르칠 의욕을 잃어버렸었다고 실토하더군요. 그저 교과서나 뒤적거리게 하다가 시간이 지나면 종을 쳐서 아이들을 집으로 보내 놓고, 멍하게 시커먼 쥬라기의 산들을 바라보곤 했었다는 겁니다. 풀과 나무마저 새까맣기만 한 이곳에서, 나 역시 그렇게 될까봐 겁이 더럭 났습니다. 그래서 나는 각오를 한 거지요. 뭔가 특출한 걸 보여줌으로써, 교사로서의 내 능력을 과시하고도 싶습니다. 두고 보십시오! 분명히 우리 합창단은 전국 경연 대회에서 일등을 할 겁니다! 그것은 나를 무능하다 좌천시킨 사람들에게 크나큰 충격이 되겠지요!

제5장

공동 빨래터. 골짜기에 흐르는 물은 탄가루가 섞여서 세탁할 수 없으므로 그 옆에 웅덩이를 파놓고 앙금을 가라앉혀서 사용한다. 만석의 아내와 죽은 광부 최씨의 아내 억순이 빨래를 하고 있다. 억순은 드럼통을 반 잘라 만든 것에 아이들의 많은 옷을 집어넣고 그 속에 들어가 발로 밟는 중이다.

만석의 처   도와줄까?

억 순   (밟기를 멈추지 않으며) 괜찮아.

만석의 처   힘들겠어. 내가 대신 밟아 줄게.

억 순   괜찮대두.

만석의 처   미안해서 그래. 이리 나와.

억 순   내 빨래인데 뭘. 물이나 실컷 쓸 수 있었으면…….

만석의 처   (웅덩이의 물을 앙금이 올라오지 않도록 조심스럽게 바가지로 퍼서 억순의 세탁통에 부어 준다.)

억 순   자꾸만 죽은 남편이 생각나. 지난해 겨울에 저런 웅덩이 물마저 얼어붙었던 때야. 갱 속에서 시커멓게 탄가루를 뒤집어 쓰고 들어와서는 물 한 대야만 있으면 죽어도 소원이 없겠다 하더라구. 물 한 대야만 있으면 얼굴과 발을 씻고, 또 장화까지 씻어낼 수 있다면서…… 그러더니 겨울이 지나 그 소원을 푸는가 싶더니만…… 결국은 사고를 내고 죽더라구! (빨래를 더욱 힘껏 밟아대며) 죽을 테면 자기 혼자 죽을 것이지, 왜 폭약은 터뜨려서 남들까지 죽여.

만석의 처   (물을 떠다 세탁통에 부어 주며) 미안해…… 정말 미안해…….

억 순   내 팔자엔 남편 복이 없나 봐. 김씨 성 가진 남편, 최씨 성 가진 남편, 두 번이나 살림을 차려 봤지만 나보다 일찍 죽잖아!

만석의 처   모두 몇 명이지? 아이들이?

억 순   (세탁통 속에 든 옷들을 꺼내 보이며) 이게 모두 내 자식들 옷이라구! 아들이 일곱, 딸이 다섯, 모두 열둘이야.

만석의 처 열둘이나! 좀 생각해서 낳지 그랬어?

억 순 내가 낳은 자식은 몇 안 되는걸.

만석의 처 결혼하기 전에 묻지도 않았어? 딸린 자식들이 얼마나 되느냐 구?

억 순 물어 봤지. 하지만 소용없어. 아이들이 주렁주렁 딸린 홀아비가 땅이 꺼져라 한숨을 쉬며 사정을 하는데야 무슨 재간으로 거절하겠어? 이게 내 팔자지!

만석의 처, 하늘을 쳐다본다. 그리고 웅덩이에서 물을 퍼서 억순의 세탁통에 담아 준다. 사이. 천안댁이 웅덩이에 다가온다. 그녀는 빨래 대야를 내려놓자마자 만석의 처에게 수다스럽게 묻는다.

천안댁 형님, 형님네는 떼돈 벌었다면서유?

만석의 처 떼돈이라니?

천안댁 광부 박씨가 그러던데유?

만석의 처 난 그런 돈 몰라!

천안댁 돈 모르는 사람이 어디 있어유? (바가지로 물을 휘젓듯 푸더니 빨래 대야에 담는다.) 다들 돈 때문에 이 고생인데유.

억 순 천안댁, 제정신이 아니구먼! 그렇게 함부로 바가지질을 하면 흙탕물이 되잖아?

천안댁 맙소사, 죄송해유…… 천안에서는 이렇지가 않았어유. 꼭지만 틀면 수돗물이 콸콸 쏟아져 나왔어유.

억 순 누구는 처음부터 이런 웅덩이 물 쓰는 곳에서 태어난 줄 알어? 어찌어찌 살다 보니까 여기까지 오게 된 거지.

천안댁 (흐려진 웅덩이 속을 들여다보더니) 앙금이 가라앉을 때까지 기다려야 하겠구먼유. (억순의 빨래통에 다가와서 만져 본다.) 이게 뭐예유?

억 순 빨래통이지 뭐야.

천안댁　놀라 자빠지게 크네유. 우리 천안옥에서 설겆이통으로 썼으면 좋겠구면유.

억　순　애들 다 키워 놓구 줄 테니까 그때 가져가.

천안댁　형님두! 그때까지 나더러 술장사를 하라는 거예유? 이젠 신물이 나유. 한밑천 잡으면 여길 떠나겠어유. 그런데 형님, 혹시 재혼하실 생각은 없으신가유?

만석의 처　통 뺏으려구 별소릴 다 하네!

천안댁　농담이 아녀유. 형님들도 잘 아시겠지만유, 선산부 조씨라구 불쌍한 사람 말여유. 지지난 정월에 마누라가 친정에 다녀온다더니 영 함흥차사 꼴 났잖어유. 대추나무에 연 걸리듯 자식들은 주렁주렁한데 조씨는 의붓 에미라도 있어야겠다면서 혼처를 구하고 있거든유.

만석의 처　천안댁, 이 빨래 내가 해줄 테니까 얼른 돌아가!

천안댁　요새는 여자들도 영악해져서유, 자식 많은 홀아비는 싫다구 해유. 물론 형님 한 분만 빼놓구유. 형님은 고아원 원장마냥 아이들을 잘 거두잖어유.

만석의 처　어서 가라니까!

천안댁　흥정은 붙이구 싸움은 말리랬어유.

만석의 처　안 돼! 내가 말리겠어!

천안댁　형님더러 시집가라는 건 아니잖어유? (억순에게 돌아서며) 형님이 결정하셔유. 어젯밤에도 조씨가 우리 천안옥에 와서 소주 두 병을 벌컥벌컥 마시면서 울었구면유.

억　순　오늘 밤에도 오거든 그래. 나하고 살면은 일찍 죽을 거라구! 그래도 좋다거든 함께 합쳐서 살자구 해!

만석의 처　지금 아이들도 많은데 또 데려와?

천안댁　(빨래 대야를 집어들고 가며) 말릴 것 없어유. 당사자들끼리 좋다면 되는 거 아녀유?

만석의 처　(억순에게) 어쩔려구 그래? 또 어쩔려구?

억　순　(통 속의 빨래를 밟으며) 시집가는 게 좋아서가 아냐.

만석의 처 그럼 왜 합치자고 했어?

억 순 하지만 아이들에겐…… 의붓 어미라도 있어야 하잖아!

억순, 관객들에게 말한다.

억 순 내 팔자엔 남편복은 없지만 자식복은 많은가 봅니다. 조씨네 아이들이 대추나무에 연 걸리듯 하다니까 서로 합쳐 놓으면 옛날 흥부네 집 자식들보다 많으면 많았지 결코 적지는 않겠 구먼요. 괜히 자식들 수두룩한 홀아비한테 시집가서 고생만 죽도록 하지 말고, 홀가분한 총각을 하나 골라 보라는 우스갯 소리도 듣곤 합니다. 그러나…… 탄광촌 아이들이 가엾어요. 이건 우리 자식, 저건 너희 자식, 그렇게 나눌 수가 없습니다. 내 자식이에요. 모두가…… 다 내 자식이라구요!

제6장

술집 천안옥. 술에 취한 광부들이 옛 유행가를 떠들썩하게 부르고 있다. 만석과 광부 박씨 등장. 박씨는 만석을 술집 안으로 이끌어 들인다.

광부 박씨 만석이, 한잔 하자구!

만 석 난 생각 없어…….

광부 박씨 학교에서 기분도 안 좋구 말야. 자, 들어가서 마시자니까!

만 석 글쎄, 아직 해도 저물지 않았는데…….

광부 박씨 술 마시는데 낮 따로 있고 밤 따로 있나! (술집 안의 광부들에게) 박수를 쳐! 여기 귀한 손님 모셔 왔어!

광부들 (박수를 치며) 어, 만석이! 어서 들어와!

광부 박씨 (만석의 어깨를 껴안고 들어가며 타령조로) 얼씨구 씨구 들어간다!

	절씨구 씨구 들어간다! 황천에 갔던 만석이 죽지도 않고 또 왔
	네!
광부들	뿜빠나 뿜빠 잘도 산다!
	뿜빠나 뿜빠 잘도 산다!
광부 박씨	정승판서 자제로 태어나서
	평안감사도 마다하고
	곡괭이 자루 윙켜 잡고
	탄 캐먹으러 또 왔네!
광부들	뿜빠나 뿜빠 잘도 산다!
	뿜빠나 뿜빠 잘도 산다!
광부 박씨	천안댁, 술 좀 가져와!
천안댁	(시큰둥하게) 소주예유, 탁주예유?
광부 박씨	술이라면 소주잖아!
천안댁	한 병 드릴까유, 두 병 드릴까유?
광부 박씨	이거 왜 이래? 궤짝째 가져오라구!
천안댁	돈은 누가 내나유?
광부 박씨	또 외상일까 봐서 그러는 거야? (만석이를 가리키며) 오늘은 만 석이가 한 턱 낸댔어!
천안댁	(냉담했던 태도가 달라지며) 안주는 뭘로 할까유?
광부 김씨	그 뭐…… 두부나 좀 데쳐 오지!
광부 박씨	아냐, 우리 같은 광부들은 돼지고길 먹어야 해. 그래야 가슴에 쌓인 석탄가루들이 씻겨 내려간다구. 천안댁, 안주는 돼지고 기를 가져와, 아주 푸짐하게!

광부들 소주 상자를 옮겨 놓고 술병을 꺼내 마시기 시작한다.

광부 이씨	만석이, 우리 건배하자구!
광부 박씨	(만석의 앞에 놓인 잔에 술을 부으며) 사람이 속이 좁기는…… 얼 굴 좀 펴.

광부들	만석이의 만수무강을 위해!
광부 조씨	천안댁, 안주는 어떻게 된 거야?
광부들	돼지고기 사러 읍내에 갔나?
천안댁	(숯불을 피우느라고 부채질을 하며) 성질도 급하시구만유. 숯불을 피워야 고기를 굽지유.
광부 조씨	숯불 말구 연탄불로 구워!
천안댁	탄불에 구우면 고기 맛 버려유.
광부 박씨	저렇다니까! 그저 탄이라면 탄광촌 술집에서마저 괄시를 받는군!
광부 김씨	요새 도회지엘 가보라구! 웬만큼 잘사는 사람은 기름을 때지 탄 같은 건 쓰지도 않아.
광부 이씨	식모도 그런다잖어? 연탄 때는 집이냐, 기름 때는 집이냐 물어 봐서 연탄 때는 집이라면 안 간다는 거야.
광부 박씨	그러니 누가 사람 대접이나 해주겠어, 우리 같은 광부들을.
광부 이씨	(우울한 표정이 되어) 그래…… 하루빨리 여길 떠나야 할 텐데 말야…….
광부 조씨	나두 그렇다구. 전셋방 한 칸 구할 돈만 있어도…….
광부 김씨	돈이 모여야 떠나길 하지…….
광부 박씨	(고함을 지른다.) 돼지고기 가져와!
광부들	천안댁, 돼지고기나 가져오라구!

숯불이 핀 화로를 식탁의 한가운데 파인 구멍에 넣고서 그 위에 접시를 올려놓고 돼지고기를 굽는다.

천안댁	괜히 돼지고기한테 신경질 부리지 말어유.
광부 박씨	천안댁은 우리들이 얼마나 고생을 하는지 몰라서 그래!
천안댁	왜 모르겠어유? 갱 속에서 일하면 탄가루가 콧구멍 털에 엉켜붙어서 그걸 뜯어내야 숨을 쉰다면서유?
광부 김씨	이번 사고난 뒤엔 며칠 작업을 쉬었더니 없던 코털이 돋아났

	어! (얼굴을 내밀며) 자, 내 콧구멍을 보라구.
광부 이씨	(얼굴을 치켜들고) 그럼 내 콧구멍도 봐!
광부 조씨	내 콧구멍도!
천안댁	(광부들의 얼굴을 밀치며) 이 양반들이 미쳤구먼유.
광부 박씨	천안댁, 이리 와 내 것 좀 봐!
천안댁	(다가와서 들여다본다.) 삐죽삐죽하게 돋아났어유.
광부 박씨	작업을 다시 시작하면 뜯어내서 없어질 테지!
천안댁	언제쯤 작업을 시작한대유?
광부 박씨	모르지, 언제 시작할지! (만석에게) 자넨 알고 있겠지만 말야.
만 석	(참을 수 없다는 듯 불쾌한 표정으로 일어서서) 자넨 왜 사사건건 날 물고 늘어지나?
광부 박씨	자네는 소장하구 터놓고 지내는 사이니까 그렇지!
만 석	도대체 그게 무슨 터무니없는 소리야?
광부 박씨	(일어서며 성난 목소리로) 내가 터무니없는 소릴 해?
천안댁	왜들 이러시는 거예유? 앉으세요!
광부 박씨	만석이, 가재는 게 편이야! 자네도 우리 편을 들라구! 국민학교 합창단인가 그 옷값 때문이라면 내가 빚을 내서라도 해주겠어. 또 지금 술값도 말야, 내가 낼 수도 있어. 하지만 조건이 있지. 자네가 이번 14번 갱 사고에 대해서 우리 광부들한테 불리하게 말하면 안 된다 그거야! (광부들에게) 여보게들, 내 말이 틀렸나!
광부들	암, 자네 말이 옳다구!
광부 박씨	우리가 일하는 갱 속의 온도는 30도 이상이야. 만석이 자네도 그 속에서 곡괭이질을 했었잖아? 온몸에서 비오듯 땀이 흘러내려서 속옷을 벗어 쥐어짜 입곤 했었지? (광부들에게) 자네들은 어때?
광부들	물론이지!
광부 박씨	갱 속의 공기는 얼마나 탁해? 숨이 콱콱 막혀! 또 갱 속은 얼마나 어두운가? 머리에 쓴 캡등으로 간신히 비춰 가며 기어들

어간다구. (광부 조씨에게) 여봐 조씨, 그런 속에서 하루 여덟 시간 일하고 나면 어떻게 됐어?

광부 조씨 완전히 녹초가 됐지.

광부 박씨 그래서는?

광부 조씨 집에 돌아오면 밥 숟가락 들기도 힘겨워. 그래서 밥상을 물리면 곧 골아 떨어지니까 마누라하고 그것도 못 하겠더군. 결국 가정불화만 심해지더니…… 마누라는 도망가 버렸지.

광부 박씨 어디 그것뿐이야? 이곳 물가는 또 얼마나 지독한데!

광부 이씨 모든 게 엄청나게 비싸! 하다못해 배추 한 포기 사려고 해도 읍내보다 갑절이나 비싸!

광부 박씨 그런데두 광업소나 회사측은 어떻지? 임금 인상을 요구하면 탄값을 올려야 봉급도 올릴 수 있다는 거야.

광부들 똥딴지 같은 소리라구!

광부 김씨 탄값이 올라 봐야 우리들한테는 별것 없더라구!

광부 이씨 작업 성과를 더 까다롭게 매겨서 임금이 올라가질 않거든.

광부 조씨 광업소 측에서 장난질을 하니까 그렇지!

광부 김씨 그래. 막장에서 힘들여 캐놓은 탄을 바로 그 자리에서 성과를 매길 것이지, 그걸 갱 밖으로 운반해 놓구 하잖아. 그러니 말야, 막장에서 가득 넘치도록 실은 것도 실려 나오는 동안 흔들려서 떨어지구 부딪혀서 다져지니까 정작 갱 밖에 나오면 작업 성과가 과소평가가 된다구.

광부 박씨 그러다가 사고라도 나면 어떻게 되지? 산업재해보험에서 겨우 1천일 분의 임금에다, 회사에서 따로 5백일 분 정도 보상금을 주는 것이 고작 아냐?

광부들 그것 가지고는 남은 가족들 사는 길이 막연하지!

광부 박씨 그런데 말야, 이번 사고엔 그 보상금마저 제대로 못 주겠다는 거야. 사고의 원인이 광업소 측엔 없다는 거지. 도대체 그게 말이나 돼? 더구나 이럴 때 노조 지부장은 뭘 하는 거야? 그런 뻔뻔스런 짓을 못 하게 막아야 할 텐데 오히려 거들고 있잖아!

천안댁	어서들 잡수세요. 돼지고기 타네유!
광부 박씨	내가 노조 지부장이라면 이럴 땐 정말 가만 안 있을 거야!
광부들	맞아! 자네가 노조 지부장을 했어야 하는 건데!
천안댁	돼지고기 타유!
광부 박씨	(광부들에게) 이번 기회에 자네들한테 당부를 하지. 모두 나를 밀어 줘. 그래서 우리들 권익을 찾자구. 아무리 소장이나 지부장이 14번 갱 작업을 시작하자 재촉해도 말야, 내 지시 없이는 갱 속에 들어가면 안 돼. 다른 광부들에게도 내가 말하겠어. 이번에 본때를 보여 주자구! (만석에게) 만석이, 술 마시지 않구 뭘 해! 아, 안주가 없어서 그러는 모양인데 천안댁이 돼지고기 좀 집어서 입 속에 넣어 줘!
천안댁	(젓가락으로 돼지고기를 집어서 만석에게 내밀며) 아, 입 벌리세유.
만 석	(침묵)
천안댁	아, 하세유.
만 석	(침묵)
천안댁	아, 벌리시라니깐유.
광부들	만석이, 어서 아, 입 벌려!

광부 박씨가 관객들에게 말한다.

광부 박씨	여러분, 나를 영동광업소 노동조합 지부장이 되도록 지지하여 주십시오. 지난번 지부장 선거 때는 정말 억울했습니다. 그때 표 대결에서 근소한 차이로 내가 졌던 것은 소장의 입김이 크게 작용했기 때문입니다. 소장과 현재의 지부장은 서로 밀착되어 있습니다. 생각해 보십쇼, 그 이유가 뭐겠습니까? 노조 지부장 자리가 군수보다 나은 자리라고들 그럽니다. 도대체 그 이유가 뭘까요? 노조 지부장이 되면 광부들 위에 군림하게 된다든가, 생활필수품을 납품하는 업자들과 결탁해서 이권이 생긴다든가, 그런 옳지 못한 짓을 하기 때문입니다. 여러분 나

를 지지하여 주십시오! 내가 노조 지부장이 되면 오직 깨끗한 양심으로 여러분의 권익을 위해 봉사하겠습니다.

제7장

영동탄광 소장실. 저녁 무렵. 소장이 짜증난 목소리로 아내에게 전화를 하고 있다. 곁에는 노조 지부장이 울적한 모습으로 담뱃갑을 꺼내더니 비어 있자 구겨서 내던진다.

소 장 아, 당신이오? 나야. 쯧쯧, 빌어먹을! 오늘 밤에도 집에 들어가기는 틀렸어! 뭐라구? (전화기를 두드리며) 이놈의 전화가 왜 이러지! 그래, 이제야 들리는군. 당신 아까 뭐라구 말했어? (더욱 신경질적으로) 속 뒤집힐 소리 하지도 마! 사고가 수습되지도 않았는데 내가 어떻게 집엘 들어가? 당신이나 어서 저녁 먹어. 그리구 말야, 아이들 공부 좀 시켜. 괜히 내가 집에 없다구 테레비만 보고 있지 말구. 그럼 전화 끊겠소.

지부장 소장님이 부럽군요.

소 장 왜 또 그래? (전화기를 내밀며) 부러워할 것 없어. 집에 전화해 봐!

지부장 (한숨을 쉬며) 걸어 보나 마나죠.

소 장 해보지도 않구 왜 한숨부터 쉬지?

지부장 (침묵, 한숨을 쉰다.)

소 장 혹시…… 의처증 아냐?

지부장 그런 말씀 마십쇼. 사고가 난 뒤부터 지금까지 집에 들어가 보질 못했습니다. 그쯤이면 목석 같은 여자도 바람날 것 아닙니까?

소 장 쯧쯧, 빌어먹겠군! 난 결혼해서 이십 년이 넘었지만 마누라 걱정은 해본 적이 없어. 자랑이 아니라 자연히 그렇게 되더라구!

마누라한테까지 신경을 썼다가는 이런 조그만 탄광 소장 자리 하나 해먹을 수 있었겠어? 지부장, 당신도 알아둬. 그 자릴 남한테 빼앗기지 않으려거든 말야, 오직 직무에만 머릴 쓰라구!

지부장 담배나 한대 주십쇼, 소장님.

소 장 (담배를 꺼내 주며) 어째서 내 담배만 얻어 피우나?

지부장 이번에 한번 아닙니까?

소 장 언제나 내 담배만 얻어 피웠어, 당신은!

지부장 참, 소장님두…….

소 장 웃어 넘길 일이 아냐!

지부장 오늘 저녁은 이상하시군요. 사소한 걸 가지고 짜증을 내시다니…….

소 장 도대체 만석이는 뭘 하구 있는 거야? 14번 갱 보수공사도 해야 하구, 채탄 작업도 해야 할 텐데, 광부들이 들어갈 생각을 안 하잖아?

지부장 하지만 소장님, 만석이는 병원에 있다가 겨우 며칠 전에 돌아온 겁니다.

소 장 그 정도면 충분해! 손바닥만한 광산촌인데 벌써 돌아다녔어도 열 번은 다녔겠어! 혹시…… 만석이가 사람들한테 입 다물고 있는 것 아냐?

지부장 설마 그럴라구요.

소 장 설마가 사람 잡지! 그래, 틀림없어. 만석이가 입 다물고서 말을 안 하는 거야. 지부장, 만석이를 데려와! 만석이를 데려오라구!

만석, 들어온다.

소 장 귀신이 곡할 노릇이군! 제 발로 걸어들어오고 있잖아?

지부장 (두 팔을 벌리며) 어서 와, 만석이!

만 석 (문 밖에서 망설이다가) …….

소 장	얼른 들어오잖구!
지부장	수고했어, 만석이! 최씨 때문에 일어난 사고였다고 하니까 어때? 다들 납득을 하지?
만 석	저어…… 제가 하고 싶은 말이 있어서 오는데요.
소 장	하고 싶은 말?
만 석	네, 소장님.
소 장	그럼 우리가 시켰던 말을 하고 싶지 않다, 그건가?
만 석	소장님…… 14번 갱은 가연성 가스 분포도가 굉장히 높습니다. 그러니까…… 언제나…… 위험한 곳이지요. 이번에도 그 가스가 폭발한 겁니다. 그 때문에 다섯 명이나 죽었구요. 또 언제 사고가 날지…… 소장님, 14번 갱은 안전대책을 철저히 세운 다음 작업을 하는 것이 어떨까요?
소 장	쯧쯧, 빌어먹겠군!
지부장	(창백하게 질린 표정으로) 광부들한테도 그렇게 말했나?
만 석	아뇨…….
소 장	왜 실컷 떠들고 다니지 그랬어? (전화기의 송화기를 든다.) 여봐, 교환! 서울 본사 좀 대줘! 본사에서 들으면 뛸 듯이 기뻐할 소식이 있으니까 빨리 좀 대달라구! 뭐, 기다려? 장거리 전화라서? 알겠어, 기다리지! (송화기를 내려놓는다.) 그렇지 않아도 적자만 쌓인다구 울상인데, 안전대책으로 돈을 더 들이라구 해봐, 당장 폐광하자면서 좋아할 거야!
지부장	소장님, 그 전화만은 안 됩니다! 그랬다간 정말 폐광하라구 할 텐데요!
소 장	어쨌든 골치 아픈 사고는 안 날 것 아냐!
지부장	폐광이 되면 광부들은 어떻게 하라구요?
소 장	그걸 내가 아나? 만석이한테 물어 보라구!
지부장	(만석에게) 일자리를 잃으면 뭘 먹고 살아야지? 또 그 가족들은?
만 석	(침묵)

지부장	만석이, 확실히 대답하라구. 자네가 그들을 먹이고 입히겠어?

전화벨이 울린다.

소 장	서울 본사겠군! (송화기를 들어서 만석에게 내밀며) 뭔가 먹여 살릴 묘안이 있는 모양인데 이 전화 받지.
만 석	……제가요?
소 장	(만석의 손에 송화기를 쥐어 주며) 이 전화통에다 아까 했던 말을 그대로 하라구!
만 석	(침묵)
소 장	왜 못해? 하기 싫은 말을 하라는 건 아니잖아?
만 석	(침묵)
소 장	자신있으면 하고 싶은 말을 해, 만석이.
만 석	(침묵)
소 장	하기 싫은 말도 못 하겠다, 하고 싶은 말도 못 하겠다, 그럼 도대체 뭘 어쩌겠다는 거야?
만 석	(침묵)
지부장	소장님이 대신 통화하시지요.
소 장	만석이가 있잖아!
지부장	몹시 화를 내겠습니다, 서울 본사에서.
소 장	만석이더러 말하라구 해!
지부장	제발 소장님…….
소 장	(만석에게) 자넨 뭔가 오해를 하고 있어! 우리는 편하게 놀구 먹으면서 광부들은 위험한 작업이나 시키는 몹쓸 놈으로 오해를 하고 있는데 말야, 우리도 인간이라구! 피도 있고 눈물도 있어! (자신의 가슴을 치며) 사고가 나면 누구보다 우리들 가슴이 아퍼!
지부장	소장님…… 어서, 전화를…….
소 장	그런 개인적인 오해야 견딜 수 있지! 하지만 정말 참을 수 없

는 건 뭐냐, 그건 회사 사정을 전혀 모르면서 자기들 요구만 하는 거야! 솔직히 털어놓구 지금 우리 광산은 빚더미에 올라 앉아 있어. 거짓말 같거든 그 전화통에다 물어 봐!

지부장 만석이, 소장님께 잘못했다구 빌어.

소 장 우린 어려운 형편인데도 자네를 입원시켰어. 그냥 버려 뒀으면 죽을지도 모를 자네를 입원시켜 살려 났다구! 그런데 그 은혜에 대한 보답이 고작 이거야?

만 석 (침묵)

지부장 어서 잘못했다구 빌라니까! 그래야 소장님이 전화를 받지!

만 석 ……잘못했습니다, 소장님.

소 장 잘못을 빈다고 용서될 줄 아나? 도대체 뭐야? 자네가 엉뚱한 소릴 지껄인 데에는 그만한 이유가 있을 것 아냐?

지부장 더 늦추시면 안 됩니다. 본사 전화부터 받으십쇼, 소장님.

소 장 그 이유를 듣기 전엔 전화 못 받아!

지부장 만석이, 솔직히 다 말씀드려.

만 석 광부 박씨가…….

소 장 어떻다는 거야, 광부 박씨가?

만 석 국민학교 합창단 옷을…… 술집에서 외상술을…….

소 장 횡설수설하지 말구 딱 부러지게 말해!

만 석 국민학교 선생님께…… 합창단 옷을 해주마구…… 약속했습니다.

소 장 그것과 광부 박씨하고는 무슨 상관이 있지?

만 석 박씨가…… 저더러 큰돈이 생길 거라구 하면서…….

지부장 (만석의 손에서 송화기를 빼앗아 소장에게 주며) 아시겠지요, 이제는 결국은 돈 때문인 모양입니다.

소 장 (본사와 통화한다.) 네, 영동탄광 현장 사무소입니다. 본사 누구십니까? ……아, 서무과 미스터 리! 오늘 밤에도 숙직이라구? 그럼 높으신 분들은 다들 퇴근하셨겠군? 알겠어. 내일 다시 하지. 그럼 수고해. (송화기를 내려놓는다.) 쯧쯧, 빌어먹을! 말단

사원이어서 넘어갔지 높은 양반한테 걸렸어 봐, 이렇게 슬쩍 넘길 수나 있었겠어?

지부장 (만석에게) 고맙다구 해, 소장님께!

소 장 (담배를 꺼내 입에 물려다가 지부장에게 주며) 자, 피워.

지부장 (고개를 저으며) 싫습니다.

소 장 받으라니까. 기분이 울적하잖아?

지부장 (담배를 받는다.)

소 장 (불을 붙여 주며) 쯧쯧, 빌어먹겠군! 어째서 우리가 이 고생이지? 며칠째 집에도 들어가질 못하고 자기들을 위해 이 고생을 하는데 말야…….

지부장 (담배연기를 한숨과 함께 내뿜는다.) 글쎄 말입니다. 만석이가 엉뚱한 소릴 하니까 맥이 다 풀리는군요!

소 장 햇빛이 쏟아지구 하늘이 바라보이는 그런 일자리 하나 받고선 말 못 하겠다 그거 아냐?

지부장 (만석을 바라보며) 생김새는 그렇지 않은데…….

만 석 돈 때문이 아닙니다. 제가 찾아온 것은…… 정말 믿어 주십시오.

소 장 암, 믿지! 돈 때문이 아니라 양심 때문이라는 걸 내가 믿는다구! 그러니 만석이, 자네도 돌아가 잘 생각해 봐! 어떤 말을 하는 것이 우리 광산 전체를 위해서 좋은 것인지, 양심껏 잘 생각해 보라구!

만 석 네…… 소장님.

소 장 그렇게 해서 할말이 결정되거든 부지런히 퍼뜨리고 다녀. 알겠지? (물러가라는 손짓을 하며) 그럼 가봐.

만 석 네…… 소장님.

지부장 (돌아가는 만석의 등을 바라보며) 부럽군, 만석이.

만 석 (뒤돌아보며) ……부럽다니요?

지부장 아냐, 어서 가기나 해.

소 장 지부장, 당신 생각은 어때? 그 합창단 옷인가는 오늘 밤 안으

지부장 소장님, 하지만 이 밤중에…….

소 장 읍내 아동복 가게가 있잖아? 트럭을 내줄 테니 당신이 가보라구.

지부장 가게 문이 달혔을 텐데요?

소 장 두들겨, 열릴 때까지!

지부장 글쎄요…… 맞지도 않는 옷들을 사오면 돈만 낭비 아닙니까?

소 장 국민학교 선생을 모셔가! 직접 고르라면 되겠지.

지부장 (담배를 발로 밟아 끈다.)

소 장 재떨이도 있는데 왜 밟아 끄나? 바닥이 더러워지잖아?

지부장 언제나 더러운걸요, 이 바닥은…….

소 장 (수화기를 든다.) 어, 교환이야? 국민학교 관사 좀 대줘! 뭘 꾸물 거려? 이번엔 시외전화도 아닌데 말야!

전화 교환수가 기다란 전화줄을 끌고 나와서 관객들을 향해 말한다.

전화 교환수 미안합니다. 불쑥 내가 나오게 돼서. 나는 이 탄광촌의 전화 교환수입니다. 군대에서 통신병이었다는 경력 때문에 자의 반, 타의 반, 이 노릇을 하고 있습니다. 그런데 사람들 전화 거 는 태도부터 고쳐야 합니다. 우선 통화 시간이 너무 깁니다. 쓸데없이 전화통을 붙들고 있습니다. 또 애꿎은 전화통에다 대고 화풀이를 하는 겁니다. 아까 소장님께서도 왜 꾸물거리 느냐고 화부터 내셨습니다마는, 국민학교 관사를 대라니요? 국민학교 관사는 집입니다. 집이 어떻게 전화를 받습니까? 관 사에 사는 어느 선생님을 대달라, 최소한 그 선생님 이름 석 자는 분명히 해주셔야 그게 올바로 전화 거는 태도입니다. 이 선생 저 선생 몽땅 다 불러서 간신히 연결해 드렸습니다마는, 도대체 그런 소동을 피워야 할 필요가 뭐 있겠습니까? 이렇게 소동이 끝나고 나면…… 밤은 점점 깊어만 가고…… 전화 거는 사람도 없습니다. 그러나 혹시 전화 걸 사람이 또 있을까봐 잠을 잘 수도 없고…… 그래서 나는 꾸벅꾸벅 졸며 책을 읽습니다. (책 한 권을 꺼내 보인다.) 주로 괴기소설입니다. 귀신이나 유령이 나오는 무시무시한 내용이지요. 잠을 쫓으려면 어쩔 수 없습니다. 그리고 이제는 이런 걸 일부러 골라 읽는 게 내 취미라는 것도 말씀드리고 싶습니다.

제8장

어둠, 만석은 집으로 가는 길에 죽은 광부 최씨의 환영을 본다. 최씨는 생전의 모습대로 작업복 차림에 캡등을 켜고서 곡괭이로 채탄 작업을 하고 있다.

죽은 광부 최씨   만석이…… 만석이…….

만 석   누구요?

죽은 광부 최씨   만석이, 벌써 나를 잊었나?

만 석   자네는 죽은 최씨?

죽은 광부 최씨   그래, 나야.

만 석   뭘 하구 있나, 그 캄캄한 곳에서?

죽은 광부 최씨   탄을 캐고 있지.

만 석   탄을?

죽은 광부 최씨   사방을 둘러봐. 이 새까만 어둠이 모두 석탄이라구.

만 석   (뒷걸음으로 물러나려 한다.)

죽은 광부 최씨   그쪽은 위험해! 갱이 무너졌어!

만 석   ……갱이 무너져?

죽은 광부 최씨   (곡괭이를 주며) 이 곡괭이로 캐내! 이 새까만 걸 다 캐내야 저쪽 밝은 곳으로 나갈 수 있어.

만 석   여봐, 최씨…….

죽은 광부 최씨 뭘 해? 어서 캐내지 않구!

그들은 함께 곡괭이질을 한다.

만 석 자넨 죽었잖아?

죽은 광부 최씨 하하하, 하하! 산 사람 얼굴이 뭐 그래? 죽은 사람보다도 더 불쌍한 표정이구만!

만 석 자넨 정말 죽었나?

죽은 광부 최씨 하하하, 하하!

만 석 왜 웃기만 해?

죽은 광부 최씨 하하, 우습잖구! 갱 속의 가스에 중독되어 생오줌과 생똥을 싸놓구 죽은 나를 만져 본 게 누구였지? 바로 자네였잖아? 그런데 믿어지질 않아서 죽었느냐구 자꾸만 묻다니! 하하, 하하하! 자넨 내가 다이나마이트로 죽었다고 해야 믿을 모양이지?

만 석 (당황하여 곡괭이질을 멈추면서) 그럴 리가 있나…….

죽은 광부 최씨 잡아뗄 것 없어, 만석이.

만 석 아냐, 날 오해하지 마!

죽은 광부 최씨 사방이 새까맣군! 어서 캐내라구!

그들은 다시 곡괭이질을 한다. 죽은 광부 최씨의 빠른 작업 태도에 비해 만석은 지쳐서 느린 모습이 된다.

만 석 최씨…… 나 좀 쉬게 해줘.

죽은 광부 최씨 안 돼! 오늘 밤 이걸 다 캐내야 밝아질 수 있어!

만 석 괴로워. 조금만 쉬었으면…….

죽은 광부 최씨 안 된다니까. 쉬지 말구 캐내!

작업이 계속된다.

만 석   최씨…… 사실은…… 난 자네가 다이나마이트로 사고를 내고 죽었다구…… 사람들한테 말하려 했었어.

죽은 광부 최씨   아, 그런데?

만 석   차마…… 그 말을 못 하겠더군.

죽은 광부 최씨   그럼 내가 가스 중독 때문에 죽은 거라구 말하면 되잖아?

만 석   그 말도…… 못 하겠어.

죽은 광부 최씨   앞뒤 나갈 수도 없이 꽉 막혔잖아! 어서 부지런히 캐내라구!

만 석   (고통스럽게 신음을 하며) 맞아, 앞뒤가 꽉 막혔어. 최씨 난 괴로워…….

죽은 광부 최씨   하하, 하하하!

만 석   괴롭다니까!

죽은 광부 최씨   하하, 나 때문에 괴로워할 건 없어! 생각해 봐, 만석이. 가스 중독 때문에 죽었다고 사실대로 말한들 죽은 내가 다시 살아나겠어? 또 다이나마이트로 죽었다구 억지를 말한들 죽은 내가 한번 더 죽기를 하겠나?

만 석   그런데도 자넨 지금 나를 쉬지 못하게 괴롭히고 있잖아!

죽은 광부 최씨   죽은 내가 괴롭히는 게 아냐, 만석이. 쉬지 말구 캐내 봐! 그럼 이 괴로운 속을 뚫고 나갈 수 있을 거야!

작업은 계속된다.

만 석   그래…… 내가 이렇게 괴로운 건 사람들 때문이야. 소장과 지부장, 광부들이 나를 괴롭혀. 내가 소장이 원하는 말을 하면 동료 광부들이 나를 멸시할 테구, 내가 그 말을 하지 않으면 소장과 지부장이 나를 냉대하겠지.

죽은 광부 최씨   오직 그것 때문에 괴로운 것일까? 쉬지 말구 더 캐내 봐.

작업을 계속한다.

만 석　　그렇군…… 내 욕심 때문이야. 하늘이 바라보이고 햇빛이 내려쬐이는…… 그런 일자리의 미련 때문에 나는 괴로워…….

죽은 광부 최씨　기운을 내, 만석이. 기운을 내서 캐내라구. 자넨 하늘과 햇빛 없이도 살아 왔잖아?

작업이 계속된다. 만석은 지칠 대로 지쳐서 주저앉는다.

만 석　　이제는…… 더…… 못해. 이렇게 괴로운 건…… 내가 살아있기 때문이야! 내가 그날 자네처럼 죽었더라면 난 괴롭지 않을 텐데!

죽은 광부 최씨　물론 죽으면 괴롭지는 않지. 하지만…….

만 석　　하지만 뭐야?

죽은 광부 최씨　죽으면 아무 의미가 없어.

만 석　　산다는 건 무슨 의미가 있지? 오직 괴로움뿐인걸!

죽은 광부 최씨　괴로운 때가 많지, 산다는 건. 그러나 만석이 일어나서 더 캐내 봐!

만 석　　(고개를 가로저으며) 안 돼, 이제는…….

죽은 광부 최씨　그럼 이 어둠 속에서 파묻히고 말 거야? 여봐 만석이, 자넨 죽음의 갱 속에서 악착같이 기어나왔었잖아! 그때를 생각해 보라구! 그렇게 살려고 했다면 뭔가 그 이유가 있을 것 아냐?

만 석　　내 아들…… 내 아들 때문에 기어나왔지…….

죽은 광부 최씨　그럼 그 아들을 생각하면서 일어나라구. (만석을 부축하여 일으키고서 곡괭이를 다시 쥐어 주며) 기운을 내, 만석이. 난 죽어서 억울해. 죽으면서 내 자식들 얼굴이 자꾸만 떠오르더라구. 내 자식들…… 한번 사람답게 키워 보구 싶었는데…….

만 석　　(일어서서 곡괭이질을 하며) 그래, 정말 내 자식은 사람답게 키워 보구 싶어!

죽은 광부 최씨　그렇다면 만석이, 쉬지 말구 캐내! 밝아질 때까지 캐내라구!

죽은 광부 최씨가 관객들에게 말한다.

죽은 광부 최씨 여러분, 나를 못 봤던 것으로 해두십시오. 나는 죽은 사람
이지 살아있는 사람이 아닙니다. 내가 만석이에게 나타난 것
도 사실이었느냐고 묻지를 마십시오. 그건 사실일 수도 있으
며, 사실이 아닐 수도 있는 겁니다. (닭 우는 소리가 들려온다.)
새벽닭이 우는군요. 그럼 여러분, 나는 이만 물러가겠습니다.

제9장

만석의 집. 만석의 아내는 귀가하지 않는 남편을 기다리며 억순에게
줄 혼수용 이불을 만들고 있다. 새벽녘. 만석은 곡괭이질을 하며 집
앞까지 다가온다.

만 석 캐내겠어! 이 새까만 걸 다 캐내겠다구!
만석의 처 (곡괭이질 소리에 놀란 듯 집 밖으로 나온다.) 여보…….
만 석 내가 다 캐내겠다니까!
만석의 처 뭘 하시는 거죠?
만 석 이 새까만 걸 다 캐내겠어!
만석의 처 (만석을 붙잡으며) 집이에요, 여기는…….
만 석 집이라구?
만석의 처 여보…….
만 석 (사방을 둘러보며) 이상하군. 여기 함께 있었는데…….
만석의 처 함께라뇨? 누구와?
만 석 죽은 최씨…… 나와 함께 탄을 캐고 있었거든. (손바닥으로 흘러
내리는 땀을 닦으며) 여보, 목이 타는구만. 물 한 그릇 줘.
만석의 처 (물을 갖다 준다.)
만 석 (벌컥벌컥 마시며) 지금 몇 시나 됐을까?

만석의 처 조금 전 새벽닭이 울던데요.

만 석 닭이 울었어? 그럼 밤새껏 내가 곡괭이질을 했던 모양이지?

만석의 처 여보…… 괜찮으시겠어요?

만 석 (쥐고 있는 곡괭이를 바라보며) 그것 참…… 곡괭이가 둔갑한 허깨비를 만났었나?

만석의 처 죽은 최씨를 보셨다면서요?

만 석 그래, 분명히 최씨였어.

만석의 처 당신, 피곤하셔서 잘못 보신 거예요. 방에 들어가 푹 좀 주무세요.

만 석 피곤하군, 정말. 광업소 문 앞에서 여기 우리 집까지 곡괭이질을 했으니…….

만석의 처 그렇게 멀리나요!

만 석 하긴 나 혼자 캐낸 건 아니지. 죽은 최씨하구.

만석과 아내, 방으로 들어온다. 만석은 눕더니 만들고 있는 새 이불을 덮는다.

만 석 당신, 새 이불을 만들고 있었군?

만석의 처 (고개를 끄덕인다.)

만 석 밤새도록?

만석의 처 네.

만 석 그럼 함께 잡시다. 당신도 이불 덮구 누워.

만석의 처 하지만…… 이 이불을 덮으면 안 돼요.

만 석 어째서, 이 이불이? 푹신푹신한 게 잠이 절로 오겠는걸!

만석의 처 오늘 최씨 부인이 재혼을 해요.

만 석 재혼을 해? 아, 최씨가 죽은 지 며칠이나 됐다구 또 시집을 가? 상대 남자는 누군데?

만석의 처 선산부 조씨예요.

만 석 조씨? 그럼 그…… 마누라가 도망간……?

만석의 처	네.
만 석	그 집 아이들이 수두룩하잖아?
만석의 처	최씨 부인이 가엾어요. 두 번이나 시집을 갔었지만 이불 한 채 없이 갔었대요. 이번에도 그렇구요. 그래서 새 이불을 하나 만들어 주고 싶어요. (고개를 떨구며) 더구나 최씨 부인은 보상금을 못 받았잖아요? 재혼하면 두 집 아이들이 합쳐지고, 살림은 더욱 어려워질 텐데…….
만 석	(누운 채 이불을 젖혀서 밀어 놓으며) 알겠어. 최씨 부인에게 주라구.
만석의 처	미안해요, 여보.
만 석	나한테 미안해 할 것 없어.
만석의 처	(이불을 마저 꿰매며) 미안해요, 정말. 최씨 부인에게도 미안하구요.
만 석	미안하다, 미안하다, 미안하다…… 당신은 언제나 미안하다뿐이군. 사고난 날에도 미안했다면서? 아침밥 푸던 주걱을 땅에 떨어뜨리고서 하루 종일 미안하다…… 또 내가 갱 속으로 들어가는 걸 보면 하늘 아래 서 있는 것이 미안하다…… 그런데 이번엔 푹신푹신한 이불까지 만들어 주면서 미안하다…… 여보, 당신은 미안하지 않고서는 단 하루도 살 수가 없소?
만석의 처	(목소리가 점점 낮아지며) 미안해요.
만 석	난 당신이 늘 미안해 하면서 사는 것이 싫어.
만석의 처	하지만…… 그렇게 살 수밖엔…… 없잖아요?
만 석	왜 없어?
만석의 처	여보…….
만 석	그래…… 내가 당신을 너무 고생시켜서 그럴 테지.
만석의 처	저는 고생하지 않았어요. 넉넉하진 않지만 하루 세 끼 먹고, 호사스럽진 않지만 비바람 막아 주는 집에, 추위 더위 두 철 입을 옷은 있는걸요.
만 석	그럼 자꾸만 미안해질 건 없잖아?

만석의 처 당신도 마음속으로 미안하실 거예요. 최씨 그분이 일부러 사
고를 냈다구 말하셔야 하니까…… 죽은 분한테도 미안하구,
살아있는 가족들한테도 미안해요.

만 석 여보, 미안해 할 것 없소. 아직 난 그 말을 하지 않았어.

만석의 처 말하실 거예요, 결국은…….

만 석 뭘 가지구 그런 짐작을 하지? 갱 밖의 일자리 때문에? 여보,
난 다시 갱 속 일을 할 수도 있어.

만석의 처 밤새껏 생각해 봤어요. 당신은 다 포기할 수 있어도 진욱이 때
문에 말하실 거예요.

만 석 나도 밤새껏 생각해 봤지. 하지만 결정은 못 했어. 잠이 안 와.
(이불을 끌어당겨 덮으며) 아무래도 이불 좀 빌려 덮어야 잠이 오
겠어.

만석의 처 (이불을 잘 덮어 주며) 미안해요, 당신을 보면.

만 석 (아내를 끌어당겨 옆에 눕히고서) 당신도 잠을 자라구. 푹 자고 나
서 눈을 뜨면 그때는 세상이 달라져 있겠지. 그럼 산다는 게
난처하지도 않구…… 당신은 미안해 하지 않아도 될 거야.

만석의 처 여보, 그건 꿈이에요. 세상은 달라지지 않아요.

만 석 그럼 내가 달라져 있겠지. 아들의 장래를 위해서, 입을 꽉 다
물고 거짓말을 하지 않는…… 어때? 멋있는 아버지겠지?

만석의 처 그것두 꿈이구요.

만 석 꿈이라…… 당신 시집올 때 이런 새 이불을 해왔던가?

만석의 처 생각 안 나요? 초록색 이불, 빨강색 이불 두 채나 해왔는데요?

만 석 꿈만 같군. 우리 진욱이, 그 녀석을 어떤 색 이불 속에서 만들
었었지?

만석의 처 여보…….

만 석 초록색 속에서? 아니면 빨강색 속에서?

만석의 처 여보…….

광부 조씨가 관객들에게 말한다.

광부 조씨 광부 조씨입니다. 지금 만석이가 덮고 자는 이불의 진짜 임자될 사람이지요. 동료 광부들은 내가 새장가 드는 기분이 굉장히 좋을 거라구 그럽니다. 물론 좋기야 하지요. 그러나 사실은, 이불 속에 들어가기가 겁이 납니다. 갱 속에서 하루 종일 피곤하고…… 그럼 이불 속에서 자신이 없습니다. 그런데도 왜 자꾸만 자식들은 생겨나는지 정말 알다가도 모를 일입니다. 읍내 보건소에서 가족계획인가 뭔가 하라고, 직원이 여기까지 쫓아다닙니다. 아들 딸 둘만 낳아 사람답게 키워 보라는 고마운 충고입니다만, 그러나 우리 광부들은 절대로 그런 건 안 합니다. 언제 죽을지 모르는 인생인데, 후손이나 많이 퍼뜨려서 자기가 이 세상에 살았었다는 증거나 남겨 두자 그런 막된 심보가 작용하는 겁니다. 어쨌든, 자식이란 없어도 고민이고, 있어도 고민이며, 적어도 고민, 많아도 고민입니다. 솔직히 말해서 사람답게 키우는 건 둘째 문제고, 들짐승처럼 굶지나 않게 하는 것이 첫째가는 문젭니다. 새 마누라가 전남편 보상금 타왔으면 좋겠는데…… 그것도 없는 모양이고…… 앞으로 살아나갈 일이 걱정입니다.

제10장

억순과 광부 조씨의 결혼식. 마당에는 혼례상을 놓고, 그 위에 오곡잡과 대신 물 한 그릇을 떠놓았다. 만석과 아내, 천안댁, 광부 김씨, 이씨, 박씨 하례객으로 모여 있다.

광부들 어째 신랑 신부가 말뚝마냥 서 있기만 해?

천안댁 누가 결혼식을 올려 줘야 하지유. (사람들을 둘러보며) 누구 구식 결혼해 봤던 사람 없으신가유?

광부 김씨 왜 하필이면 어려운 구식 결혼을 하지?

광부 이씨   신식 결혼을 하면 편할 텐데…….

천안댁   신식 결혼은 돈이 많이 든다구 신부측이 반대했어유. 예식장 빌리는데 돈 달라, 화장해 주는데 돈 달라, 드레스 입는데 돈 달라 그러니까 어디 신식 결혼으로 하겠어유?

광부 박씨   그럼 구식 결혼인데 왜 신부가 쪽두리도 안 쓰고, 신랑은 사모관대도 안 했어?

천안댁   진짜 구식 결혼은 신식 결혼보다 더 돈 많이 든다구 신랑측이 반대했어유.

만석의 처   (만석에게) 여보, 당신이 도와 주세요.

만 석   내가 뭘 어떻게……?

만석의 처   고향에서 우린 구식 결혼을 많이 구경했었잖아요? 그때 기억을 더듬어서 신랑 신부한테 말해 주세요.

만 석   다 잊어버렸지. 그게 언제 일인데…….

천안댁   (만석을 혼례상 앞으로 데려가서) 대강대강 생각나는 대로 하세유.

만 석   이것 참 내가…….

천안댁   어서 하세유.

광부들   어서 하라구, 만석이.

만 석   그러니까 처음이…… 신랑집 마당에 큰 자리를 깔고 혼례상을 놓고…… 신랑이 나무로 깎아 만든 기러기를 들고 신부를 맞으러 신부집으로 가는 겁니다.

천안댁   아, 그런 건 다 했다 치구 넘어가세유.

광부들   (웃으며) 아, 그건 다 했다 치구 넘어가지!

만 석   (아내에게) 그 다음은 뭘 어떻게 하는 거지?

만석의 처   신랑이 신부집에 다다르면 신부댁 어른이 나와서 맞아들이잖아요?

만 석   당신 기억이 더 좋군! 그 다음은?

만석의 처   나무 기러기를 전안상에 내려놓지요. 그럼 신부댁 어른이 그걸 받는 거죠. 그때 신랑은 두 번 절하구요.

천안댁	그런 건 했다 치구 가세유!
광부들	했다 치고 넘어가라구!
만 석	그래, 그건 했다고 넘어가서…… 신랑이 절하고 일어서면 신부가 부축을 받고 안에서 나옵니다. (천안댁과 만석의 처, 억순을 얼른 몇 걸음 뒤쪽으로 데려갔다가 부축해서 나온다.) 그럼 신부는 가마를 타고 신랑 뒤를 따라 신랑집으로 오는 겁니다.
천안댁	가마는 탔다 치구, 다 왔어유?
광부들	신랑을 걸어오라고 할 수 있나! (광부 김씨와 이씨가 말이 된다.) 자, 우리가 말이야. 신랑은 올라타라구.
광부 박씨	난 마부를 하지! 이랴!

광부 조씨를 등에 태워서 혼례상 앞으로 데리고 나온다.

만 석	됐습니다. (목소리를 높여서) 신부 재배! (억순에게) 신부는 먼저 두 번 절하시오.
억 순	(만석의 처와 천안댁의 부축을 받아 광부 조씨에게 두 번 절한다.)
만 석	서답 일배! 신랑은 한 번 절하시오!
광부 조씨	(억순에게 답례한다.)
만석의 처	(만석에게) 신부가 또 두 번, 신랑이 또 한 번 더 절을 해야 해요.
만 석	그걸 잊을 뻔했군. 신부는 두 번, 신랑은 한 번 더 절을 하시오!

광부 조씨와 억순, 배례한다.

광부 김씨	다음은 나도 어떻게 하는지 안다구. (목소리를 높여서) 신랑과 신부는 술을 마셔요!
천안댁	(술잔을 두 사람 앞에 놓고서 술을 따른다.) 자, 술을 마셔유.
만 석	(광부 조씨에게) 신랑, 그렇게 벌컥벌컥 마시는 게 아냐. 약간

허리를 굽혀서 신부에게 읍한 다음 조금씩 마시는 거라구.

광부 조씨 뭐, 그렇게 마셨다 치구 마신 거지.

천안댁 격식대로 다 끝났구먼유!

광부들 아직 안 끝났어. 다음은 우리 차례라구. 우리는 떠들썩하게 먹고 마시면서 잔치집 분위기를 내야지!

천안댁 (음식이 담긴 소반의 보자기를 벗기며) 그럴 줄 알구 준비해 왔어유. 자, 진짜로 잔치집 분위기를 내세유!

만석의 처 (억순에게 이불을 주며) 이거 이불이야. 잘 덮고 잘살어.

억 순 고마워, 잘살게.

광부 조씨 (만석을 소반 곁으로 데려가서) 수고했어. 한잔 하지!

떠들썩한 잔치 마당에 국민학교 교사가 들어온다. 그의 표정은 창백하게 굳어져 있다.

교 사 여기가…… 준호네 집입니까?

광부 조씨 네, 그런데요?

교 사 저는 준호가 다니는 학교 선생님입니다만…….

광부 조씨 제가 준호 애비입니다. 무슨 일이십니까?

교 사 학교에서 불상사가 생겼습니다. 저어…… 너무 놀라지는 마십시오. 준호가 머리를 다쳤습니다. 돌에 맞아서…….

광부 조씨 돌에 맞다니요?

교 사 그 앤 합창단원입니다. 그런데 합창단에 끼지 못한 아이들이 돌을 던진 거지요. 민철이네 집은 어디입니까? 그 댁도 알려 줘야 해서요.

억 순 민철이도 다쳤나요?

교 사 네. 혜옥이네 집은 어딥니까? 그 댁도 가야 합니다.

억 순 민철이도 혜옥이도 내 자식이에요!

교 사 아, 그렇습니까?

억 순 돌에 맞았어요? 그 애들도?

교 사	네. 정말 면목이 없습니다.
억 순	선생님, 민철이는 노래를 못해요! 그런데도 다쳤어요?
교 사	먼저 돌을 던진 건 노래를 못하는 아이들입니다. 그러나 잘 부르는 아이들도 맞고만 있지 않거든요. 서로 돌을 던지고 싸운 겁니다. 정말…… 선생으로서 면목이 없습니다.
만석의 처	선생님, 우리 진욱이는요?
교 사	진욱이는 무사합니다.
광부 박씨	칠복이도 무사하겠지요?
교 사	아닙니다. 칠복이는…….
광부 박씨	왜 말을 더듬습니까?
교 사	칠복이 때문에 싸움이 벌어진 겁니다. 맨 앞에 앞장서서 욕설을 하며 마구 돌을 던지다가 그 애 역시 다쳤습니다.
억 순	어서 학교에 가봐야겠어요!
광부 조씨	그럽시다, 학교에!
광부들	그래, 가자구!
만석의 처	나두 가겠어요!
천안댁	자, 가유. 나두 빠질 수가 없구먼유!

그들은 학교를 향해 몰려 간다.

만 석	선생님, 어쩌다가 그런 일이…….
교 사	합창단 아이들에게 멋진 옷을 입혔더니 그런 일이 생겼습니다. 시기심 때문이랄까…… 거기에 끼지 못한 아이들이 저지른 짓이었어요. 칠복이 녀석, 도대체 걷잡을 수 없더군요! 그 칠복이가 아이들을 마구 흥분시켰거든요!
만 석	칠복이는 많이 다쳤습니까?
교 사	네. 이마에 피를 흘리고 있었어요. 평소에도 행동이 거친 아이죠. 그래서 칠복이 아버님께 그 애 행동을 바로잡아 달라는 부탁까지 했었는데…… 아 참, 그리구…… (지갑에서 영수증을 꺼

내 만석에게 주며) 이건 합창단 옷을 샀다는 영수증입니다.

만 석 왜 이걸 나에게 주십니까?

교 사 진욱이 아버님 돈으로 산 거니까 이 영수증을 진욱이 아버님께 갖다 드리라구 그러더군요.

만 석 누가요?

교 사 소장과 지부장이 그러셨어요. 어젯밤 읍내에 가서 옷가게를 온통 뒤졌다는군요! 다행히 모양 좋은 걸 구해 왔습니다. 합창단 옷들을 해주셔서, 정말 감사합니다.

광부 김씨가 관객들에게 말한다.

광부 김씨 우린 학교로 몰려 갔습니다! 갔더니…… 칠복이가…… 노랠 못하는 아이들을 데리고 14번 갱 속으로 들어가 버린 뒤였습니다. 노래를 못 부르는 자기들은 커봐야 광부밖에 될 것이 없다구 하면서 울며불며 들어갔다는 겁니다. 다행히 내 아들은 노래를 잘해서 합창단에 끼었더군요. 돌싸움이 벌어졌을 때, 의자 밑에 숨어서 다치지도 않았구요. 그렇지만 노랠 못하는 아이들은 참 안됐어요. 14번 갱 앞에 가서 아무리 나오라고 그 애들 부모가 불러 봐도 듣지를 않아요. 그렇다구 갱 속에 들어가서 끌고 나올 수도 없습니다. 어른들이 들어오면, 칠복이 녀석은 아이들을 데리고 더 깊이 들어가겠다구 하는 겁니다. 난 그 애들 부모에게 아마 화가 풀리면 나오게 될 거라구 위로의 말을 했습니다만, 글쎄요…… 어쨌든, 내 아들이 다치지 않은 것만은 천만다행입니다. 조금 전 합창 연습을 계속하는 걸 보고 왔는데, 마음이 흐뭇하긴 흐뭇합니다!

제11장

술집 천안옥. 광부 박씨와 김씨, 조씨, 이씨가 식탁에 모여서 도지사에게 보낼 탄원서를 의논중이다. 만석이 들어온다. 광부들은 그를 본 체도 하지 않는다. 만석은 광부 박씨에게 다가간다.

만 석   자넬 만나러 왔는데……

광부 박씨   (힐끗 바라보고 의논을 계속하며) 난 바빠!

만 석   여봐, 잠깐이면 돼.

광부 박씨   난 지금 바쁘다니까! (광부들에게) 내용은 이만하면 되겠지?

광부들   그래, 잘 됐어.

광부 박씨   조사반을 파견해서 이번 14번 갱 사고 원인을 가려 달라는 탄원서니까, 분명히 도지사께서도 가만 계시지는 않을 거라구. 이제 누가 이 탄원서를 도청 소재지까지 가서 도지사께 드리느냐 그건데…… 자네들 중에 갈 사람 있나?

광부 조씨   난 지금 갈 형편이 안 돼…….

광부 박씨   신혼중이시다, 그거로군? (김씨에게) 자네는?

광부 김씨   가고는 싶지만 난 말주변이 없어서…….

광부 박씨   (이씨에게) 그럼 자네는 어때?

광부 이씨   내가 보기엔 오히려 자네가 적임자 같은데?

광부 박씨   내가 적임자라구? 좋아, 그렇다면 내가 도지사님을 만나러 가지.

만 석   (광부 박씨에게) 다 끝났나? 이젠 나하고 이야기 좀 해.

광부 박씨   얼마나 받았지? 우리 모두를 배반하고 얼마를 받은 거야.

만 석   난 한 푼도 받은 게 없어!

광부 박씨   잡아떼지 마, 만석이! 국민학교 합창단 옷을 해줬잖아!

광부들   우리들이 다 안다구!

광부 이씨   자네가 그 옷을 해줬기 때문에 무슨 일이 생겼지? 지금 수많은 아이들이 14번 갱 속에 들어가 있어!

만 석 여봐, 박씨…… 그건 자네가 억지로 나를 시켜서 그랬던 것 아냐?

광부 이씨 억지로라니? 그건 자넬 떠보려구 했던 거야. 그랬는데 역시 사실이더군! 그러고도 뻔뻔스럽게 이번 갱 사고를 다이나마이트 자살 때문이었다구 말할 수 있나?

만 석 난 아직 아무 말도 하지 않았어! 자네들 중에 내 입에서 그런 소릴 들은 자가 있다면 나와 봐!

광부들 (침묵)

만 석 왜 아무도 나오질 못해?

광부 박씨 자네하곤 더 상대할 필요가 없어서 나서질 않는 거야. 우린 이미 결정했거든. 이번 사고를 도지사께 호소하겠어. 그러니 이젠 자네가 무슨 말을 하든 상관없다구.

만 석 자네들이 뭘 결정했든지 좋아. 하지만 결국은 나하고 상관있을걸. 도지사께서 조사를 해봐. 사고 목격자를 부르실 것 아냐? 그런데 그 14번 갱 속에서 살아 나온 게 누구지? 바로 나, 나 혼자라구! (광부 박씨에게 다가서며) 그래도 내 입에서 나올 말이 중요하지 않을 것 같나?

광부 박씨 만석이, 자넨 거짓말을 했다간 천벌을 받는다구!

만 석 천벌이 무서운 거라면 오히려 자네가 자네 아들 칠복이를 설득시켜 줘. 아이들을 데리고 그 위험한 곳에서 당장 나오라구! 자네가 그 말을 하면 나도 자네가 원하는 말을 하겠어!

광부 박씨 책임을 면하려고 하지 마, 만석이. 아이들을 걱정하는 체하면서 슬쩍 자기 잘못을 칠복에게 떠넘기려구 하는데, 그건 비열한 짓이라구! 생각해 봐. 칠복이는 피해자야! 그 애가 얼마나 서럽고 화가 났으면 갱 속으로 들어갔겠어? 그리고 아이들은 그 아이들 역시 따돌림을 당하였구 돌에 맞아 다쳤어! 그런데 자네가 그 아이들을 가지구 나에게 흥정을 해? 난 거절하겠어!

만 석 흥정이 아냐, 이건 서로가 옳은 걸 해보자는 거지. 난 자넬 존경해 왔어. 언제나 자네를 마음속으로 존경해 왔다구.

광부 박씨 고맙군, 날 존경한다니. 하지만 나는 자네처럼 비열한 인간의 존경 같은 건 바라질 않아. 더구나 그 아이들을 위해서라면 자네의 말보다는 도지사께서 그 가엾은 아이들에게 깊은 관심을 갖도록 만드는 거야. 어둠 속에서 괴롭겠지만, 조금만 더 그 속에 있는 것이 그 아이들한테는 좋은 거라구.

만 석 제발…… 내 말을…….

광부 박씨 소용없다니까, 자네 말은! (광부들에게) 이 쓸모 없는 배반자 녀석을 쫓아 버려!

광부들 (만석의 등을 밀어내 쫓는다.) 나가! 이 배반자!

광부 박씨 잘 했어!

광부들 통쾌하군!

광부 박씨 우리들의 결정을 소장에게 떳떳하게 알려 줬으면 좋겠는데…… 자네들 중에 누가 가겠나?

광부 이씨 내가 가지!

광부 박씨 그래, 자네가 가서 알려 줘. 도지사께 드리는 탄원서를 써놓았다구. 그리고 그걸 내가 직접 갖다 드리게 됐다구. 언제 가느냐 묻거든 오늘은 늦어서 가지 못하고, 내일 아침 여섯시에 떠난다구 그래. 여봐, 내가 언제 떠난다구 그랬지?

광부 이씨 내일 아침 여섯시에.

광부 박씨 틀리지 않도록 주의해. 내일 아침 여섯시라구!

광부 이씨, 관객들에게 말한다.

광부 이씨 다른 때 같으면 어림도 없는 짓을 했습니다. 어디 함부로 소장실에 들어가서 큰소릴 칠 수 있었겠습니까? 그런데 난 커다란 목소리로 소장을 똑바로 쳐다보면서, 내가 전할 말을 또박또박 빠짐없이 다 했습니다. 특히 시간에 대해서는 두 번이나 반복해서 말했습니다. 소장은 언제나 그렇듯이 혀를 차더군요.

"쯧쯧, 빌어먹을!" 그리곤 쓰다 달다 아무 말도 하질 않았습니다. 내가 들어올 때 소장실 책상 위에 파리 한 마리 앉아 있었는데, 나갈 때에도 그냥 있더군요. 도대체 놀래지도 않다니…… 난 어안이 벙벙했습니다.

제12장

술집 천안옥. 새벽. 소장이 잠긴 문을 두드리고 있다.

소 장 천안댁! 천안댁, 문 열어!

천안댁 (잠이 덜 깬 모습으로 하품을 하며 나온다.) 누구예유?

소 장 나야, 소장이라구!

천안댁 (문을 열고 놀란 얼굴로) 소장님, 아직 날도 안 샜어유! 그런데 술 마시러 오신 거예유?

소 장 쯧쯧, 빌어먹을! 여기 광부 박씨가 있지?

천안댁 있는지 없는지 모르겠구먼유.

소 장 가서 깨워!

천안댁 잠을 푹 자야겠다구 했어유. 아침 일찍 갈 데가 있다면서유. 무슨 일이 있어두 깨우지 말랬어유.

소 장 내가 왔다구 해. 그럼 벌떡 일어날 거야.

광부 박씨 (기지개를 켜며 나온다.) 천안댁, 세숫물 좀 떠다 줘! (소장에게) 웬일이십니까, 소장님이?

소 장 쯧쯧, 빌어먹을! 여섯시에 떠난다면서?

광부 박씨 네, 갑니다. 소장님이 여비 좀 보태 주시려구 오셨습니까?

소 장 쯧쯧, 빌어먹겠군! 여봐, 박씨, 자넨 언젠가 지부장이 될 사람이라구. 이렇게 억지를 부리면 될 것도 안 돼!

광부 박씨 난 지부장 같은 건 바라지도 않습니다.

소 장 그럼 뭐야? 소장인가?

광부 박씨	우습게 그러지 마십쇼. 난 우리 광부들의 권익을 위해서 노력할 뿐입니다.
소 장	자네야말로 우습게 굴지 말라구. 나도 광부들을 위해서 노력하는 사람이야! (담배를 꺼내 권하며) 한대 피우겠어?
광부 박씨	사양하겠습니다. 시간이 없어서요. (안에다 대고 소리지른다.) 뭘해, 천안댁? 세숫물 가져오라니까!
소 장	(담배를 입에 물고 불을 붙이며) 도지사께 가봐야 담배 한 대 안줄걸?
광부 박씨	담배는 안 주시겠지요. 하지만 옳고 그름을 가려 주실 겁니다.
천안댁	(대야와 비누를 들고 나오며) 여기, 세숫물 가져왔어유.
소 장	여봐, 박씨. 세상 일이란 그렇게 두 쪽으로 나누려 했다간 몽땅 다 망가져! 그건 어리석은 짓이야. 오히려 현명한 사람은 그걸 적당히 배합할 줄도 아는 거라구. (식탁의 의자에 앉으며) 세수는 나중에 하고 여기 앉어. 천안댁은 해장술 좀 가져오구.
천안댁	(광부 박씨의 눈치를 살피며) 어떻게 해야지유?
소 장	(일어나며) 쯧쯧, 빌어먹을! 나, 가겠어!
광부 박씨	앉으십쇼, 소장님. 저두 앉을 테니까. (식탁 의자에 마주앉으며 천안댁에게) 소장님이 속이 좋질 않으신 모양이야. 해장국 좀 얼큰하게 해서 가져오라구.
천안댁	(퇴장한다.)
소 장	자넨 마누라도 있으면서 술집에서 먹구 자나?
광부 박씨	하던 이야기나 마저 합시다.
소 장	쥐 잡으려다 장독 깬 사람 있어. 빈대 밉다구 홀랑 집 태워먹은 사람도 있구. 여봐, 박씨. 자네가 지금 그 꼴이야. 옳고 그른 것 가릴려다가 결과가 뭐겠어? 탄광만 문 닫는 거지! 모두들 일자리를 잃고 굶게 되면, 그 옳다는 것이 밥 먹여 줘?
광부 박씨	그럼 소장님은 이번 사고 처리가 옳다구 생각하십니까? 만석이를 시켜서 얼버무리려고 하는데, 그건 형편없이 낡아빠진 수작이에요!

| 소 장 | 나도 그 점엔 동감이야. 지부장은 머리가 좋아야 하는 건데…… 쯧쯧, 빌어먹을! 이젠 지부장을 갈아치워야겠어! |

천안댁, 해장국과 술을 두 사람 앞에 갖다 놓는다.

천안댁	명태국을 끓였구면유. 얼큰하게 고춧가루를 풀어서 드셔유.
소 장	(광부 박씨의 잔에 술을 따르며) 지부장은 자네가 하라구.
광부 박씨	(소장의 잔에 술을 따른다.) 난 옳지 못한 건 참지를 못하는 성미입니다.
소 장	소신껏 잘해 봐, 힘 닿는 데까지 밀어 줄 테니까.
광부 박씨	노조 지부장은 광부들이 뽑는 겁니다. 소장님이 임명하는 자리가 아니에요!
소 장	지금까지 난 단 한 번도 그 자릴 강제로 떠맡긴 적이 없어. 다만 나는 지부장 자격이 있을 만한 사람에게, 선거에 나가 보는 게 어떠냐구 권유했을 뿐이지.
천안댁	옆에서 듣자니까 소장님이 지부장을 하라고 권하는 모양인데유, 뭘 망설여유? 받아들이셔유!
광부 박씨	가만 있어, 천안댁!
천안댁	흥정은 붙이구 싸움은 말리랬어유!
소 장	(광부 박씨에게 손을 내밀며) 도지사께 드린다는 탄원서, 그걸 내놔. 그럼 지부장 선거에 자넬 나가 보라구 권유하지.
천안댁	어서 꺼내 드리셔유. 어서유!
광부 박씨	(호주머니에서 봉투를 꺼내 식탁 위에 놓는다.) 이번 사고 처리는 어떻게 하실 겁니까?
소 장	(봉투를 집어들고) 지금 와서 사고 원인을 바꿀 수도 없잖아? 그걸 바꾸면 광부들이 우습게 알아서 아무것도 못 해.
광부 박씨	그럼 만석이의 말이 필요하겠군요?
소 장	물론이지. 어젯밤 만석이가 찾아왔더군. 자네를 설득시켜 달라는 거야. 갱 속에 있는 칠복이를 타일러서 아이들을 데리고

나오게 해주면, 만석인 이번 사고가 고의적으로 터뜨린 다이 나마이트 때문이었다고 말하겠다는 거야.

광부 박씨 나한테 왔을 때하곤 전혀 다르군요. 내가 칠복이를 설득시켜 주면 자긴 사실대로 말하겠다 그럽디다.

소 장 나하고는 시간과 장소까지 정해 놨어. 오늘 낮 열두시에, 14번 갱 앞에서 말을 하겠대. 모든 광부들을 모이라구 해서 그 말을 듣도록 해야지. 이번 사고 처리는 그것으로 끝을 맺자구. (일어 서서 천안댁에게 돈을 주며) 잘 먹었어, 천안댁. 속이 확 뚫리는 걸!

천안댁 고마워유, 소장님.

소 장 (광부 박씨에게) 자네두 일어서지. 문 밖에서 기다리는 사람이 있어.

광부 박씨 누군데요?

소 장 만석이야. 자네와 함께 칠복이한테 가겠다는군.

천안댁, 관객들에게 말한다.

천안댁 난 흥정을 붙이는 데는 타고난 재주가 있는가 봐유. 자식 많은 홀아비와 과부 짝지어 주는 중매도 잘 하지만유, 광부 박씨가 하루아침에 지부장이 된 것도, 사실은 내 덕을 본 거예유. 박 씨는 나한테 외상값이 많어유. 그냥 광부짓 해서는 평생 가야 못 갚을 만큼유. 그래서 난 그 외상값 못 받을까 봐 걱정했었 는데, 지부장이 됐으니 그런 걱정은 안 해도 되겠구먼유.

제13장

국민학교 교실. 교사가 지휘봉을 들고서 연습을 시키고 있다. 합창 단은 어린이 실물 크기의 인형들이다. 그러나 그 인형들 몸 속에 손을 넣어 조종하고 있는 것은 소장, 지부장, 광부 박씨, 김씨, 이씨, 조씨, 최씨 그 밖에 여자들 등이다. 인형들은 똑같은 색깔과 모양새의 새 옷을 입었고, 어린이의 음성을 흉내내고 있다.

합창단　(노래한다.) 나의 살던 고향은 꽃피는 산골
　　　　복숭아꽃 살구꽃 아기 진달래
　　　　울긋불긋 꽃대궐 차리인 동네
　　　　그 속에서 놀던 때가 그립습니다.
교　사　잘 불렀어, 모두들. 하지만 경연 대회에서 일등을 하려면 더 잘 불러야 해. 내가 뭐랬지? 노래라는 건 입으로 소리를 낸다구 해서 되는 건 아니라구 했잖아? 중요한 건 마음이야, 마음! 알겠나?
합창단　네, 선생님.
교　사　마음속으로 복숭아꽃 살구꽃을 보면서 불러야 한다구. 그래야 그 노래를 듣는 사람들이 감동을 하는 거야. 알겠어?
합창단　네, 선생님.
교　사　자, 다시 한번 불러. 마음속으로 충분히 그 광경을 그려 보면서…… 시작!

　　　　교사는 지휘를 하고 합창단은 노래를 부른다.

교　사　훨씬 잘 불렀어! 자, 다시 한번 마음속으로 울긋불긋 꽃핀 동네를 그려 보면서…… 시작!

　　　　합창단, 노래를 부른다. 사이. 만석이 교실 안으로 들어온다. 합창단은 노래를 멈춘다. 교사가 성난 얼굴로 뒤돌아본다.

교　사　연습할 때 들어오면 안 됩니다. 나가요, 나가!
만　석　선생님…… 연습이 언제 끝납니까?

교 사 언제 끝나느냐구요? 경연 대회가 바로 코앞에 닥쳤는데 연습을 끝내요? (합창단을 향하여 지휘봉을 휘두르며) 노래를 불러! 계속해서 부르라구!

합창단 (만석을 가리키며) 저분이 계시니까 연습이 안 돼요.

교 사 (만석에게) 나가십쇼! 연습에 방해가 됩니다.

만 석 경연 대회엔 꼭 나가실 겁니까?

교 사 그야 물론이지요.

만 석 선생님, 노래를 못 부르는 아이들은 지금 14번 갱 속에 있습니다.

교 사 뭐라구요? 지금도 그 속에 있어요? 도대체 그 애들 부모는 뭘 하구 있습니까? 갱 속에 들어가서 아이들을 데리고 나와야지요!

만 석 들어가질 못합니다, 갱 속에는.

교 사 왜 못 들어갑니까?

만 석 어른들이 들어오면 그 애들은 더 깊이 들어가겠다는 겁니다.

교 사 칠복이 때문이군요! 그 녀석이 고집을 부리니까 다른 아이들도 못 나오는 거예요!

만 석 칠복이를 설득시켜 봤었습니까?

교 사 왜 내가 설득을 시켜요? 그 녀석은 자기 아버지 말밖엔 듣질 않습니다!

만 석 칠복이 아버지와 함께 가서 타일러 봤습니다만…… 허사였어요. 선생님, 경연 대회에 나가는 걸 포기하실 수는 없습니까?

교 사 그걸 요구하던가요, 갱 속의 아이들이?

만 석 네.

교 사 도저히 포기할 수는 없어요! 차라리 내가 이번 일에 책임을 지고 사표를 내라면 내겠습니다. 그렇지만 노래를 못하는 아이들 때문에 노래를 잘 하는 아이들을 희생시킬 수는 없습니다! (합창단을 가리키며) 저, 합창단을 보십쇼. 모든 것이 새까맣게 절망적인 이곳에서, 오직 저 아이들만이 아름다운 목소리로 희망을 노래하고 있습니다.

만 석　(합창단을 바라본다.)

교 사　방해 말고 돌아가십시오. 연습을 계속해야겠습니다.

만 석　그러나 선생님, 꼭 경연 대회엘 나가겠다는 저 합창단은 우리
들입니다.

교 사　우리들이라니요?

만 석　소장, 지부장, 광부 박씨, 조씨, 김씨, ……난 저 아이들에게
변함없는 우리들의 모습밖엔 볼 수가 없군요.

교 사　어째서 그렇게밖엔 보이지가 않습니까? 저 아이들은 좀더 나
은 곳에서 좀더 나은 자리를 차지하고 살게 될 겁니다.

만 석　글쎄요, 현재 우리들처럼 석탄을 캐면서 살지는 않겠지요

교 사　(합창단의 한 아이에게) 진욱이, 이리 나와! 보십쇼, 여기 댁의 아
드님이 있습니다. 우리 합창단에서 가장 뛰어난 아이입니다.
그런데 이 아이가 장차 당신과 똑같은 사람이 될 거라구 하시
겠습니까?

만 석　진욱아…….

한 합창단원　네, 아버지.

교 사　(의기양양하게) 어떻습니까?

만 석　내 아들입니다. 그러나, 광부 박씨이기도 합니다.

교 사　도대체…… 광부 박씨라니요?

만 석　내 눈엔 그렇게 보입니다. 내 아들 뒤에 숨어 있는 저 사람은
나중에 박씨가 될 것이 틀림없습니다. (합창단 전원을 가리키며)
내 눈에는 보여요. 저기 저 애는 나중에 소장같이 될 것이며,
저기 저 애는 지부장이, 저기 저 애는 광부 이씨가, 저 애는 광
부 김씨가 될 것입니다.

합창단　(야유의 고함을 지른다.) 우우 ― 우 ―.

교 사　(지휘봉을 휘두른다.) 노래를 해! 아름다운 노래를!

합창단　우 ― 우우 ―.

교 사　노래를 하라니까!

합창단	우 ― 우우.
교 사	(만석에게) 누가 무어라고 해도 교사로서 나에게는 확신이 있습니다. 저 애들은 분명히 당신들 같은 그런 인간이 아닙니다.
만 석	선생님, 합창단에서 내 아들을 빼주십시오.
교 사	당신 아들을 빼달라구요?
만 석	그렇습니다.
교 사	부모로서 강요하는 겁니까? 결코 댁의 아들은 합창단에서 빠지지 않기를 바랄 겁니다!
만 석	강요가 아닙니다. 아들에게 물어 봐서 그 애가 빠지지 않기를 원한다면 아버지인 나로서도 어쩔 수가 없겠지요. 하지만 선생님, 진욱이가 빠지기를 원한다면, 그럼 선생의 권한으로써도 막을 도리가 없는 것 아니겠습니까?
교 사	그야…… 그렇지요.
만 석	잠깐 내 아들을 데려가게 해주십시오.
교 사	데려가다니, 어디로요?
만 석	난 그 애를 14번 갱 속으로 들여보내겠습니다.
교 사	갱 속으로 들여보내요? (부정적인 태도로서 고개를 내저으며) 그런다구 아이들이 나올 것 같습니까? 진욱이를 데려가 보시지요. 하지만 헛수고일 겁니다. 솔직히 말해서, 난 그 갱 속의 아이들에겐 절망했습니다. 도대체 그 아이들에게 뭘 기대할 수나 있겠습니까? 그 애들은 전혀 희망이 없어요! (합창단을 향하여 지휘봉을 휘두르며) 자, 노래를 하라구! 노래를 해!

합창단, 관객들에게 노래를 불러 준다.

합창단	나의 살던 고향은 꽃피는 산골
	우 ― 우우 ―
	복숭아꽃 살구꽃 아기 진달래
	우 ― 우우 ―

울긋불긋 꽃대궐 차리인 동네
우―우우―
그 속에서 놀던 때가 그립습니다
우―우우―

제14장

14번 갱 입구. 만석이 갱 속을 향하여 서 있다. 정오 무렵, 소장과 지부장, 광부들, 여자들이 모여든다.

만석의 처   여보…… 진욱이를 갱 속으로 들여보냈다면서요?

만 석   (시선을 갱 속으로 향한 채 고개를 끄덕인다.)

만석의 처   (갱 속을 향하여) 진욱아!

억 순   민철아! 혜옥아!

소 장   조용히 하시오. 아주머니들! 당신네 자식들만 저 속에 들어가 있는 게 아니잖소!

천안댁   (만석의 처와 억순을 달래며) 형님들, 진정하셔유. 애들 이름을 불러대면 자꾸 더 위험한 곳으로 들어간대유.

소 장   (광부 박씨에게) 쯧쯧, 빌어먹겠군! 자네가 한번 더 칠복이를 타일러 보겠나?

광부 박씨   그 녀석이…… 도대체…….

소 장   쯧쯧, 빌어먹! 아이들이 나오질 않으면 만석이가 엉뚱한 말을 해버릴 수도 있잖아?

광부 박씨   그렇다구 더 늦출 수도 없겠는데요…….

소 장   몇 시야, 지금?

광부 박씨   (손목시계를 보며) 열두시 삼십분이 지나고 있습니다.

소 장   여봐, 광부들을 둘러보라구. 자넬 지지하는 광부들이 얼마나 돼?

광부 박씨	반절은 넘을 것 같습니다.
소 장	오늘부터 갱 속에 들어가 작업을 시킬 수도 있나?
광부 박씨	물론이지요.
소 장	그렇다면 조금은 안심이군. 만석이가 엉뚱한 말을 하더라도 작업은 시작해야 돼. (멀리 떨어져 있는 지부장을 턱으로 가리키며) 저 친구, 왜 저렇게 시무룩해?
광부 박씨	글쎄요…… 아마, 마누라 걱정 때문이겠죠.
소 장	그래, 저 친구는 마누라 걱정을 하다가 신세를 망쳤어. 더 이상 시간을 끌 수가 없겠지. 자, 만석이더러 말하라구 해!
광부 박씨	(만석에게 다가가서) 만석이, 광부들이 다 모였어. 이젠 사고 원인을 말해.
지부장	(만석에게 다가오며) 만석이…… 미안해. 자네한테 못 할 말을 시키려 했어. 하지만, 이제는 사실대로 말해 버려!
광부 박씨	뭐가 사실이라는 거야?
지부장	무리한 작업 때문이었지, 사고 원인은!
광부 박씨	고의적인 다이나마이트 사고였어!
지부장	안전대책도 없이 작업을 강행하다가 생긴 사고였다구!
광부 박씨	광부 최씨 때문이야! 죽을려구 일부러 사고를 낸 거라구!
지부장	그건 사실이 아냐!
광부 박씨	바로 당신이 그게 사실이라구 했잖아!
지부장	(만석에게) 만석이, 사실대로 말해!
광부 박씨	이랬다 저랬다 정신 나간 놈이군! (만석에게) 사실대로 말해, 만석이! 괜히 미친 놈 헛수작에 넘어가지 말구.
지부장	(광부 박씨의 멱살을 잡으며) 무리한 작업 때문에 생긴 사고야, 이 협잡꾼아!
광부 박씨	이거 놓지 못해?
지부장	못 놓는다, 이놈아! 네가 지부장이 될 거라구 해서 거짓마저 사실이 될 줄 아느냐?
광부 박씨	(지부장의 멱살을 맞잡으며) 이 정신 나간 놈이 무슨 소릴 하는 거

야? 네가 지부장을 못 해먹게 됐으면 그만이지, 이제 와서 사실을 거짓으로 뒤집어?

지부장   (광부 박씨를 넘어뜨리며 그 위에 앉으며) 입 닥쳐, 이 협잡꾼아!

광부 박씨   (지부장을 밀치고 그 위에 앉으며) 너나 입 닥쳐라, 이놈아!

소 장   쯧쯧, 빌어먹겠군!

광부들   (두 사람을 뜯어 말리며) 그만둬요, 그만둬!

광부 조씨   도대체 이래서야 만석이가 무슨 말을 해도 믿을 수가 없겠군.

광부 김씨   무슨 말을 하든 믿어야지!

광부 이씨   만석이, 어서 말해!

지부장   (광부들에게) 만석이가 믿지 못할 말을 하거든 절대로 작업하지 마!

광부 박씨   작업은 오늘부터 해야 돼! (만석에게) 사실을 말하라구, 만석이!

지부장   만석이, 사실을 말해 버려!

소 장   쯧쯧, 빌어먹을! 말하라니까!

광부들   (만석에게 몰려 가며) 말해, 만석이!

지부장   사실을 말해!

광부 박씨   사실을 말하라구!

소 장   말해, 사실을!

광부들   만석이, 사실을 말하라니까!

만 석   여러분, 14번 갱의 사고 원인은…… 그런데 난 아무 말도 할 수가 없습니다.

소 장   쯧쯧, 빌어먹겠군, 사실대로 말하면 될 것 아냐!

광부들   사실대로 말해! 만석이, 사실을 말하라니까!

만 석   정말…… 난 아무 말도 할 수가 없습니다.

광부 박씨   뭐야? 괜히 오해받게 만들지 말구 사실을 말해!

지부장   말해 버려, 어서!

소 장   말해!

광부들   무엇 때문에 말 못 한다는 거야? 만석이, 사실을 말해!

지부장   말하라구!

광부 박씨	사실대로 말해!
소 장	말하라니까!
만 석	사실은…… 사고 원인은…… 죽은 그 사람들의 책임이 아니라 살아있는 사람들…… 그러니깐…… 나 때문입니다. 내가 잘못 했기 때문에…… 갱 속에서 사고가 일어나 광부들이 죽은 겁 니다.
지부장	그건 사실이 아냐! 만석이, 왜 자네가 일부러 뒤집어쓰나?
광부 박씨	(광부들에게) 오 그랬었군! 만석이 녀석이 응큼하게 여태껏 제 잘못을 숨겼어!
만석의 처	아녜요! 제 남편은 살아 돌아왔다는 것밖엔 아무 잘못도 없어 요!
광부들	(만석에게) 어떻게 된 거야? 사실대로 말해!
소 장	쯧쯧, 빌어먹겠군! (광부들에게) 들었잖아, 모두들! 제 입으로 자기 때문에 생긴 사고랬어. 그런데 더 이상 무슨 말이 필요 해!

만석, 관객들에게 말한다.

만 석	그러자 서서히…… 14번 갱 속에서…… 내 아들이 비틀거리며 나왔습니다. 그리고는 나에게 말했습니다. 지금 갱 속 깊숙히, 아이들은 정신을 잃고 쓰러져 있다고. 갑자기, 사실을 말하라 고 외치던 사람들이 물을 끼얹듯 조용해졌습니다. 뒤이어 누 가 먼저라고 할 것 없이 광부들은 갱 속으로 들어가기 시작했 습니다. (무대, 어두워진다. 광부들의 캡등으로부터 불빛이 비춰진 다.) 이렇게 14번 갱의 작업은 가스중독된 그 아이들을 구해내 는 것으로부터 시작되었습니다. (어둠 속. 갱도를 따라 늘어선 광 부들이 아이들을 한 명씩 건네는 동작을 한다.) 나는 내 아들을 껴 안았습니다. 갱 속 깊숙히 들어갔던 내 아들…… 그 애는 내 팔에 안겨서 축 늘어졌습니다. 여러분, 이 자랑스런 아들을 껴

안고서…… 사실은…… 사실은, 아버지로서 가슴 뿌듯하게 기쁘다는 것을 말씀드리고 싶습니다!

– 막.

호모 세파라투스

· **등장 인물**

아버지

어머니

장자(長子)

차자(次子)

시장

신문 발행인

기업가

사립대학장

박제사

저쪽의 여자

관광 안내원

단체 관광객들

제1장

역의 플랫폼, 기차가 도착하기 직전의 광경. 관광회사 깃발을 든 관광 안내원은 곧 도착할 단체 관광객들을 맞이할 준비를 하고 있다. 그리고 같은 기차에서 내릴 새로 부임하는 시장을 마중 나온 유지들은 관광 안내원과는 몇 걸음 사이를 두고 나란히 서 있다. 기적소리. 기차가 도착한다. 관광객들이 쏟아져 내려온다. 기분이 몹시 들떠 있는 그들은 무질서하다. 관광 안내원은 깃발을 높이 들고 호각을 불면서 그들의 혼란을 수습하고자 애를 쓴다.

관광 안내원 관광객 여러분, 한 줄로 서요. 한 줄로!

남자 관광객 (어느 여자 관광객이 들고 있는 가방을 붙잡으며) 이건 내 가방이오.

여자 관광객 뭐라구요?

남자 관광객 내 가방입니다.

여자 관광객 (앙칼지게) 정신 좀 차려요. (가방을 열어서 부인용 속옷을 꺼내 보이며) 이래도 당신 거예요?

남자 관광객 실례했습니다. (관광객들을 헤집고 다니며) 그럼 내 가방은 어디 있나?

젊은 관광객 (사진기를 꺼내 역 구내를 촬영한다.) 멋진 정거장인데! 멋진 정거장이야!

관광 안내원 여봐요, 사진은 나중에 찍고 어서 줄을 서요.

늙은 관광객 난 관절염이라서 여기 앉아 있겠소.

관광 안내원 죄송하지만 잠깐 서계십쇼. 아, 그럼, 먼저 우리 도시를 관광하러 오신 여러분을 진심으로 환영합니다. 저는 이곳 관광회사의 안내원입니다. 앞으로 여러분에게 우리 도시의 유명한 곳들을 안내해 드릴 겁니다. 한 가지 주의하실 사항은, 제가 들고 있는 이 깃발의 뒤를 따라다니셔야 합니다. 만약 이 깃발을 놓쳤다가는 관광은커녕 어떤 불상사가 생길지 모릅니다.

모두들 주의사항을 아셨습니까?

관광객들　알았습니다!

관광 안내원　좋습니다. 역 앞에 저희 관광회사의 버스를 대기시켜 놓았으니까 그걸 타십시오.

어느 관광객　어디로 가는 건데요?

관광 안내원　우선 호텔로 가서 여장은 푸셔야지요.

남자 관광객　안내원, 난 가방을 잃어버렸는데요.

관광 안내원　가방을요?

남자 관광객　네, 여태껏 찾아다녔습니다만…….

관광 안내원　(큰소리로 관광객들에게) 혹시, 가방 하나 못 보셨습니까?

다른 관광객　(가방을 치켜 들고) 이게 당신 거요?

남자 관광객　(가방을 살펴보며) 이것도 아닌데…….

관광 안내원　누구하구 가방이 서로 바뀐 모양입니다. 어쨌든 호텔에 가면 다시 찾을 수 있을 거예요. (깃발을 들고 앞서가며) 자, 이 깃발을 놓치지 말구 따라오세요.

단체 관광객들, 안내원의 뒤를 따라 퇴장한다. 그들이 모두 떠난 다음 몹시 지친 듯한 남자가 남아 있다. 유지들이 다가간다.

신문 발행인　저어, 새로 부임하시는 시장님입니까?

시 장　그렇습니다만?

신문 발행인　(정중하게 인사를 하며) 아, 저희 도시에 부임하여 오신 것을 진심으로 환영합니다. 시장님, 저희는 이곳의 유지들이지요. 저는 이곳에서 가장 영향력 있는 지방신문을 발행하고 있습니다.

시 장　마중을 나와 주셔서 감사합니다.

신문 발행인　(기업가를 소개하며) 그리고 이분은 저희 도시의 경제계를 대표하여 나오셨지요. 견직물 공장과 비누 공장, 그 밖에 여러 기업체를 갖고 있습니다.

기업가 시장님께서 오시기를 기다리고 있었습니다.

시 장 감사합니다.

신문 발행인 (학장을 소개하며) 이분은 저희 도시의 정신적인 지도자이십니다. 시립대학의 학장님이시지요.

학 장 이곳에 오신 걸 진심으로 환영합니다.

시 장 이렇게 여러분을 뵙게 되어 반갑습니다.

신문 발행인 (시장의 얼굴이 커다랗게 게재된 신문을 펼쳐 보이며) 이 신문을 보시겠습니까? 새로 오시는 시장님에 대한 기사가 대서특필되어 있습니다.

시 장 (신문을 받아 들고 바라본다.) 아 그렇군요.

신문 발행인 발행인인 제가 직접 썼습니다. 기사를 읽어 보시지요.

시 장 미안합니다. 조금 쉬고 나서 읽겠습니다. 기차 속에서 어찌나 관광객들이 소란을 피우던지…… 몹시 지쳤거든요.

기업가 시장님께서 타고 계신 줄을 몰랐군요?

시 장 글쎄요…… 아마 알고 있었다 하더라도 조용히 하진 않았을 겁니다. 그런데, 언제나 관광객들이 이렇게 많이 옵니까?

기업가 네, 많이들 찾아옵니다.

신문 발행인 시장님도 나중에 아시겠지만, 이 도시엔 사람들의 호기심을 자극시키는 것들이 많거든요.

시 장 뭡니까, 그것들이? 박물관인가요?

신문 발행인 아닙니다.

시 장 그럼 도박장 같은 유흥업소?

기업가 아, 그것도 아니지요.

시 장 점점 호기심이 끌리는군요. 도대체 뭐가 그리 유명합니까?

학 장 시장님, 피곤하시다는데 우선 쉬십시오.

기업가 역 앞에 자동차가 준비되어 있습니다.

시 장 시청의 관용차입니까?

기업가 시청의 관용차는 수리중이라고 합니다. 그래서 저희 기업체의 승용차를 대기시켜 놓았지요.

시 장	시청까지 걷는다면 몇 분이나 걸립니까?
기업가	약 오 분 정돕니다.
시 장	아주 가까운 곳에 시청이 있군요.
학 장	(손가락으로 시청 지붕을 가리키며) 바로, 저기 저 건물입니다.
시 장	저, 청색 지붕의 건물 말씀인가요?
학 장	네.
시 장	그렇다면 차라리 걸어가겠습니다.
기업가	피곤하실 때는 자동차를 타시는 게 나을 텐데요?
시 장	호의는 고맙습니다만, 나는 자동차의 휘발유 냄새를 싫어해서요. 피곤할 땐 그 냄새가 더욱 지독해서 구토를 일으킵니다.

시장은 가방을 들고 걷기 시작한다. 유지들이 뒤를 따라 걸어간다.

신문 발행인	시장님은 예민한 체질이신가 보죠?
시 장	좀 예민한 모양입니다.
신문 발행인	계획하신 일이 뜻대로 안 될 경우엔 어떻습니까? 밤에 잠을 주무실 수 있는지요?
시 장	그럼 난 잠을 못 잡니다.
기업가	식사는요? 계획이 어긋나더라도 잘 잡수셔야 할 텐데?
시 장	전혀 먹지를 못합니다, 그럴 때는…….
유지들	(걱정스런 표정으로 서로 바라보며) 지난번 시장님과 똑같은 체질이시군.
시 장	지난번 시장님과 똑같다니요?
신문 발행인	아, 그분도 예민한 체질이셨거든요.
기업가	그래서 결국은 사망하셨지요.
신문 발행인	임기도 다 못 채우시고 사망하신 겁니다.
학 장	명상을 좋아하십니까, 시장님?
시 장	명상이라면…… 조용히 눈을 감고 아무 생각도 하지 않는 것 말씀입니까?

학 장	네, 너무 예민한 체질에는 명상이 좋습니다.

학 장 네, 너무 예민한 체질에는 명상이 좋습니다.

시 장 (걸음을 멈추고 뒤따라오는 유지들을 돌아보며) 난 그럴 만큼 한가하지 못합니다. 도지사께서도 특별히 당부하시더군요. 이 도시는 두 쪽으로 나뉘어져 있으니까, 그 나뉘어진 양쪽이 다시 화합할 수 있도록 최선을 다하라구요. 여러분이 나를 좀 도와주십시오.

유지들 (근심스런 표정으로) 우리들이야 힘껏 도와는 드리겠습니다만……

시 장 왜 그런 곤란한 표정들이십니까?

신문 발행인 우리는 시장님이 말씀하신 그 반절로 나뉜 한쪽에 지나지 않거든요.

시 장 (놀란 표정으로) 그래요? 양쪽이 모두 마중 나온 것이 아닙니까?

신문 발행인 저쪽은 아예 나오지도 않았습니다.

기업가 저쪽은 지독한 놈들이지요. 시장님의 권위마저 인정하지 않겠다는 겁니다.

학 장 세상 일이란 다 궂은 거지요. 그러니 계획대로 잘 안 된다 해서 너무 심각하게는 생각하지 마십시오.

시 장 시장이란 도시 전체를 위해서 봉사해야 하는 겁니다. 나는 이 도시의 분열의 원인을 제거하고 나뉘어진 양쪽을 합쳐 놓음으로써 영원한 평화를 이룩해 놓을 계획을 갖고 왔습니다. (들고 있는 가방을 가리키며) 바로 이 가방 속에 그 계획이 들어 있습니다. (갑자기 당황한 모습이 되며) 아니, 이건 내 가방이 아닌데. (가방을 열어젖히고 물건들을 꺼내 본다. 박제할 때 사용하는 도구와 물건들이 나온다.) 이게 뭐지? 칼, 바늘, 실, 솜뭉치, 그리고 이건 방부제라고 씌여 있군.

신문 발행인 시장님, 가방이 바뀐 모양입니다.

기업가 아까 역에서 관광객 한 사람이 가방을 찾고 다니더군요.

시 장 내 가방을 꼭 찾아야 합니다.

신문 발행인 염려하실 건 없습니다. 호텔에 연락해서 서로 가방을 되바꾸면 될 테니까요.

시 장 (꺼내 놓았던 물건들을 가방 속에 집어넣는다.) 어느 호텔에 그 관광객이 있는지 알아야지요.

신문 발행인 몇 군데 연락해 보면 알 수 있을 겁니다.

시 장 (가방을 들고 걷는다.)

학 장 가방이 꽤 무거운 것 같군요.

신문 발행인 더구나 피곤하셔서 걷기가 괴로우시겠어요.

기업가 자동차를 타셨어야 했던 건데…….

시 장 (마침내 시청에 당도한다.) 파랑색 지붕, 시청 건물이 맞지요?

유지들 네, 시청에 다 오셨습니다.

시 장 (유지들과 악수를 나누며) 그럼 나는 들어가겠습니다. 마중 나와 주셔서 대단히 감사합니다.

유지들 시장님, 다시 한번 진심으로 환영합니다.

시 장 내 가방을 찾으면 앞으로의 계획을 말씀드리겠습니다. 부디 나를 도와 주십시오.

유지들 물론 도와 드리구 말구요.

시 장 (가방을 들고 시청 안으로 들어간다.) 여러분과 자주 뵙기로 합시다.

유지들 (시장이 문 안으로 들어간 뒤에도 근심스런 표정이 풀리지 않는다.)

학 장 걱정이군, 시장님이 너무 예민하셔서…….

신문 발행인 지난번 시장님처럼 밤에 잠을 못 주무시면 어떻게 한담?

기업가 글쎄요…… 끼니 때마다 식사는 잘 하셔야 할 텐데…….

무대 전면. 단체 관광객들이 투숙할 호텔에 도착한다.

관광 안내원 관광객 여러분, 바로 여기가 투숙하실 호텔입니다. 우리 도시에서 가장 유명한 건물 중의 하나인 이 호텔은 1884년 독일인이 독일식으로 설계하였고, 1907년 미국인이 미국식으로 돈을 댔으며, 1912년 일본인이 일본식으로 완성하였으나, 1945년 해방되던 해 불에 타 없어졌는데, 그 자리에 여러분이 보고 계시는 현대적인 호텔을 다시 세웠습니다.

젊은 관광객 (사진기를 꺼내 호텔 건물을 촬영한다.) 멋진 호텔인데! 멋진 호텔이야!

다른 관광객 쯧쯧, 이 젊은 양반은 무조건 멋지다는군. (관광 안내원에게) 냉방장치가 되어 있습니까, 이 호텔은?

관광 안내원 물론입니다.

여자 관광객 더운물로 샤워를 할 수 있나요, 언제든지?

관광 안내원 할 수 있구 말구요, 언제든지.

늙은 관광객 이 호텔의 엘리베이터는 고장이 자주 납니까?

관광 안내원 엘리베이터 고장이라뇨?

늙은 관광객 만약 고장이 났을 경우에 대해서 묻는 거요. 나처럼 관절염 때문에 잘 걷지 못하는 사람에겐 어떤 대책을 세워주는 건지?

관광 안내원 (당혹해지며) 글쎄요…… 계단으로 걸어 올라가야겠지요.

늙은 관광객 맙소사, 에스컬레이터도 없다는 거요?

관광 안내원 그건 없습니다.

또다른 관광객 또다시 불이 날 경우엔 어떻게 해야 하죠?

관광 안내원 네?

또다른 관광객 1945년에 불이 났었다면서요. 스프링쿨러라구, 불이 나면 자동으로 물이 쏟아지는 장치가 되어 있습니까?

관광 안내원 그거요…… 되어 있질 않습니다.

관광객들 어찌 일류 호텔 같지가 않은데…….

여자 관광객 (관광 안내원에게) 솔직히 말씀하세요. 일류 호텔은 아니죠?

관광 안내원 하지만 여러분, 이 호텔은 결코 삼류는 아닙니다.

관광객들 그럼 이류쯤 되는 모양이군.

관광 안내원 아, 마침 이 호텔 지배인이 나오십니다.

아버지 (관광객들에게) 어서 오십시오, 여러분. 저쪽 프런트로 가시지요. 방 배정을 해드리겠습니다. 외출하실 때는 방 열쇠를 꼭 프런트에 맡겨 주십시오. 그리고 귀중품을 갖고 계신 분은 저희 호텔의 금고에 넣어 두십시오. 달러, 파운드, 마르크, 그 밖의 외화에 대해서도 공정환율로 바꿔 드립니다. 저희 호텔에 계시는 동안 불편한 사항은 언제든지 저에게 말씀해 주시기 바랍니다.

제2장

묘지, 트럼펫의 조가(弔歌)가 구슬프게 울려 퍼진다. 검은색 테두리를 한 커다란 화환을 선두로 유지들이 등장한다. 그 뒤를 따라 아버지, 어머니, 두 명의 아들이 슬픈 모습으로 들어온다. 커다란 화환이 놓여지고 다함께 고개 숙여 묵념을 한다. 묵념이 끝나면 신문 발행인이 관객석을 향하여 비분강개한 어조로 연설을 시작한다.

신문 발행인 시민 여러분, 매년 이때가 돌아오면 우리는 이 묘지에 찾아와 화환을 바칩니다. 슬픔과 분노의 감정을 억제하지 못한 채, 그날 저쪽의 폭력에 대항하여 용감히 싸우다가 목숨을 바친 수많은 사람들에게 삼가 머리 숙여 조의를 표하는 것입니다. (아버지와 가족을 가리키며) 그날의 싸움에서 다섯 형제를 바친 가족입니다. 아버지 되는 분께서는 끓어오르는 분노를 참느라 입술을 꽉 깨물고 있구, 어머니 되는 분께서는 한없이 흘러내리는 슬픔의 눈물을 닦고 계십니다. 그리고 그날의 싸움 이후에 태어났으나, 이젠 장성하여 어엿한 어른이 된 형제들은 원수에 대한 적개심으로 두 주먹을 꼭 쥔 채 부르르 떨고 있습니다. (아버지에게 앞으로 나오기를 권하며) 자, 앞으로 나오셔서 한 말씀 하시지요.

어머니 (아버지를 앞으로 민다.)

아버지 무슨 말을…… 해야 할지…… 모르겠습니다. 어쨌든…… 그러니까…… 지난해에도, 또 지지난해에도 똑같은 말씀을 드렸듯이……

어머니 여보, 원수를 잊어서는 안 된다고 하세요.

아버지 그렇습니다…… 우리는 원수를 잊어서는 안 됩니다. 여러분의 가족 중에, 친척 중에, 그날 저쪽에서 무참히 목숨을 잃은 사람이 한둘이 아닐 겁니다. 생각하면 할수록 가슴이 메어집니다. 우리는 그 원수들을 증오해야 합니다.

어머니 영원히 증오해야 합니다.

유지들·가족들 (박수를 친다.)

신문 발행인 (기업가에게) 한 말씀 하시겠습니까?

기업가 아니오, 충분히 감동적입니다.

신문 발행인 (학장에게) 덧붙일 말씀이 있으신지요?

학 장 아뇨, 없습니다.

신문 발행인 (관객석을 향하여) 사실은 이 자리엔 새로 부임하신 시장님께서도 참석해 주시기로 되어 있었습니다만, 뭔가 귀중한 가방을 잃어버려서 상심하신 탓인지 나오시질 않았습니다. 그럼 이것으로 금년도의 기념식을 마치면서, 우리의 새로운 각오를 다짐하기 위해 시가행진을 합시다. (주먹 쥔 손을 치켜들고 구호를 외친다.) 원수를 잊지 말라!

유지들·가족들 원수를 잊지 말라!

신문 발행인 원수를 무찔러라!

유지들·가족들 원수를 무찔러라!

신문 발행인 (선두에 서서 퇴장한다.) 원수를 잊지 말라!

유지들·가족들 원수를 잊지 말라!

신문 발행인 원수를 무찔러라!

유지들·가족들 원수를 무찔러라!

무대 전면, 단체 관광객들이 묘지에 도착한다. 그들을 데리고 온 관광 안내원이 묘지에 대해서 설명한다.

관광 안내원 관광객 여러분, 바로 여기가 우리 도시의 그 유명한 묘지입니다. 양쪽의 싸움에서 목숨을 바친 수많은 사람들이 잠들어 있는 곳이지요. 그런데 여러분은 참으로 운이 좋았습니다. 마침 오늘이 그 기념일이어서 여러분은 일 년에 한 번뿐인 시가행진을 보실 수 있었거든요.

젊은 관광객 (사진을 찍으며) 멋진 묘지인데! 멋진 묘지야!

다른 관광객 쯧쯧, 뭐든지 멋지다는군.

어느 관광객 여봐요, 관광 안내원. 좀더 자세한 설명을 해주시오.

관광 안내원 네, 이 묘지의 면적은 십일만 사천 평입니다. 그리고 잣나무, 느티나무, 아카시아가 심어져 있구, 진달래와 넝쿨장미가 아름답게 어우러져 있어서, 세계적인 묘지들과 비교해 봐도 전혀 손색이 없습니다.

남자 관광객 (관광객들의 다리 사이를 기어다니는 도마뱀을 잡으려 하고 있다. 어느 관광객에게) 방금 당신 발 밑으로 기어가는 걸 못 봤습니까?

어느 관광객 내 발 밑으로……? 뭘 찾고 있습니까?

남자 관광객 도마뱀이죠.

어느 관광객 (놀라며) 도마뱀?

남자 관광객 놀랄 것 없어요. 묘지에 살고 있는 조그만 파충류니까. (도마뱀을 붙잡는다.) 아, 여기 있었군.

어느 관광객 그걸 잡아 뭘 하려는 겁니까?

남자 관광객 박제를 하려구요.

어느 관광객 (이맛살을 찌푸리며) 박제를 해요?

남자 관광객 네. (도마뱀을 치켜 들어 보이며) 귀엽죠?

어느 관광객 꼬리가 없잖아요?

남자 관광객 도마뱀은 몸과 꼬리가 양쪽으로 나눠지죠, 꼭 이 도시처럼요. 하지만 떨어진 꼬리는 이미 주워 뒀어요.

젊은 관광객 (사진 찍기를 계속하며) 멋진 묘지야! 정말 멋진 묘지라구!

늙은 관광객 엄청난 사람들이 죽어 묻혔군! 왜 그런 싸움이 일어났던 거요?

관광 안내원 아, 그건 우리 도시가 나뉘어졌기 때문입니다.

관광객들 어쩌다가 서로 나뉘어졌습니까?

관광 안내원 글쎄요, 나뉘어지고 싶어서 나뉘어진 건 아닙니다만……

여자 관광객 그럼 다시 합쳐지면 되잖아요?

관광 안내원 그게 잘 안 되는 모양입니다. 더구나 이쪽과 저쪽이 싸운 후엔 서로 원수 사이가 됐거든요.

늙은 관광객 도대체 이해할 수 없군! 억지로 나뉘어졌다면 서로 싸울 이유가 없지 않소?

관광객들 정말 이해할 수가 없어요.

관광 안내원 그러실 테죠. 여러분은 서로 나뉘어진 곳에 살아 보지 않아서 이해가 안 될 겁니다.

여자 관광객 어느 쪽에서 먼저 싸움을 일으켰나요?

관광 안내원 저쪽이 먼저였죠. 하지만 저쪽은 먼저 이쪽에서 싸움을 걸었다구 그럽니다.

또다른 관광객 그렇다면 저쪽에도 이런 묘지가 있습니까?

관광 안내원 물론 있습니다.

또다른 관광객 오늘 기념식도 하였겠군요?

관광 안내원 물론이죠.

다른 관광객 그래요? 저쪽에서도 시가행진을 합니까?

관광 안내원 네, 합니다.

어느 관광객 "원수를 잊지 말라!" 구호를 외치면서요?

관광 안내원 네, 그런 똑같은 구호를 외치면서요.

또다른 관광객 (관광객들에게) 그것 참 신기하군요! 마치 두 개의 거울을 서로 비춰 보듯이 이쪽 저쪽이 완전히 대칭 아닙니까!

어느 관광객 나도 방금 그 대칭이라는 생각을 했습니다!

여자 관광객 (다른 여자 관광객에게) 어마나, 세상에 또 이런 신기한 곳이 있겠어요?

관광객들 (감탄하면서 고개를 끄덕인다.)

관광 안내원 어떻습니까, 여러분? 우리 도시에 관광 오신 것을 후회하진 않으시겠지요?

관광객들 후회하다니요!

관광 안내원 짐작하셨겠지만 우리 도시엔 다른 곳에서는 볼 수 없는 구
경거리가 많습니다. (관광회사의 깃발을 높이 쳐들고 앞서가며)
이 깃발을 따라오세요! 이 깃발을 놓치지 말구 따라오셔야
합니다.

제3장

시청의 시장 집무실, 책상 위에 놓인 구내 전화의 벨이 울린다. 시
장, 전화기를 든다.

시 장 나, 시장이오. 누가 오셨다구? 가방을 든 사람이……? 어서 들
여보내요. (통화가 끝나자 그는 기차역에서 잘못 들고 왔던 가방을
책상 위에 올려놓는다.)

박제사 (단체 관광객의 한 남자였던 그는 시장의 가방을 들고 들어온다.) 실
례입니다만…….

시 장 어서 오시오.

박제사 (들고 있는 가방을 책상 위에 놓으며) 이게 시장님 가방입니까?

시 장 (기쁜 표정으로 가방을 확인하며) 내 가방이군요, 틀림없는. (책상
위에 놓여 있던 가방을 가리킨다.) 이건 선생 것입니까?

박제사 아, 그렇습니다.

시 장 그런데 왜 서로 가방이 바뀌어졌을까요? 내 가방 속엔 귀중한
것들이 들어 있어서 손잡이를 꼭 잡고 있었거든요.

박제사 글쎄요, 제 가방 속에도 소중한 것들이 들어 있어서 손잡이를
꼭 잡고 있었지요. 그랬는데 기차역에 내려설 때에, 혼란스런
관광객들 때문에 없어졌습니다.

시 장 관광객들이 투숙할 만한 호텔마다 전화를 했었습니다. 결국

　　　　　이렇게 서로 가방을 되찾게 된 건 천만다행이군요.

박제사　그렇죠, 천만다행입니다.

시 장　선생께서는 관광하러 오셨는데 재미있는 구경 좀 하셨습니까?

박제사　모든 걸 재미있게 보구 있습니다. 꼭 거울 속의 대칭 같더군요.

시 장　(악수를 청하며) 그럼 구경 잘 하고 가십시오. 가방을 가져다 주셔서 감사합니다.

박제사　(악수를 받지 않는 채, 냉정한 어조로) 내 가방을 열어 보셨겠지요?

시 장　네……?

박제사　열어 보셨습니까?

시 장　열어…… 보았습니다.

박제사　무엇 때문에 열어 보셨습니까?

시 장　(불쾌해진 표정으로) 무엇 때문이라뇨? 처음엔 내 것인 줄만 알았지요.

박제사　그냥 열어 보시기만 하신 겁니까? 아니면 그 속에 든 물건들을 꺼내기까지 하셨는지요?

시 장　(더욱 불쾌해지며) 왜 그런 질문을 하십니까? 난 선생 것을 훔치지 않았습니다.

박제사　저는 훔치셨느냐구 물었던 건 아닙니다. 그 속에 든 것들을 꺼내 보셨느냐구 물었던 거죠.

시 장　그러나 저러나 마찬가지 아뇨? 의심나거든 직접 꺼내 확인해 보시오.

박제사　시장님 앞에서 직접 확인해 봐도 되겠습니까?

시 장　기분 나쁜 사람이군.

박제사　(가방 속에서 물건들을 꺼내 시장의 책상 위에 늘어놓는다.) 칼……가위…… 바늘…… 실…… 방부제…….

시 장　도대체 이것들이 뭐요?

박제사 박제할 때 사용하는 도구들입니다.

시 장 그럼 당신은……?

박제사 박제사죠. 박제를 하는 것이 내 직업입니다.

시 장 그래서 이런 괴상한 것들이 가방 속에 들어있었군.

박제사 박제를 어떻게 하는 건지 보여 드릴까요? (그는 묘지에서 잡았던 도마뱀을 꺼내 능숙한 솜씨로 박제를 한다.) 먼저 이 예리한 칼로써 배를 가르지요. 창자를 빼내고, 갈쿠리를 집어넣어 뼈와 살을 꺼냅니다. 그리고 방부제를 묻힌 솜을 가득 채워 넣구, 바늘과 실로 꿰매면, 살아있을 때 모습 그대로가 되는 겁니다. (박제를 끝낸 도마뱀의 사지에 인형극에 사용하는 줄을 매달고 움직이며) 어때요, 시장님? 이렇게 줄까지 매달아 움직이게 하니까 살아있는 것과 똑같지 않아요?

시 장 어서 그것들을 갖고 나가시오.

박제사 이번엔 시장님께서 가방을 확인해 보실 차례입니다.

시 장 (박제사를 노려보며) 설마… 내 가방을 손댄 건 아니시겠지?

박제사 그러니까 직접 확인해 보시라는 것 아닙니까?

시 장 (자기 가방을 열어 그 속에 든 서류들을 꺼내 책상 위에 놓는다.)

박제사 제가 이것들을 읽어 보았을까요, 아니면 읽어 보지 않았을까요?

시 장 정말 기분 나쁜 사람이군.

박제사 저는 이것들을 읽었고 또 세밀하게 검토하여 보았습니다.

시 장 당장 나가. 나가지 않으면 수위를 불러 쫓아내겠소.

박제사 그런데 이 서류에 적힌 계획이라는 것이 전혀 현실성이 없습니다. 왜 현실성이 없느냐, 저는 그 점에 대해서 시장님께 말씀드리고 싶습니다. 그래도 수위를 불러 저를 쫓아내시겠습니까?

시 장 (양보하며) 뭐요? 당신이 말해 보겠다는 것이…….

박제사 이쪽과 저쪽으로 나뉘어진 이 도시를 다시 합치도록 하기 위해서, 양쪽의 전체적인 화해, 물론 그런 양쪽 전체의 화해가 이루어진다면야 얼마나 좋겠습니까? 하지만 전체적인 화해란 불가능한 일입니다. 마치 헝클어진 실꾸러미를 한꺼번에 풀겠다는 욕심 같은 것으로서 오히려 욕심은 더욱더 일을 엉키게만 만들 뿐입니다. 더구나 시장님의 계획은 새로운 것이 아닙니다. 전임 시장, 그리고 그 전의 시장들도 몇 차례나 그런 전체적인 화해를 제안하였었고, 또 실제로 양쪽이 만나 화해를 위한 대화도 해보았었습니다. 그러나 서로의 증오와 불신만 커졌을 뿐, 이제는 완전히 서로 외면해 버린 상태입니다. 그런데 시장님께서 다시 그런 제안을 한다고 그들이 받아들여 주시겠습니까?

시 장   내가 전임 시장들의 실패를 반복할 것 같소. 나는 전임 시장들과는 달리 편파적이 아닌 공정한 입장에서 양쪽의 화해를 주선할 거요.

박제사   만약 시장님이 그 전의 시장들과 똑같은 실패를 반복하고 싶으시다면 그렇게 하시지요. 그러나 제가 시장님이라면 그따위 불가능한 방법은 집어치우고 참신하면서도 가능한 방법을 택할 겁니다.

시 장   도대체…… 당신은 누구요?

박제사   박제사죠. 박제를 하는 것이 저의 직업이라고 말씀드렸는데요?

시 장   이 도시에 관광하러 왔다는 사람치곤 이상하군.

박제사   시장님, 그 참신하며 가능한 방법이 뭔지 듣고 싶다구 실토하시지요.

시 장   솔직히 실토하겠소. 그게 뭐요?

박제사   사랑이죠.

시 장   사……랑? 하하, 하하하.

박제사   오직 사랑만이 나뉘어진 양쪽 문제를 풀어낼 수 있습니다.

시 장   하하하, 하하.

박제사   왜 웃으십니까?

시 장   이제 보니 당신 웃기는 사람이군.

박제사   다른 방법은 없습니다. 오직 사랑만이 유일한 해결이지요.

시 장   하하, 사랑이라! 어느날 갑자기 양쪽 사람들이 한꺼번에 부둥켜안고 사랑한다, 그거요?

박제사   양쪽 전체가 사랑한다는 것은 있을 수 없는 일입니다. 오직 개인과 개인의, 다시 말해서 남녀간의 사랑만이 현실성이 있는 거죠. 원수처럼 증오하는 양쪽의 남녀가 서로 사랑에 의해 결합하게 되고, 그러한 개인 대 개인의 결합이 마침내는 양쪽 전체를 화해시키는 실마리를 풀게 될 겁니다. 어떻습니까?

시 장   지금 무슨 로맨틱한 소설 이야길 하는 거요?

박제사   소설이 아닙니다, 시장님. 이 양쪽으로 나뉘어진 도시에도 그런 남녀가 있습니다. 믿어지지 않거든 저를 따라오십시오. 그 두 남녀가 만나고 있는 현장을 안내해 드리겠습니다.

시 장   그게…… 사실이오?

박제사   그 사랑하는 남녀는 매일 밤 양쪽의 하수도를 기어가서 도시 한가운데 썩어 가는 늪에서 만납니다. 사랑이란 그런 것이죠. 특히 남녀간의 사랑이란 매우 구체적이고 사실적인 것이어서 이웃을 사랑한다든가 전체를 사랑한다 같은 그런 관념적이고 허구적인 것과는 거리가 멉니다. 그들은 더럽고, 썩었으며, 양쪽에서 버린 온갖 오물 속에서도 서로를 힘껏 부둥켜안습니다. 시장님, 결국은 그들 남녀의 사랑을 도와 주는 것만이 이 도시를 결합하는 유일한 방법이며, 또한 시장님의 명예와 출세를 위해서도 가장 빠른 길입니다. 양쪽으로 나뉘어진 이 도시를 결합시키는 데 성공하신다면, 시장님은 분명히 도지사로 승진되실 테니까요.

시 장   난 도지사는 바라지 않소.

박제사   그럼 국회의원 출마를 하시지요. 당선은 확실합니다.

시 장   엉뚱한 소린 하지 마시오.

박제사   전국적으로 유명한 인물이 되실 건 틀림없습니다.

시 장　어쨌든 그건 나중 일이오. 우선은 그 남녀가 누구며, 또 어떻게 그들의 사랑을 도와 줄 수 있겠느냐 그게 문제 아니겠소? (박제사의 얼굴을 바라보며) 그 남녀가 누구요?

박제사　이쪽은 남자, 저쪽은 여자입니다.

시 장　이쪽 남자의 이름과 주소는?

박제사　이름과 주소는, 제가 묵고 있는 호텔의 지배인에게 물어 보시면 아실 겁니다.

시 장　호텔 지배인에게 물어 보라니?

박제사　네. 이쪽 남자는 그 지배인의 아들이니까요.

시 장　그럼, 그 지배인은 자기 아들이 저쪽의 여자와 만나고 있다는 사실을 알고 있소?

박제사　아뇨, 그런 일을 안다면 자기 아들을 가만 두지 않을 겁니다. 시장님께선 시가행진을 보셨습니까? "원수를 잊지 말라!" 외치면서 행진하던 사람들 선두에는 호텔 지배인과 그의 아들들이 나란히 있었거든요.

시 장　아들의 사랑을 위해서 아버지를 설득시켜야 하는 것이 큰 문제겠군. 저쪽의 여자에겐 어떤 어려움이 있소?

박제사　저쪽의 여자는 공포에 떨고 있습니다.

시 장　부모에게 들킬까봐 무서워하는 거요?

박제사　그 여자는 부모뿐 아니라 저쪽 전체가 두려운 거죠.

시 장　가엾은 여자군.

박제사　그렇습니다. 한 인간이 전체를 두려워한다는 건 가엾은 일이죠.

시 장　(박제사의 얼굴을 바라보며, 의아스럽게) 그런데, 당신은 어떻게 그 모든 것을 알고 있소?

박제사　이미 몇 번이나 말씀드렸잖습니까? 저는 박제사라구요.

시 장　박제사가 어떻게 아느냐 그 말이오. 더구나 당신은 저쪽 여자의 심리상태까지 훤히 알고 있잖소?

박제사　(박제된 도마뱀을 살아있듯이 조종하며) 그야 알 수 있죠. 저는 저쪽 전체를 박제로 만들었으니까요. 단 한 사람, 아직 그 여자를 박제로 만들지는 못했습니다만……

시 장 지금 농담을 하는 거요?

박제사 농담이 아닙니다. 그 여자가 공포에 질려 있는 건 자기 자신마저 박제로 만들어지지 않을까 두렵기 때문입니다. 물론 저는 하나 남은 그 여자까지 박제로 만들 생각입니다.

시 장 나에게는 그 남녀를 결합시키라고 했잖소?

박제사 박제사로서 저는, 나뉘어진 저쪽에서 대성공을 거뒀습니다. 저는 저쪽 모든 사람들의 내장과 뼈를 꺼냈으며, 그 대신 솜과 지푸라기를 가득 채웠습니다. 그리고 저는 박제가 된 그들의 손과 발에 줄을 매달아서 획일적인 동작을 하도록 만들어 놓았습니다. 인류의 역사에서, 박제사로서의 그만한 성공은 드물 겁니다. 하지만 유감스럽게도, 저쪽의 폐쇄성 때문에, 제가 그런 박제를 쉽게 할 수 있었던 것 아니냐는 한 가지 결점이 있습니다. 그래서 저는 공개적인 작업을 해야 할 필요성을 느끼게 된 겁니다. 저쪽의 마지막 인간인 그 여자를 이쪽에서, 모든 사람들이 바라보는 가운데 공개적으로 박제를 만든다면, 저는 완벽한 성공을 거뒀다는 평가를 받을 수 있을 것입니다.

시 장 그렇다면 뭐요? 나를 이용한다, 그거요?

박제사 어쨌든, 시장님과 저는 똑같은 기회를 나눠 가졌습니다. 시장님은 그 여자를 박제가 되지 않도록 도와 주십시오. 그래서 이쪽 남자와의 사랑을 성취시켜 놓는다면, 그것은 시장님의 명예와 승리가 될 겁니다. (책상 위에 놓여 있는 박제 도구들을 가방 속에 집어넣는다.) 시장님, 저는 이만 돌아가겠습니다. 호텔 지배인에게 연락해서 그 아들을 만나 보십시오.

무대 전면, 관광 안내원이 단체 관광객들을 이끌고 시청 앞에 도착한다.

관광 안내원 관광객 여러분, 바로 여기가 우리 도시의 시청입니다. 공식적인 행정구역상으로는 저쪽까지 이 시청에서 관할하는 것으로 되어 있습니다만, 사실은 그렇지가 못하다는 데 이 시청의 특색이 있습니다.

젊은 관광객 (사진을 찍으며) 멋진 시청인데! 멋진 시청이라구!

다른 관광객 쯧쯧, 또 멋지다는군.

늙은 관광객 (시청 문에서 나오는 박제사를 가리키며) 저 남자 우리와 함께 관광하러 온 사람 아뇨?

관광 안내원 그렇군요. (박제사에게) 여봐요, 단체로 다니셔야 합니다. 혼자서 돌아다니면 안 돼요.

박제사 시장님과 가방이 바뀌어서 왔던 겁니다.

관광 안내원 가방은 찾았습니까?

박제사 (가방을 들어 보이며) 네, 바로 이거죠.

여자 관광객 어머나, 시장님을 만나셨어요?

박제사 물론이죠, 서로 많은 이야길 했습니다.

관광객들 (관광 안내원에게) 우리도 시장님을 만나게 해주시오.

관광 안내원 (난처한 표정으로) 여러분은 관광하러 오신 분들입니다. 시장님을 만나서 무얼 하시렵니까?

젊은 관광객 사진을 찍죠. 멋진 사진을요.

관광객들 그것 좋군. 시장님과 기념사진을 찍읍시다.

박제사 (관광 안내원에게) 창 밖으로 잠깐 얼굴만 내밀어 달라구 청해 보십쇼.

관광 안내원 (시장 집무실의 창을 향하여) 시장님! 존경하는 시장님! 창문을 열고 내다보세요.

관광객들 (따라서 외친다.) 시장님! 존경하는 시장님.

관광 안내원 시장님께서 얼굴을 내미셨습니다.

젊은 관광객 여러분, 창문 아래에 일렬로 서세요. (관광객들을 향해 사진기를 조정하며) 모두들 웃으세요. 시장님께서도 웃으시구요. 그럼 찍습니다.

관광 안내원 자, 됐습니까? 이 깃발을 따라오세요. 다음 구경을 하시려면 이 깃발을 놓쳐서는 안 됩니다. 어서들, 따라오세요.

제4장

아버지의 집, 다급한 태도로써 아버지가 집에 들어와 아들을 부른다. 구호를 외치면서 시가행진을 했었던 그의 목소리는 쉬어 있다. 어머니, 방에서 나온다. 그녀 역시 시가행진 때문에 발이 부르트고 물집이 잡혀서 걸음걸이가 부자연스럽게 보인다.

아버지 여보! 여보!
어머니 웬일이세요? 아직 퇴근시간도 아닌데 집에 돌아오시다니?
아버지 여보, 시장님이 오시겠다는군. 호텔로 전화를 하셔서 지배인을 찾더라구. 접니다, 그랬더니 다짜고짜 우리 집을 방문하시겠다는 거요.
어머니 호텔이 아니구 우리 집을요?
아버지 그렇다니까. 지금 곧 오시겠다는 거요.
어머니 (당황과 기쁨이 뒤섞인 표정이 되며) ……시장님이 뭣 때문에 오신다고 할까요?
아버지 글쎄, 나도 모르겠소.
어머니 이런 기회에 시장님을 잘 알아둡시다. 그런 유력 인사를 알아두면, 우리한테 이익이 되면 되었지 결코 손해는 아닐 테니까요. 하지만 야단났네. 시장님께 뭘 대접해야지?

초인종소리가 울린다.

어머니 시장님이신가 봐요. 어서 모시구 들어오세요.
아버지 (문을 열고 시장을 맞아들인다.) 어서 오십시오.

시 장	안녕하십니까? 갑자기, 실례가 안 되는지 모르겠습니다.
어머니	오히려 저희 집에 와주셔서 영광인걸요.
시 장	그렇게 생각해 주신다면 다행입니다.
아버지	(의자를 권하며) 앉으시지요, 시장님.
시 장	감사합니다. (의자에 앉는다.) 그런데 저기 걸려 있는 사진들은 누굽니까?
아버지	죽은 저희 자식들 사진입니다.
시 장	언제나 저렇게 걸어 두고 계신가요?
어머니	그럼요, 언제나 그 애들의 죽음을 잊지 않기 위해서죠.
시 장	어제는 원수를 잊지 말라 외치면서 시가행진을 하시더군요.
어머니	시장님께서도 그 광경을 보셨어요?
시 장	네, 시청 창 밖으로 바라보았습니다.
어머니	굉장한 시가행진이었죠. 구름 같은 군중들이 분노의 구호를 외치면서 거리를 누비고 다녔어요. 시장님, 저희들 목소리가 듣기 거북해도 이해해 주세요. 온종일 구호를 외치느라 목이 쉬었거든요. 더구나 저는 다리까지 심한 고통을 겪고 있어요.
아버지	모처럼 시장님께서 오셨는데 대접이 소홀히 될까봐 걱정이군요.
시 장	아, 그런 걱정은 마십시오.
아버지	양주는 한 병 있습니다만…… 관광객이 선물로 준 건데 꽤 고급입니다.
시 장	좋습니다. 한잔 하십시다.
어머니	제가 가져올까요?
아버지	(일어나려는 어머니에게) 당신은 앉아 있소. 내가 가져오지.
어머니	(의자에 다시 앉으며) 고마워요. 잔을 다섯 개 더 가져오시는 걸 잊지 마세요.
시 장	(집안을 둘러본다.) 저기, 저 촛불은 뭡니까?
어머니	저 촛불요? 밝은 대낮인데도 집안에 촛불을 켜놓구 있어서 이상하세요?

시 장	모두 다섯 개가 켜져 있군요.
어머니	죽은 다섯 명의 자식들과 같은 수효랍니다.
시 장	언제나 저렇게 켜놓구 계십니까?
어머니	네, 언제나죠.
시 장	단 하루도 꺼진 적이 없구요?
어머니	단 한 시간도 꺼진 적이 없어요.
시 장	깜박 잊었다거나, 혹은 실수를 했다거나, 어쨌든 저 촛불을 꺼 뜨린 일이 없었습니까?
어머니	그런 일은 절대로 없어요.
아버지	(술병과 잔들을 가져오며) 시장님, 바로 이겁니다.
시 장	(술병의 레테르를 본다.) 정말 최고급인데요.
아버지	칵테일을 하시겠습니까, 아니면 스트레이트로 하실까요?
시 장	스트레이트로 하겠습니다.
아버지	(병 뚜껑을 열고 먼저 다섯 개의 잔에 술을 따른 다음, 시장과 자기 자신의 잔에 따른다.)
시 장	또 누가 이 자리에 오기로 되어 있습니까?
어머니	아, 술잔이 많아서요? 사실은 이 다섯 개의 잔은 저희 죽은 자식들을 위해서 따른 거예요. 저희 집에선 늘 이렇게 하구 있어요. 술병의 첫 마개를 따거나, 혹은 햇곡식으로 특별한 음식을 했을 때, 죽은 자식들의 몫을 먼저 떼어 놓는 거예요.
시 장	역시 원수를 잊지 않기 위해선가요?
어머니	그렇게 하면 바로 이 자리에 죽은 자식들이 모여들죠.
시 장	살아있는 아드님은 어디에 있습니까?
아버지	그 애들도 이 자리에 나오도록 하겠습니다. 하지만 시장님, 여쭤 봐도 괜찮을까요? 갑자기 저희 집엘 오시구, 또 그 애들을 만나고 싶어하시니까 궁금해서 그럽니다.
시 장	내가 아드님의 결혼 중매를 하고 싶습니다.
아버지	갑자기 중매라뇨?
시 장	그리고, 시장인 내가 결혼식 주례까지 맡겠습니다. 어떻습

니까?

아버지   그렇게 해주신다면야 얼마나 좋겠습니까?

어머니   시장님, 그런데 그 규수는 어느 집안 처녀인가요?

시 장   먼저 살아있는 아드님을 만날 수 있게 해주시겠습니까? 아드님과 만나는 자리에서 어떤 여자인지 말씀드리고 싶습니다만……

아버지   그러시다면 제가 데려오겠습니다. (퇴장한다.)

시 장   (고의적으로 죽은 자식들 몫의 술잔을 들어서 마신다.)

어머니   그건 저희 죽은 자식들 몫인데요?

시 장   이제 그만 잊으시라구 제가 마셨습니다.

어머니   시장님, 한번은 봐드리겠어요. 하지만 다시는 손대지 마세요.

시 장   그렇게 억지로 잊지 않으려구 애쓰실 필요는 없잖습니까?

어머니   억지로 애쓴다니요?

시 장   어딘지 자연스럽지가 않아서 그럽니다.

어머니   시장님이 잘못 보신 거예요.

시 장   그럴까요?

어머니   네, 분명히 잘못 보셨어요.

아버지   (두 아들을 데리고 나오며) 시장님, 저희 아들들입니다.

시 장   (두 아들에게 악수를 청하며) 훌륭한 젊은이들이군.

아버지   위로 다섯 자식을 잃었으니까, 여섯째와 일곱째지요.

시 장   실제적으론 맏아들과 둘째 아들 아닙니까?

어머니   시장님 마음대로 고쳐 부르지 말아요.

아버지   (성난 어머니의 태도에 의아해서) 여보…….

시 장   (두 아들에게) 저어, 만나자마자 미안하네만, 몇 가지 물어봐도 되겠나? 너무 어렵게 생각할 건 없구, 그저 솔직하게 대답해주게. 자네들, 어제 시가행진을 하면서 어떤 느낌이 들던가?

차 자   (장자에게) 형님, 내가 먼저 말해도 될까요?

장 자   그래…… 먼저 하렴.

차 자   (시장 앞으로 한 걸음 나서며 적극적인 태도로) 솔직히 말해서 저는 부끄러웠습니다.

시 장 부끄러웠다? 어째서?

차 자 (불만스런 목소리로) 우리 가족은 다섯 명이나 목숨을 바쳤습니다. 그래서 분노와 슬픔의 상징처럼 되어서 매년 기념식에 나갑니다. 또 기념식이 끝나면, 발이 부르트고 목이 쉬도록 시가행진도 합니다. 그런 우리 가족 덕분에, 사람들은 자칫 해이해진 각오를 새롭게 다지곤 합니다. 그런데 그 대가가 뭡니까? 고작해야 우리 아버지는 호텔 지배인입니다. 그것두 처음부터 지배인을 시켜 준 것이 아니라 손님들 짐을 나르는 말단직에서부터 조금씩 조금씩 올려 준 것이지요. 더구나 이젠 상무나 전무 같은 윗자리로 올려 줄 생각도 하질 않습니다. 우리 가족이 구호를 외치면서 시가행진을 했을 때, 그 호텔의 관광객들도 구경을 했을 겁니다. 그러니 결국은 뭡니까? 우리 자신을 구경시켜 주고 형편없는 대가를 받는 꼴 아닙니까?

시 장 그래서 자넨 부끄럽다 그건가?

차 자 우리 가족이 무능해서 그렇습니다. 우리보다 희생이 적은 사람들도 더 많은 대가를 차지하고 있는데, 우리는 뭡니까? 우리는 우리가 받아야 할 대가마저 제대로 못 받구 있는 겁니다.

아버지 (얼굴이 붉어지며, 낮아지는 목소리로) 넌 또 그 이야기냐? 나와 함께 급사를 했던 사람이 지금도 손님들 짐을 나르고 있다. 내가 지배인이 될 수 있었던 건……

어머니 (아버지의 말을 앞지르며) 당신이 지배인이 될 수 있었던 건 자식을 다섯이나 희생시킨 덕분이죠.

아버지 여보…….

어머니 (차자를 두둔하며) 저 애 말이 맞아요. 우리가 치른 희생치곤 받은 대가가 너무 보잘것없다구요.

시 장 (장자에게) 자넨 어떻게 생각하는가?

장 자 저는…… 드릴 말씀이 없습니다.

시 장 왜? 동생처럼 불만이 없다는 건가?

장 자	(침묵)
시 장	그냥 솔직히 말해 보게.
장 자	저 역시…… 부끄러움을 느꼈습니다. 하지만 제가 느낀 부끄러움은…… 그런 대가의 문제하곤 다른 겁니다.
차 자	형님, 무슨 말씀을 하는 거예요? 우린 우리가 받아야 할 만큼은 받아내야 합니다.
장 자	구호를 외치며 시가행진을 하면서도…… 저는 증오심이 생기질 않았습니다.
어머니	제발 동생을 본받으렴. 너처럼 그랬다가는 호텔 지배인도 못 될 거다.
시 장	(두 아들에게) 아버지께 들어서 알고 있겠지만 내가 자네들을 만나러 온 이유는 어떤 처녀와 결합시켜 주기 위해서일세. 그런데 사실은 난 그 처녀를 직접 보진 못했네. 다만 어떤 괴상한 남자에게서 들은…… 아니, 차라리 꿈을 꿨다고 하는 게 옳겠군. 난 그 꿈 속에서, 악취를 풍기며 썩어 가는 늪을 보았지. 그리고 깊은 밤에, 사람들의 눈을 피해 양쪽의 하수도를 기어 나와 그 늪에서 만나는 두 남녀를 봤네. 여자는 공포에 질린 모습으로 저쪽의 모든 사람들은 박제가 되었다구 말하더군. 그리고는 남자에게 제발 자기를 구해 달라구 애원을 했지. 난 그 꿈을 꾸면서 식은땀을 흘렸네. 자, 이 무서운 악몽을 어떻게 해석해야 좋겠나?
차 자	제 생각은…….
시 장	뭔가?
차 자	꿈이라는 건 허황된 겁니다. 일종의 공상이죠 뭐. 중요한 의미를 담고 있는 것 같지만, 사실은 아무것도 아닙니다.
시 장	(장자에게) 자네는 그 꿈을 어떻게 생각하나?
장 자	(침묵)
시 장	(장자에게 다가가 얼굴을 바라보며) 나를 믿구 말해 보게.
장 자	시장님, 저희를 도와주십시오.

시 장 (장자의 어깨 위에 손을 얹으며) 그래, 내가 뭘 도와 주면 좋겠는가?

장 자 우선 안전한 곳이 필요합니다. 그 여자를 안전하게 보호해 주십시오.

시 장 시청은 어떤가? 시청으로 데려다가 보호해 주겠네.

장 자 감사합니다, 시장님.

아버지 도대체 그 여자가 누굽니까?

시 장 저쪽의 여자입니다.

어머니 (경악하며) 뭐…… 뭐라구요?

시 장 진정하십시오. 이젠 악몽으로부터 벗어나야 합니다.

어머니 (장자에게) 저쪽의 여자는 안 된다, 안 돼.

장 자 어머니…….

어머니 너의 죽은 형들이 여기 있다! 천벌을 내린다. 네가 그랬다간 천벌을 내려.

무대 전면. 관광 안내원이 단체 관광객들을 이끌고 아버지 집에 도착한다.

관광 안내원 여러분, 바로 여기가 우리 도시의 모범적인 가정입니다. 라디오와 텔레비전, 그리고 냉장고가 구비되어 있습니다. 그러니까 생활 수준으로 봐서, 이 가정은 우리 도시의 평균치를 나타내고 있다 하겠습니다.

젊은 관광객 (사진을 찍으며) 멋진 가정인데! 멋진 가정이야!

여자 관광객 집안으로 들어가 봐도 될까요?

관광 안내원 물론 들어가 보시지요.

다른 관광객 실례될 것 아닙니까?

관광 안내원 실례될 건 없습니다. 관광객들이 우리 도시의 가정을 보구 싶다고 하실 때엔 언제나 이 집으로 안내해 드리니까요.

다른 관광객 이 집 주인이 마음 좋으신 분인가 보죠?

관광 안내원 이 집 주인은 여러분이 묵고 계시는 호텔의 지배인입니다. 들어가셔서 얼마든지 집 안을 구경하세요.

관광객들 (집 안으로 들어간다.)

젊은 관광객 (집 안 여기저기를 촬영하며) 멋진 가정인데! 멋진 가정이라구!

늙은 관광객 (아버지에게) 저기 있는 텔레비전은 흑백이요, 칼라요?

아버지 칼라 텔레비전입니다.

늙은 관광객 가정 형편이 나쁘진 않으시군.

여자 관광객들 (어머니에게) 냉장고를 열어 봤으면 하는데요?

어머니 왜들 그러시죠?

여자 관광객들 식생활을 어떻게 하시는지 궁금해서요.

어머니 열어 보세요.

여자 관광객들 (냉장고를 열어 본다.) 이 속에 들어있는 게 쇠고기예요?

어머니 네, 수입 쇠고기예요.

여자 관광객들 (고개를 끄덕이며) 식생활은 괜찮으신가 봐! 세탁기는 없으세요?

어머니 세탁기에 빨래를 하면 때가 잘 안 져요. 그래서 저희 집은 손으로 북북 문질러서 빨래를 한답니다.

여자 관광객들 아직 세탁기는 보급이 잘 안 되어 있는 모양이야.

또다른 관광객 (아버지에게) 이쪽과 저쪽의 생활을 비교한다면, 어느 쪽이 더 잘살구 있다구 생각하십니까?

아버지 이쪽이 저쪽보다 훨씬 더 잘살고 있습니다.

박제사 (시장에게) 여기 와 계시는군요, 시장님.

시 장 (박제사를 노려보며) 그렇소.

박제사 (젊은 관광객에게) 여봐요, 젊은 양반. 우리 사진 한 장 찍어 주겠습니까?

젊은 관광객 네, 그러죠.

박제사, 아버지와 장자를 시장 옆에 세우고, 자기 곁에는 차자와 어머니를 세운다.

젊은 관광객 (그들을 향해 사진기를 조종하며) 서로 조금씩 다가서세요.

시 장 서로 다가설 수 없으니까 이대로 찍어 주시오.

젊은 관광객 웃으세요, 모두들!

박제사 웃을 수도 없는 모양인데…….

젊은 관광객 그럼 치즈 하세요, 모두들. (셔터를 누른다.) 됐습니다.

박제사 (어머니와 차자에게) 기념 촬영을 함께 해주셔서 감사합니다. 사진이 나오면 갖다 드리고 싶은데, 그래도 되겠습니까?

어머니 네, 가져오세요.

관광 안내원 관광객 여러분, 집 안을 다 보셨으면 다른 곳으로 갑시다. (관광회사의 깃발을 높이 쳐들고 나가며) 이 깃발을 따라오십쇼. 이 깃발을 놓치지 말구 따라오세요.

제5장

늪, 깊은 밤. 안개가 자욱하게 퍼지고 있다. 장자, 하수도 속에서 조심스럽게 기어 나온다. 주위를 살펴 안전한지를 확인해 본 다음 그는 하수도를 향해 나와도 된다는 신호를 보낸다. 시장과 아버지가 기어 나온다.

시 장 어휴, 썩는 냄새!

아버지 지독하군.

시 장 여긴 어딘가?

장 자 늪입니다.

시 장 저쪽 여자는?

장 자 아직은 오지 않은 것 같습니다.

시 장 밤안개가 자욱해서 다행이군.

아버지 시장님, 어디 앉아서 기다립시다. 좁은 하수도 속을 엎드려서 기어 나왔더니 뼈마디가 쑤시는군요.

시 장　그럽시다.

장 자　앉아서는 안 됩니다. 여긴 허리까지 푹 빠지는 늪이에요. 앉으
셨다간 머리까지 잠길 겁니다.

아버지　(불만스런 목소리로) 그럼 이렇게 푹 빠진 채 서서 기다려야 한
다는 거냐?

장 자　네, 목소리를…….

서치라이트의 불빛이 늪지대를 훑으며 지나간다.

장 자　엎드려요.

시 장, 아버지　저 불빛은……?

장 자　들켰다간 큰일입니다. 어서 엎드려요.

시 장, 아버지　　(엎드린다.)

장 자　(잠시 후 고개를 든다.) 이젠 지나갔습니다.

시장과 아버지, 머리를 든다. 엎드렸을 때 삼킨 더러운 것들 때문에
구역질을 일으킨다.

시 장　윽 윽! 뭔가 물컹하구 더러운 게 목구멍으로 넘어갔어.

아버지　퉤 퉤! 내 목구멍으로도…… 퉤!

장 자　제발 조용히…….

아버지　퉤 퉤! 창자가 뒤틀리는데 참으란 말이냐?

시 장　윽 윽! 위장이 뒤집혀.

장 자　제발…… 여긴 위험한 곳입니다.

서치라이트의 불빛이 다시 늪지대를 훑으며 지나간다. 시장과 아버
지는 엎드린다.

장 자　(먼저 고개를 들고 살펴본다.) 이젠 지나갔습니다. 일어나세요.

아버지   (더욱 심한 구역질을 한다.) 퉤 퉤! 창자가 뒤틀린다.

장 자   그렇게도 견디질 못하시겠습니까?

아버지   퉤! 정말 지독하구나. 퉤 퉤 퉤! 도대체 뭘 삼켰기에…… 퉤! 구역질을 견딜 수가 없지?

시 장   으윽! 뭐긴 뭐겠습니까? 양쪽의 하수도에서 흘러나온 오물과 쓰레기…… 윽! 으윽! 식기를 닦고, 바닥을 청소하고, 화장실의 변기통에서 나온 것들이겠지요.

아버지   퉤 퉤! 그러나 시장님, 내가 여기까지 왔다고 해서…… 퉤! 아들과 저쪽 여자의 결혼을, 퉤! 찬성한다고는 생각지 마십시오.

시 장   윽! 으윽! 뭐라구요?

아버지   퉤 퉤 퉤! 사랑은 어리석은 짓이에요. 퉤 퉤! 사람들이 절대로 용납하지 않을 행위입니다. 퉤!

시 장   윽! 그러니까, 으윽! 아버지로서 힘껏 도와 주셔야지요.

아버지   퉤! 내가 미리 알았더라면…… 퉤 퉤! 이런 어리석은 짓은 못 하도록 막았을 겁니다. (장자에게 호소하듯이) 돌아가자! 퉤! 사람들이 알기 전에 어서 돌아가자.

시 장   으윽! 아드님이 불쌍하지도 않으십니까? 수십 년 동안 양쪽에서 버리기만 했을 뿐 전혀 치울 생각도 하지 않는 더러운 늪 속에 빠져 허우적거리며 사랑을 하고 있습니다. 윽! 으윽! 그런데 도와 주시지는 못할망정 반대를 하십니까?

아버지   (장자에게) 퉤! 이런 짓은 너를 불행하게 만들 뿐이다. 퉤! 어서 돌아가자.

시 장   으윽! 이젠 돌아가야 소용없습니다.

아버지   퉤 퉤! 소용없다뇨?

시 장   윽! 모든 사람들이 알게 될 테니까요. 으윽! 윽! 난 사람들에게 두 남녀의 사랑을 공개할 겁니다.

아버지   (절망적으로) 퉤 퉤 퉤!

시 장   윽! 으윽! 두 남녀의 공개적인 결합만이 나뉘어진 양쪽을 합쳐 놓을 수 있기 때문입니다. (장자에게) 그런데, 윽! 왜 저쪽 여자

　　　　는 오질 않지?

장 자　옵니다, 틀림없이.

시 장　윽! 으윽! 이미 왔지만 안개 때문에 못 찾는 건 아닐까?

장 자　그녀가 왔으면 새울음 소리가 들릴 텐데요…….

시 장　새울음 소리……?

장 자　왔다는 신호지요.

시 장　(잠시 귀기울인다.) 으윽! ……조용하군.

아버지　(장자에게 애원하며) 퉤! 돌아가자. 제발, 돌아가.

장 자　아버지…….

시 장　도대체 뭘 걱정하십니까? 윽! 으윽! 사람들도 두 남녀의 결합을 축하해 줄 겁니다.

아버지　시장님이 뭘 안다구 그러십니까. 퉤! 난 양쪽으로 나뉘어진 이곳에서 평생을 살아왔습니다.

시 장　윽! 으윽! 하지만 언제까지나 양쪽이 증오하면서 살 수는 없는 것 아닙니까? 으윽! 오늘 밤 저쪽의 여자가 오면 가장 안전한 시청으로 데려가겠습니다. 그리구 사흘 안에 성대한 결혼식을 치르도록 하겠습니다. 안심하십시오. 으윽! 그럼 만사가 모두 잘 될 겁니다. (서치라이트의 불빛이 또다시 다가오는 것을 보면서) 제기랄, 또 엎드려야겠군!

　　　그들은 늪에 엎드린다. 불빛이 스쳐 간다. 잠시 후 고개를 든다.

아버지　퉤 퉤!

시 장　윽! 위장이 뒤집힌다.

아버지　퉤! 쓸데없는 짓입니다. 그만 돌아갑시다.

시 장　윽! 으윽! 돌아가고 싶거든 혼자 가시오.

장 자　퉤, 조용히…… 무슨 소리가 들렸습니다. 새울음 소리 같은데…… 그렇지요?

시 장　(귀기울인다.) 그래…… 분명히 새울음 소리야 으윽! 자네가 여기 있다구 신호를 하게.

장 자 　신호를 해도 이쪽으론 오지 않을 것 같습니다.

시 장 　어째서?

장 자 　저 혼자가 아니거든요. 그녀는 우리들 여럿의 목소리를 듣고
　　　　서 불안해 하구 있습니다.

시 장 　그렇군. 불안한 울음소리야. 윽! 으윽!

장 자 　이쪽으로는 오지 못하고 저쪽 안개 속을 헤매며 다니는 모양
　　　　입니다.

시 장 　윽! 울음소리가 점점 다급해지는군.

장 자 　제가 가서 데려와야겠습니다.

아버지 　(장자가 사라진 안개 속을 망연히 바라보면서) 퉤! 퉤! 시장님, 난
　　　　저 아들을 사랑하고 있습니다.

시 장 　물론 그러시겠지요. 으윽!

아버지 　죽은 다섯 자식들보다 더 사랑합니다. 퉤! 퉤!

시 장 　아, 그러실 겁니다. 윽!

아버지 　퉤 퉤! 살아있는 두 아들 중에서도 가장 사랑하고 있습니다.
　　　　아시겠습니까?

시 장 　알구말구요. 으윽!

아버지 　시큰둥하게 말대답이나 하지 마시오. 퉤!

시 장 　으윽! 내가 시큰둥하다니요?

아버지 　시장님은 내 진심을 모릅니다. 퉤 퉤 퉤!

　　　　장자, 안개 속에서 저쪽의 여자를 안아 들고 서 있다.

장 자 　아버지…….

아버지 　퉤! 이 못난 자식아!

장 자 　이 늪에서 저희를 건져 주십시오.

아버지 　내가 어떻게 너희를 도와 줄 수 있겠니?

장 자 　아버지…….

아버지	난 못 한다. 퉤 퉤! 네 에미한테 말해라.
장 자	아버지께서 도와 주셔야 어머니도 저희를 도와 주실 겁니다.
아버지	네 에민 죽은 너희 형들 때문에 안 된다.
장 자	아버지와 어머니가 도와 주셔야만 죽은 형님들도 이해하실 겁니다.
아버지	퉤! 너의 동생은 뭐라더냐?
장 자	(침묵)
아버지	그것 봐라. 퉤 퉤! 대답을 못 하는 건 네 동생도 반대하기 때문 아니냐? 그런데 누가 너희를 도와 줄 수 있겠니?
장 자	아버지…… .
아버지	아무도 너희를 도와 주지 않을 거다, 아무도 너희를…… 퉤!
장 자	아버지, 저희를 도와 주십시오. 그렇지 않으면 저희는 이 늪에서 한 걸음도 나갈 수가 없습니다.

서치라이트의 불빛이 다가온다. 그들은 모두 엎드린다. 잠시 후, 심한 구역질을 일으킨다.

시 장	윽 윽! 위장이 뒤집혀.
아버지	퉤 퉤! 창자가 뒤틀린다.

갑자기 서치라이트 불빛이 되돌아오며 기관총 소사소리 들린다.

아버지	(장자에게) 퉤 퉤! 어서 이곳을 떠나자. 여기는 너희가 있을 곳이 못 된다.
시 장	윽! 으윽! 양쪽을 결합시키고 나서 이 더러운 늪부터 치워야겠군.

무대 저편. 관광 안내원이 단체 관광객들을 이끌고 늪 근처에 도착한다.

관광 안내원 관광객 여러분, 바로 저기가 양쪽의 경계를 이루고 있는 늪지 대입니다. 우리 도시에 관광하러 오셨다가 저 늪을 구경 못하 고 돌아간다면 뭐랄까…… 베니스에 갔다가 곤도라를 못 보 고 돌아가는 셈입니다. 이 밤중에, 더구나 안개가 자욱한 이 밤중에 여러분을 안내하여 온 것은 여러분의 안전을 위해섭니 다. 대낮에는 이 근처에 얼씬할 수도 없으며, 비록 안개 낀 밤 일지라도 고성능 서치라이트가 비춰지고 있으니까 조심하시 기 바랍니다. 큰소릴 낸다거나, 무엇을 떨어뜨린다거나, 옆사 람과 장난을 해선 안 됩니다. 다시 한번 주의 말씀을 드립니다 만, 목숨까지 잃어 가면서 구경하진 마십시오. 절대로 늪 가까 이는 가지 마시고 이 근처에서 아슬아슬한 스릴을 즐겨 주십 시오.

젊은 관광객 (사진을 찍으며) 멋진 늪인데! 멋진 늪이야.

관광 안내원 사진 촬영은 안 됩니다.

젊은 관광객 정말 멋진 늪이라구.

다른 관광객 도대체 뭐든지 멋지다는군. 여봐요, 안개 속에서 뭐가 보인다 구 사진을 찍는 거요?

관광 안내원 더구나 플래시는 안 돼요.

여자 관광객 안개 때문에 보이질 않는군요. 늪은 어느 쪽에 있어요?

관광 안내원 썩는 냄새가 풍겨 오는 방향에 늪이 있습니다.

여자 관광객 썩는 냄새가 지독하긴 해요. 하지만 어느 방향에서 풍겨 오는 것인지 알 수가 없네요.

서치라이트 불빛이 비춰진다.

관광 안내원 모두들 엎드려요.

늙은 관광객 (당황하며) 엎드려요?

관광 안내원 죽고 싶습니까? 엎드려요.

관광객들, 엎드린다.

또다른 관광객 정말 이번 관광은 신이 나는군.
젊은 관광객 멋진 서치라이트 불빛이야! 멋진 불빛이라구.
다른 관광객 (젊은 관광객의 사진기를 나꿔채며) 미쳤소? 사진 찍지 말아요.
여자 관광객들 어머나, 무서워라.
늙은 관광객 그래도 재미있는 모양이신데?
여자 관광객들 그럼요, 무섭지만 재미있어요.

서치라이트 불빛이 지나간다.

관광 안내원 자, 일어나십시오. 이젠 안심해도 됩니다. (엎드려 있는 여자 관
광객들에게) 어디 다치신 데는 없습니까?
여자 관광객들 (일어나서 옷을 털며) 없어요, 다친 데라고는.
또다른 관광객 세상 여러 곳을 다녔지만 이런 신나는 관광은 처음입니다.

서치라이트 불빛이 비춰진다. 관광객들은 안내원이 말하기도 전에
엎드린다. 기관총 소사소리가 들려온다.

관광 안내원 모두들 즐거우십니까?
관광객들 네, 즐겁습니다.
관광 안내원 저것은 기관총 쏘는 소립니다. 여러분은 즐거우실지 모르지만
나는 간이 떨려요. 자, 모두들 엎드린 채 기어서 여길 빠져 나
갑시다. (기어가며 깃발을 흔든다.) 이 깃발을 따라오십쇼. 이 깃
발을 놓치지 말구 따라오세요.

제6장

신문사의 발행인실. 발행인이 와이셔츠의 소매를 걷어 올리고 넥타이를 느슨하게 풀어헤친 채 기사를 쓰고 있다. 그는 자기가 쓴 기사를 읽어 본다. 마음이 들지 않는지 신경질적으로 뭉쳐서 쓰레기통에 내던진다. 아버지와 장자, 들어온다. 발행인은 그들이 왔다는 것을 알지 못하고 기사 쓰기에 몰두한다.

장　자　(발행인에게 다가가서) 실례합니다.
신문 발행인　방해하지 말아요. 방해하지 마.
아버지　몹시 바쁘신 것 같구나. 기다리자.

사이.

장　자　(발행인에게) 저어, 잠깐이면 되겠습니다만…….
신문 발행인　방해하지 말라니까. (성난 얼굴로 고개를 든다. 아버지와 시선이 마주친다.) 아, 여긴 웬일이십니까?
아버지　긴요하게 드릴 말씀이 있어서 왔습니다. 그런데…… 몹시 바쁘시군요.
신문 발행인　네, 중대한 기사를 쓰고 있어서요. (시계를 바라본다.) 이거 큰일 났군. 마감 시간이 다 됐잖아.
아버지　(안절부절 못 하며) 그럼 저희들은 상관 마시구 어서 기사를 쓰시지요.
신문 발행인　도대체 요새 기자들은 기사 하나를 제대로 쓰지 못합니다. 문장 실력이 형편없어요. 신문이란 독자들을 위해 사실을 정확히 전달해 줘야 하는 건데, 문장 실력이 엉망이니까 사실을 허위 같게, 허위를 사실 같게 쓰거든요. 그래서야 어떻게 사람들이 신문을 믿겠습니까. 그나마 우리 신문은 나은 편이지요. 발행인인 내가 직접 반절 이상을 쓰니까요. 최소한 내가 쓴 기사에 대해서만은 안심하구 믿어도 좋을 겁니다. (시계를 다시 바라 본다.) 이걸 어쩌지? 마감 시간이 지나 버렸잖아.

아버지   (장자에게) 바쁘실 때 우리가 왔나 보다. (발행인에게) 한가하신 시간이 언젭니까? 저희들은 그때 다시 오겠습니다.

신문 발행인   (손을 내저으며) 아닙니다. 신문사 일이란 언제나 이렇지요. 하루 스물네 시간 한가한 때라곤 전혀 없습니다. 그런데, 나에게 하실 말씀이란 뭡니까?

아버지   시장님께서…… 이미 말씀하셨을 텐데요?

신문 발행인   글쎄요, 시장님에게서 뭔가 들은 것도 같은데 저쪽 여자와 결혼할 남자가 신문사로 찾아갈 테니까 잘 도와 달라, 그런 전화를 받긴 했었습니다만…….

아버지   네, 그 일 때문에…….

신문 발행인   그럼 그 남자가?

아버지   바로 제 아들입니다.

신문 발행인   (장자의 위아래를 훑어보며) 이거 믿어지질 않는군요. 더구나 다섯 명이나 희생당한 집안에서 그런 일이 있다니요.

아버지   그래서…… 신문사의 도움을 청하고자 왔습니다.

신문 발행인   글쎄요, 내가 어떻게 도와 주길 바라시는지?

아버지   아무래도 신문이 가장 큰 영향력을 발휘할 수 있는 것 아니겠습니까?

신문 발행인   그야 그렇지요. 신문의 영향력이란 매우 큽니다. 한 예를 들어서, 심장수술을 해야 살 수 있는 어린이가 돈이 없어서 죽어가고 있다고 보도하면, 당장 여기저기서 독지가들이 나타나거든요. 또 독자들은 그런 기사를 읽고 흐뭇해 합니다. 역시 세상이란 냉혹하기만 한 건 아니구나, 뭉클한 감동을 하게 되죠. 아마 나에게 부탁하시려는 것두 그런 것 같은데 맞습니까?

아버지   네. 저희가 지금 필요한 것두 바로 그런 것 같습니다.

신문 발행인   그렇다면 좋습니다. 도와 드릴 수 있도록 최선을 다해 보지요. 하지만 신문이란 사람들의 여론을 반영하는 것 아닙니까? 그

래서 기사 한 줄을 써도, 그것이 사람들의 여론을 제대로 나타
내고 있는 것인지 신중히 검토해 보지 않으면 안됩니다. (쓰고
있던 기사를 가리키며) 지금 쓰고 있는 이 기사도 그렇습니다.
분명히 이건 특종감인데, 사람들의 여론과는 맞지가 않아요.
그래서 난 이걸 보도할 것인가 말 것인가, 썼다간 버리고 버렸
다간 다시 쓰며 고민하던 중입니다. (기사를 썼던 종이를 뭉쳐서
휴지통 속에 내던지며) 할 수 없군. 마감 시간도 지났으니 쓰레
기통에 버릴 수밖에……

아버지   버리다니, 아깝지도 않습니까?

신문 발행인   왜 아깝지 않겠습니까? 하지만 보도되지 않는 사건은 없었던
거나 마찬가집니다. (한숨을 쉬며) 하루에도 이런 일이 수백 건
이나 됩니다. 신문을 발행한다는 것은 괴롭고 힘든 일이지요.
비록 나 자신이 이 신문사의 발행인일지라도 내 마음대로 할
수가 없습니다. 언제나 많은 사람들의 여론에 신경을 써야 한
다는 건 정말 지겹고 힘이 듭니다. 자, 찾아오신 용건으로 관
심을 돌립시다. 이쪽과 저쪽의 결혼은 중대한 사건입니다. 난
이 사건이 특종기사로서 보도될 수 있도록 최선을 다해 보겠
습니다. (기사를 쓸 자세를 취하면서, 장자에게) 언제부터였지? 자
네가 저쪽의 여자를 알게 된 것은?

장 자   지난해 여름부터입니다.

신문 발행인   (기록하면서) 주로 만난 장소는?

장 자   주로 늪에서 만났습니다.

신문 발행인   늪이라면 이쪽과 저쪽의 경계 지역 아닌가?

장 자   그렇습니다.

신문 발행인   거긴 굉장히 더럽고 위험한 곳인데. (아버지에게) 그런 곳에서
사람을 만난다는 것은 금지된 행위입니다. 아드님께 그 사실
을 말해 준 적이 없었던가요?

아버지   저는 몇 번이나…… 주의를 줬습니다.

신문 발행인   사춘기 이전에 주의를 줬었습니까, 사춘기 이후에 주의를 줬

었습니까?

아버지   사춘기 이전과 이후, 여러 차례 말했었습니다.

신문 발행인 (장자에게) 그런데도 저쪽 여자를 만난 이유는?

장 자   (침묵)

신문 발행인 기사를 쓰려면 알아야 하네. 금지된 행위에 대한 호기심 때문인가?

장 자   (침묵)

신문 발행인 대답하게.

장 자   저희는 서로 사랑하고 있습니다.

신문 발행인 그렇게 막연하게 흐리지 말구 구체적으로 설명하게.

장 자   사랑은 서로 가까이 다가가는 것입니다. 저희는 가까이 다가가 서로의 얼굴을 마주보았습니다. 그러나 늪은 더럽고 어둠은 짙어서, 보는 것만으로는 서로를 알 수가 없었습니다. 저희는 더욱 가까이 다가가 손을 내밀었습니다. 이마를 만지고, 눈을 만지고, 뺨을 만지고, 입술을 만졌습니다. 그녀는 따뜻한, 살아있는 사람이었습니다. 그래서 저는 말했습니다. "오, 너는 사람이구나!" 그러자 그녀는 눈물을 흘렸습니다. 처음으로, 처음으로 들어 보는 말이라면서…….

신문 발행인 겨우 그것인가?

장 자   무엇을 더 듣기 바라십니까?

신문 발행인 자네들의 그 사랑은 보통 사람들의 사랑과는 전혀 다를 텐데?

장 자   ……? 다르다니요?

신문 발행인 좀더 특수한 것이 있을 것 아닌가?

장 자   이쪽 남자와 저쪽 여자가 사랑했다 해서 특수할 건 없습니다. 보통 사람들이 사랑할 때 느끼는 감정을 저희도 느꼈고, 보통 사람들이 사랑할 때 하는 행동을 저희도 했던 겁니다.

신문 발행인 보통 정상적인 남녀와 다를 바 없다…… 그런 주장인가?

장 자   그렇습니다.

신문 발행인 따라서, 양쪽의 남녀들은 앞으로 얼마든지 만나고 사랑해야 한다, 그런 뜻인가?

장 자 (잠시 생각한 뒤에 신중한 태도로) 제가 말씀드리고자 했던 것은…… 양쪽의 사랑이 특수한 건 아니라는 것입니다.

신문 발행인 (아버지에게) 아드님이 저쪽 여자를 만난다는 것을 알고 계셨습니까?

아버지 아뇨, 알지 못했었습니다. 그런데 어제 시장님이 저희 집엘 오셔서 말씀해 주시더군요.

신문 발행인 시장님은 그걸 어떻게 아셨을까요?

아버지 글쎄요…… 말씀은 그렇게 하셨습니다만 직접 눈으로 보시기 전엔 시장님도 믿을 수가 없었던 모양입니다. 그래서 어젯밤에 제 아들의 안내를 받아 그 더러운 늪에 갔습니다. 물론 저 역시 함께 갔었지요. 아버지로서, 저는 사실이 아니기를 바랐습니다. 뭔가 제 아들이 하는 짓은 사람들로부터 이해받지 못할 것 같고, 그 때문에 불행하게 될 것 같은 생각이 들었기 때문입니다.

신문 발행인 요점만 말씀하시지요. 그래서 직접 눈으로 보셨습니까?

아버지 네, 보았습니다. 견딜 수 없는 악취와 두터운 안개가 뒤엉킨 늪에서, 두려움 때문에 온몸이 굳어 버린 저쪽의 여자를 제 아들은 부둥켜안고 있었습니다.

신문 발행인 지금 그 여자는 어디에 있습니까?

아버지 시청에 있습니다.

신문 발행인 뭐요? 그 여자를 시청에 데려다 놓았다는 겁니까?

아버지 네. 가장 안전한 곳이거든요. 우리 셋은 그 가엾은 여자 곁에서 밤샘을 하였습니다. 그 여자는 무서운 악몽에 시달리듯이, 신음과 헛소리를 하면서 잠을 이루지 못했습니다. 저는 제 아들에게 물었습니다. 도대체 뭣 때문에 저런 여자를 사랑하느냐……?

신문 발행인 간단히, 요점만 말씀하세요.

아버지 네. 제 아들의 대답은 그 여자를 사랑하지 않으면 우리 모두가 결국은 그 여자처럼 될 것이라고 하였습니다. 저는 그 말을 이해할 수는 없습니다만, 저의 고집스런 태도를 고쳐서 도와 주어야 하겠다는 강한 느낌을 받았습니다.

신문 발행인 그래서 그들의 결혼을 찬성하시겠다, 그겁니까?

아버지 그렇습니다.

신문 발행인 (장자에게) 자넨 그 결혼을 언제 할 작정인가?

장 자 사흘 후에 할 작정입니다.

신문 발행인 결혼식장은?

장 자 시청으로 정했습니다.

신문 발행인 그럼 주례는 시장님이 하시겠군?

장 자 네.

신문 발행인 공개적인 행사로 치를 모양이지?

장 자 그렇습니다.

신문 발행인 (지금까지 기록했던 내용을 살펴보며) 가만 있자, 이 정도면 대강의 윤곽이 드러난 셈인데…….

아버지 (염려스런 표정으로) 신문에 보도해 주시겠습니까?

신문 발행인 아직 한 가지 문제가 남았습니다.

아버지 그게…… 뭡니까?

신문 발행인 역시 사람들의 여론이 문제군요. 여론이란 다른 게 아닙니다. 대다수 사람들의 공통된 생각이 여론이란 건데, 양쪽의 결혼은 전혀 생각지도 않았던 것이니까 충격을 줄 것은 틀림없습니다. 더구나 이쪽과 저쪽의 대립이 완화되기는커녕, 더욱 악화되고 있는 현 실정에서 그러한 결혼은 많은 사람들을 당혹하게 할 뿐만 아니라 불안하게 하며, 심지어는 여론을 분열시킬 우려마저 있는 것입니다.

장 자 아주 조그만 기사라도 좋습니다. 신문 한 귀퉁이에 저희들이 결혼한다는 사실만 보도해 주십시오.

신문 발행인 글쎄…… 그게 어렵겠는데…… 조그맣게나마 보도된다는 것은, 사람들에게 그러한 사실을 받아들이도록 한다는 것을 의미하거든.

아버지 그럼 가망이 없는 겁니까?

신문 발행인 그렇습니다. 더욱 불리한 것은 이쪽 남자와 저쪽 여자가 사랑했다 해서 특수한 건 아니라는 주장을 아드님은 하고 있으며, 나아가서 저쪽 여자를 사랑하지 않으면 우리 모두가 그 여자처럼 되어 버릴 것이라는 공갈 비슷한 억지소리를 하고 있습니다. 하지만 신문의 발행인으로서 판단해 볼 때, 그러한 주장은 대다수 사람들의 생각과는 일치되지 않으며, 비위를 상하게 할 뿐 전혀 설득력이 없습니다. (쓰고 있던 종이를 뭉쳐서 쓰레기통 속에 내던지며) 유감이지만, 나는 이런 결혼이 없는 것으로 간주하겠습니다.

아버지 (안절부절 못 하다가 쓰레기통 속에 던져진 종이를 주워 발행인 앞에 펼쳐 놓으며) 죄송합니다. 다시 한번 검토해 주실 수는 없겠습니까?

신문 발행인 내가 너무 냉정하다고 생각하십니까?

아버지 아, 그건 아닙니다.

신문 발행인 내가 융통성이라곤 조금도 없으며, 그리고 젊은 사람들을 이해 못하는 케케묵은 보수주의자로 보이십니까?

아버지 아뇨…… 그럴 리 있겠습니까?

신문 발행인 난 절대 그런 사람이 아닙니다. 내가 진보적인 생각을 가졌다는 것은 우리 신문을 읽는 독자들은 다 알고 있습니다. 내가 쓴 기사들은 언제나 새로운 것으로서, 쓰레기통에 들어간 것을 재탕하지는 않습니다. (기사를 썼던 종이를 구겨서 다시 쓰레기통에 내던지며) 유감이지만 다시 검토해 볼 필요가 없습니다.

장 자 선생님은 매년 시가행진을 커다랗게 보도하셨습니다. "원수를 잊지 말라" 외치는 그 시가행진은 언제나 대서특필하신 겁니다.

신문 발행인 (의아롭다는 표정으로) ……그런데?

장 자 그런데 저희들 결혼은 단 한 줄도 내주려 하질 않으십니까?

신문 발행인 여보게, 신문이란 여론의 비중에 따라 기사의 크기가 달라지는 거야. 그 시가행진은 사람들의 여론에 합당하기 때문에 대서특필 되는 거구, 자네의 그 결혼은 여론에 어긋나는 거니까 보도되지도 않는 거네. 도대체 몇 번을 말해야 알아듣겠나?

장 자 어쨌든, 그렇게 해서 사람들의 여론이라는 걸 만드시는 것 아닙니까?

신문 발행인 그럼 내가 자네의 결혼을 대서특필함으로써 지금까지의 여론을 뒤집어 놓을 수 있다는 건가?

장 자 저는 선생님이 공정한 분인 줄 알았습니다.

신문 발행인 나는 언제나 공정하지. 양쪽의 결혼에 대해서 많은 사람들이 축하해 줄 생각을 갖고 있다면 난 기꺼이 보도해 주겠어. 하지만 사람들이 그러한 생각을 갖고 있지 않은데도 그걸 보도한다는 것은 얼마나 공정하지 못한 일인가. (아버지에게) 댁의 아드님은 보기보다 멍청하군요. 도대체 누가 여론을 무시하는 신문을 읽겠습니까? 아무도 그런 신문은 읽지 않을 것이며, 또 광고도 내려 하지 않을 것입니다. 결국 신문사만 망하구 마는 거지요. (작별 인사의 손을 내밀며) 더 이상 나를 방해 마십시오. 만약 새로운 여론을 만들고 싶거든 돈 많은 광고주를 찾아가서 상의해 보는 게 좋을 겁니다.

무대 전면. 단체 관광객들이 신문사를 방문한다.

관광 안내원 관광객 여러분, 바로 여기가 우리 도시의 유명한 신문사입니다. 미국에 가면 『뉴욕 타임즈』를, 프랑스에 가면 『르 몽드』를, 독일에 가면 『디 벨트』를 읽어야 그곳의 여론을 알게 됩니다. 그렇듯이, 이곳의 여론을 알려거든 이 신문을 읽어야 합니다. 이제 곧 이 신문사의 발행인께서 여러분을 만나 주실 것인데, 이곳에서 궁금하게 느끼신 건 무엇이든지 물어 보시기 바랍니다.

젊은 관광객 (사진을 찍으며) 멋진 신문사인데! 멋진 신문사야!

신문 발행인 어서 오십시오. 여러분의 방문을 환영합니다.

관광 안내원 바로 이분이 이 신문사의 발행인이십니다.

관광객들 (박수를 친다.)

신문 발행인 (연설조로 관광객들에게) 오늘날 이 지구의 어디에서든지 관광객들은 대단한 환영을 받고 있습니다. 왜냐하면 오늘날의 관광객들은 돈이나 쓰면서 돌아다니는 단순한 구경꾼이 아니라 현지의 사정을 좀더 이해하고 또 돌아가서는 올바르게 전달하고자 하는 문화의 사절이기 때문입니다. 나는 바로 그 점을 중요하게 생각해서, 우리 신문사를 관광 코스에 넣도록 여론화한 바 있습니다.

관광객들 (박수를 친다.)

젊은 관광객 (사진을 찍으며) 멋진 발행인인데! 멋진 발행인이야!

어느 관광객 (수첩과 필기도구를 꺼내 들고) 이곳을 관광하다가 느낀 궁금증인데요, 양쪽의 교류는 어느 정도 되고 있습니까? 스포츠라든가, 예술 공연 등이 서로 교환되고 있는지요?

신문 발행인 그런 인적 교류는 전혀 없습니다.

다른 관광객 그렇다면 상품이라든가 물적 교류는요?

신문 발행인 그것도 없습니다.

여자 관광객 양쪽이 서로 편지는 하고 있겠지요?

신문 발행인 이쪽에서는 편지 왕래를 주장하고 있습니다. 하지만 저쪽이 반대를 하고 있지요.

여자 관광객 왜 반대를 하죠?

신문 발행인 저쪽은 완전히 박제가 되어 버린 사회입니다. 그러한 사회가 가장 두려워하는 것이 뭐겠습니까? 개인의 자유로운 의사소통인데, 이쪽과 저쪽이 서로 편지를 주고받는다는 걸 엄두도 내지 못할 겁니다.

또다른 관광객 편지가 안 된다면 전화는 할 수 있습니까?

신문 발행인 전화마저 불가능합니다. 몇 년 전에 긴급전화선을 가설한 바

있었습니다만, 저쪽에서 끊어 버렸습니다.

여자 관광객 양쪽으로 나뉘어질 때, 헤어진 가족들도 많을 텐데요, 그럼 그들은 어떻게 서로의 안부를 알 수 있어요?

신문 발행인 그러니까 나뉘어져 있다는 것은, 인간으로서 최대의 비극입니다. 가족들은 서로 헤어진 채 아직도 살아있는지 아니면 죽었는지, 생사마저 알 수 없으며 또 알릴 수도 없습니다.

관광객들 오, 저런! 양쪽이 완전히 단절 상태군요.

신문 발행인 그렇습니다. 문자 그대로 완전한 단절 상태지요.

늙은 관광객 그렇다면 더욱 궁금하군. 언제쯤 양쪽이 다시 합쳐질 수 있겠소?

신문 발행인 아, 사실은 누구나 가장 궁금하게 느끼는 것이 바로 그 문젭니다. 분명한 것은 아까도 말씀드렸습니다만, 양쪽으로 나뉘어져 있다는 것은 최대의 불행이며 비극입니다. 저쪽의 여론은 어떤지 몰라도, 이쪽의 여론은 하루빨리 양쪽이 합쳐져야 한다는 것입니다. 우리 신문은 그런 여론을 최대한 반영하고 있습니다.

박제사 이쪽과 저쪽의 결혼에 대해서는 어떻게 생각하십니까?

신문 발행인 결혼이라뇨?

박제사 사흘 뒤에, 양쪽의 남녀가 결혼한다는 말을 들었습니다.

신문 발행인 아마 잘못 들으셨겠지요.

박제사 지금 시청에 가보시죠. 시장님이 지나가는 사람들마다 붙들고서 그 결혼식에 참석해 달라 말씀하고 계십니다.

관광객들 네, 우리도 그 결혼식에 초청받았는데요?

신문 발행인 그것 참 이상하군요! 그런 결혼이 있을 예정이라면 신문에 보도됐을 텐데요?

박제사 시청에 확인해 보시지요.

신문 발행인 신문에 보도되지 않는 건 유언비어입니다. 두고 보십시오, 그런 결혼은 없을 테니까. (관광객들을 둘러보며) 더 이상 질문하실 분 안 계십니까? 없으시다면 이것으로 회견을 끝낼까 합니다.

관광 안내원 (깃발을 쳐들고) 자, 그럼 다른 곳에 갑시다. 이 깃발을 따라오세요. 이 깃발을 놓치지 말구 따라오셔야 다음 구경을 하게 됩니다. 어서 따라오세요.

제7장

기업가의 사무실. 아버지와 장자가 기업가를 만나고 있다. 기업가는 상대방의 말을 다 듣기도 전에 자신의 의견만을 쏟아 놓는다.

기업가 당신들 이야기는 더 듣지 않아도 알겠소. 도움을 청하러 신문사에 갔더니, 돈 많은 광고주에게 상의해 보라는 충고를 들은 모양인데, 사실 난 그 신문의 경영을 위해 쓸데없는 광고를 많이 하고 있소. 솔직히 말해서, 우리 기업의 제품들은 광고를 하지 않아도 팔리도록 되어 있거든. 내 말을 이해하겠소?

아버지 네…….

기업가 대답하는 소리가 약하군. 광고를 하지 않아도 팔리도록 되어 있다는 말은, 그 제품들이 시장을 거의 독점하고 있기 때문이오. 이젠 이해하겠소?

아버지 네. 하지만, 저희들이 찾아온 것은…….

기업가 우리 기업뿐 아니라 다른 기업들도 마찬가지요. 아주 솔직히 말해서 우리 기업의 공업용 유지공장에서 생산되는 독수리표 세탁 비누는 시장 점유율이 95퍼센트를 차지하고 있소. 그런데 식용 유지 분야에 있어서는 다른 기업의 코끼리표 식용유가 거의 시장을 독차지하고 있거든. 이러한 사이 좋은 독점은 시장이 영세하고 자본이 빈약한 기업들이 성장하는 데 있어서 필수적인 조건일 거요.

아버지 네, 하지만 저희들은…….

기업가 그렇다면 광고를 하지 않아도 팔릴 물건을 왜 열심히 광고를 하느냐, 그 이유는 이쪽과 저쪽으로 나뉘어져 있기 때문이오. 그렇게 나뉘어져 있으니까 시장이 영세하고, 시장이 영세하니까 자본이 축적되질 못하고, 자본이 축적되질 못하니까 기업이 육성되지 못하고, 기업이 육성되지 못하니까 경제가 발전할 수 없는 거요. 그래서 경제력을 키우기 위해 기업의 독점 행위를 묵인해 준 것인데, 기업이 그렇게 해서 얻은 이익을 몽땅 먹어치웠다간 욕을 먹을 게 뻔하잖소? 그러니까 솔직히 말해서, 기업이 그 이익을 사회 전체에 환원해 준다는 의미에서 광고를 열심히 하는 거요. 이젠 내 말을 이해하겠소?

아버지 네, 이해가 됩니다. 하지만…… 저희들이 찾아온 것은…….

기업가 물론 나 같은 기업인은 광고뿐만이 아니라 가난한 예술가들을 후원해 주고, 체육기금을 희사하며, 또 시가행진 같은 행사의 비용을 부담함으로써 기업의 이익을 보다 폭넓게 사회에 되돌려 주고 있소. 그런데 솔직히 말해서 당신들처럼 결혼까지 도와 달라는 건 너무 지나치군. (불쾌한 표정으로 아버지에게) 호텔 지배인의 봉급이 얼마요? 도대체 얼마를 받기에 결혼 비용도 마련할 수 없다는 거요?

아버지 (얼굴이 붉어지며) 저희들은…… 그게 아니라…….

기업가 난 그 호텔의 주식을 갖고 있소. 당신 봉급이 너무 형편없다면, 내 배당금을 줄여서라도 올려 줘야 할 것 아니겠소?

장 자 저희들은 결혼 비용 때문에 온 건 아닙니다.

기업가 결혼 비용 때문이 아니라구?

장 자 네, 경제적인 도움을 바라지는 않습니다.

기업가 (아버지와 장자의 얼굴을 번갈아 바라보다가, 아버지에게) 그럼 나한테 뭘 바라는 거요?

아버지 결혼식에 참석만 해주신다면…… 감사하겠습니다.

기업가 (장자에게) 자네도 같은 생각인가?

장 자 네.

기업가 (웃으면서 장자의 어깨를 잡고 흔들며) 왜 일찍 그런 말을 하지 않았나?

장 자 　말씀드릴 틈도 주시지 않았잖습니까?

기업가 　그래, 결혼은 언제 하는가?

장 자 　사흘 후에 합니다.

기업가 　식장은 정했겠지?

장 자 　네, 시청입니다.

기업가 　시청에서? 주례는?

장 자 　시장님이시구요.

기업가 　굉장한 결혼식인 모양인데. 유지들도 많이 초대했나?

장 자 　네. 그러나 참석하실지는 모르겠습니다.

기업가 　난 꼭 참석하겠네!

장 자 　감사합니다.

기업가 　(아버지에게) 미안하오. 결혼을 도와 달라구 해서, 난 또 돈을 뜯으러 왔나 보다 생각했었지. 솔직히 말해서, 나를 만나러 오는 사람들은 물질적 도움만을 바라거든. 하지만 기업인도 인간이라구. 마음에서 우러나오는 따뜻한 축하를 할 줄도 아는 인간이란 말이오. 결혼식에 초대해 줘서 고맙소.

아버지 　아닙니다, 오히려 고마운 건 저희들이지요. (장자에게 걱정스런 표정으로) 어떻게 해야 좋겠니? 신부가 누구라는 걸 모르시는 것 같은데.

장 자 　말씀드려야 하겠지요. (기업가에게) 그런데, 저의 신부에 대해서는 한마디도 묻지 않으셨습니다.

기업가 　물어 보나마나 신부는 아름답겠지.

장 자 　네, 아름답습니다.

기업가 　여자는 예쁘면 되는 거야. 솔직히 말해서, 뭘 더 바라겠나?

장 자 　하지만 저의 신부는…… 저쪽의 여잡니다.

기업가 　저쪽의……? 그러니까 자네 신부는…… 어렸을 때, 양쪽으로 나뉘어질 때에, 부모님을 따라 이쪽으로 왔다는 건가?

장 자 　부모님은 오시지 않았습니다.

기업가	그럼…… 혼자서?
장 자	네.
기업가	(표정이 굳어지며) 누구, 그 여자의 신원을 보증할 사람이 있는가?
장 자	네. 바로 제가 보증인입니다.
기업가	자네가?
장 자	결혼한다는 것 이상 확실한 보증이 없잖습니까?
기업가	왜 좀더 일찍 그런 말을 하지 않았나?
장 자	말씀드리려 했습니다만…….
기업가	말할 틈을 주지 않았다 그거겠지. (아버지에게) 아주 솔직히 말해서, 이 얼간이가 나의 아들이라면 뺨을 후려쳐서 제정신이 들게 하겠소. 그리고 당신에게도 경고를 해두겠는데, 이따위 쓸데없는 일로 호텔을 비워 놓고 돌아다니지 마시오. 만약 더 그랬다간 주주총회를 열어서 당신의 지배인 자리를 박탈해 버리겠소.

무대 전면. 단체 관광객들이 기업체를 방문한다.

관광 안내원	(노란색의 안전모를 나눠 주며) 관광객 여러분, 안전모를 착용해 주십시오. 바로 이곳은 우리 도시에서 가장 규모가 큰 기업체입니다. 작업 과정과 시설들을 다 구경하시려면 약 세 시간 사십 분이 소요됩니다. 그리고 한 가지 알려 드리는 것은, 구경을 다 하신 뒤에 이 기업체에 투자하고 싶은 분들을 위해서, 경영자를 특별히 만나실 수 있는 기회가 마련되어 있습니다.
젊은 관광객	(사진을 찍으며) 멋진 기업체인데! 멋진 기업체라구!
다른 관광객	어딜 가든 다 멋지다는군.
늙은 관광객	(관광 안내원에게) 여봐요, 안내원. 난 관절염 환자라서 세 시간 사십 분 동안 걸어다닐 수가 없어. 그러니 구경은 그만두고 먼저 경영자를 만나고 싶은데, 안 되겠소?

관광 안내원 단체 활동을 하셔야지요. 혼자서 먼저 경영자를 만나실 수는 없습니다.

늙은 관광객 (관광객들에게) 그럼 순서를 바꿉시다. 우리 모두가 먼저 경영자부터 만나고서 구경은 나중에 하는 게 어떻겠소?

관광객들 그럽시다. 경영자부터 만나 봅시다.

관광 안내원 여러분은 단체 관광객들입니다. 정해진 순서를 따라 주세요.

관광객들 (안전모를 벗어 들고 휘두르며) 우리는 단체 투자가들이오. 경영자부터 만나겠소.

기업가 (언짢은 표정으로 등장한다.) 이게 무슨 소란인가?

관광 안내원 죄송합니다. 단체로 온 관광객들인데, 투자를 먼저 하구 구경은 나중에 하겠다구 그럽니다.

기업가 아, 관광객들이 투자가로 돌변한다 해서 놀랄 건 없지. 오늘날의 관광객들은 세상을 여기저기 기웃거리며 다니다가 투자하면 유리할 것은 잽싸게 붙잡거든. (관광객들에게) 여러분, 잘 오셨소. 우리 기업은 투자의 문을 활짝 열어 놓고 있소.

늙은 관광객 (관광객들에게) 그것 보라구. 오늘날 기업들은 세상 여기저기에서 닥치는 대로 투자가들을 끌어들이거든. (기업가에게) 그런데 우리가 투자할 경우, 다른 곳보다 유리한 조건이 뭐요?

기업가 이곳의 기업들은 시장을 독점하고 있소.

늙은 관광객 그건 다른 곳의 기업들도 마찬가지요.

기업가 하지만 솔직히 말해서, 다른 곳의 기업들은 망하는 경우도 있지만 이곳의 기업들은 절대로 망하지 않소.

여자 관광객 망할 염려는 없어도 손해볼 수는 있다, 그런 말씀인가요?

기업가 더 솔직히 말해서, 이곳의 기업들은 손해라는 걸 본 적이 없소.

다른 관광객 그럼 투자가들에겐 영구적으로 이익을 보장해 준다는 겁니까?

기업가 그렇소. 여러분이 직접 보셨겠지만 이곳은 놀라운 속도로 경제가 발전하고 있소. 안심하구 투자를 하시오.

또다른 관광객 망할 염려도 없다, 손해보는 일도 없다, 투자가들에겐 영구적인 이익을 보장해 준다, 놀라운 속도로 경제가 발전하고 있다, 도대체 이곳에서는 어떤 기적이 일어났습니까?

기업가 기적은 없소. 다만 이곳이 다른 곳보다 유리한 조건은 양쪽으로 나뉘어져 있다는 것이오. 그러니까 솔직히 말해서, 양쪽이 서로 지지 않겠다는 경쟁이 놀라운 작용을 하고 있는 거요.

어느 관광객 결국, 투자가들이 매력을 느끼는 것은 서로의 그 경쟁인데요, 그게 어느 정돕니까?

기업가 어느 정도의 경쟁이라면 당신들이 안심하구 투자를 하겠소?

관광객들 서로 그 경쟁이 치열할수록 좋죠.

기업가 양쪽은 서로를 증오하고 있소. 증오, 더 이상 무슨 설명이 필요있겠소?

늙은 관광객 나는 삼십 년 동안 근무하다가 퇴직했소. 그 퇴직금을 몽땅 이곳에 투자하겠소.

관광객들 우리도 투자하겠소.

박제사 잠깐만, 여러분. 만약 그 증오가 사라지면 우리는 파산할 것 아닙니까?

기업가 솔직히 말해서, 그런 걱정은 할 필요가 없소.

박제사 왜 걱정할 필요가 없다는 겁니까? 양쪽이 서로 사랑한다는 징후가 나타났습니다. 사흘 후에 양쪽 남녀가 결혼한다는 소문을 못 들으셨습니까?

기업가 아, 그 얼간이의 결혼 말이오? 나한테 참석해 달라구 왔더군. 그래서 난 아주 솔직하게 말해 주었소. 내 아들이라면 뺨을 쳐서 정신을 들게 해주겠다구. 만약 그 따위 결혼식을 한다면, 이곳 사람들이 가만 놔둘 리 있겠소. 절대로 그런 결혼은 있을 수가 없소.

관광객들 투자하겠소. 우리는 안심하구 투자를 하겠소.

관광 안내원 (깃발을 높이 쳐들고) 자, 투자가 끝났으면 생산 시설과 작업 과정을 구경합시다. 이 깃발을 놓치지 말구 따라오세요.

제8장

해질 무렵, 황혼이 온누리를 물들이고 저녁 종소리가 들려온다. 아버지와 장자, 몹시 지친 모습이다. 그들은 길가의 벤치 위에 앉는다.

아버지 해가 지는구나…….
장 자 몹시 피곤해 보이십니다, 아버지.
아버지 그래…… 사람들 반응도 신통치 않구…….
장 자 하지만 아직도 이틀이나 남아 있잖습니까?
아버지 하루가 천 년 같고 천 년이 하루 같다는데…… 정말 오늘 하루가 천 년이었다. 그런데 앞으로 이틀이 아니라 몇천 년이 남았다 하더라도 무슨 가망이 있겠니?

사이.

아버지 해가 지고 저녁 종소리가 들려올 때에서야…… 난 후회를 한다. 좀더 일찍이 뭔가를 했더라면…… 내 아들인 네가…… 오늘 같은 수모는 당하지 않았을 거다. 내 귀엔 저 종소리가…… 꾸짖듯이 들린다. "뎅그렁! 뎅그렁! 아비의 세대가 나뉘어져 서로 증오하였으니, 그 아들의 세대가 천 년 동안 수모를 당하리라!"

사이.

아버지 내가 너처럼 젊었을 때는…… 그때는 서로 나뉘어져 있지 않았다. 해질 무렵이면 모든 것이 부드럽게 속삭였다. 사람들도, 짐승들도, 나무들도, 돌멩이들도…… 시립대학의 높다란 종탑에 매달린 저 종소리도 그때는 평화롭게 들렸다. 하지만 지금은…… 꾸짖는 목소리다. 몹시 노해서…….

장　자　제 귀에도 꾸짖듯이 들립니다. 생각나십니까, 아버지? 제가 대학을 졸업할 때에, 저는 저 종소리에 대해 글을 학교 신문에 발표하려 했었지요.

아버지　생각나구 말구. 하지만 너의 그 글은 실리질 못했잖니?

장　자　네. 교수님이 다 읽고 나서, 이 글은 안 되겠다, 다른 것으로 바꿔 써라. 왜 바꿔 써야 합니까, 제가 여쭸더니…… 종소리는 꾸짖지 않는다. 다만 너 혼자 그렇게 들을 뿐이다…….

아버지　귀먼 자도 들을 거다, 저 우렁차게 꾸짖는 종소리는…….

장　자　저 혼자 그렇게 듣는 건 아닙니다, 제가 교수님께 그랬더니…… 그럼 기다려라, 모든 사람들이 다 꾸짖는 듯 들린다고 말할 때까지…….

아버지　기다리기엔 너무 늦었다…… 사방이 어두워진다…….

　　　　사이.

아버지　종소리도 끝났다. 모든 건 다시 침묵한다. 사람들도 짐승들도, 나무들도, 돌멩이들도…….

장　자　(의자에서 일어나며) 아버지, 저와 함께 시립대학엘 가십시다. 그 교수님을 만나면 예전과는 달리 저를 도와 주실 것 같은 생각이 듭니다.

아버지　(고개를 흔든다.) 이젠 늦었다. 난…… 호텔로 돌아가겠다.

장　자　아버지…….

아버지　너와 함께 가고 싶은 마음은 간절하다만…… 날이 저물면 나를 기다리는 건 누구냐? 모든 것이 침묵할 때 시끄럽게 떠들어 대는 건 구경꾼들뿐…… 그 구경꾼들 아니냐?

장　자　아버지…….

아버지　내 아들아…… 불쌍한 내 아들아…… 천 년 동안 수모를 당하리라…….

어둠. 시립대학 구내의 종탑. 석유 램프의 불빛이 흔들거리며 종탑의 가파른 계단을 내려온다.

학 장 어서 오게. 난 자네가 오리라는 걸 짐작하고 있었지.

장 자 ……짐작하셨다니요?

학 장 왜, 언젠가 우리 대학의 종소리가 꾸짖는 것처럼 들린다구 했잖나? 요즈음엔 내 귀에도 그렇게 들린다네.

장 자 교수님께서 손수 종을 치십니까?

학 장 학장이 되고부터 직접 종을 치고 있네.

장 자 아, 최근에 학장님이 되셨다는 건 저도 들었습니다.

학 장 대학의 최고 우두머리지. 하지만 대학의 최고 한직이기도 하거든. 그래서 종치기 영감이 퇴직하고 난 뒤에 내가 직접 저 종을 치고 있네. (석유 램프를 치켜들고) 어둠 속에 있지 말고 이 불빛 안으로 가까이 오게.

장 자 (램프 불빛 안으로 다가간다.)

학 장 자넨 장래가 촉망되던 학생이었지. 나하고 의견 충돌만 없었더라면 내 뒷자리를 이을 교수가 됐을 텐데…….

장 자 저보다 뛰어난 학생들은 많습니다.

학 장 물론 머리가 좋은 학생들은 많지. 그러나 그들은 대답하는 덴 유능할 뿐 질문을 할 줄은 모르거든. 오늘 밤, 난 자네가 무엇 때문에 왔는지 알고 있네. 자넨 나에게 질문을 하러 왔지?

장 자 네, 학장님.

학 장 그냥 예전처럼 선생이라구 부르게. 사실 난 자네에게 깊은 애정을 갖고 있네.

장 자 알고 있습니다, 선생님.

학 장 자네에 대한 애정은 뭐랄까…… 내 마음의 갈등과 뒤엉켜 있네. 자네와 같은 장래가 촉망되는 학생들을 격려해 주기는커녕, 오히려 난 그것을 제지하도록 강요를 받는 입장일세. 자네 글의 게재를 거절했을 때에도 난 마음이 괴로웠지. 하루 종일 교수실의 문을 잠그고 창 밖의 허공에 매달린 종을 바라보고만 있었네.

장 자 저 역시 그 날은 괴로웠습니다. 요즈음 건강은 어떠신지요? 그 즐겨 낭송하시던 자작시는 요즈음도 쓰고 계신지……

학 장 요즈음엔 건강도 자작시도 시들해졌네. 겨우 저 종을 치면서 명상을 하는 것이 고작이지. (램프를 허공 위로 쳐들고) 저 위를 바라보게. 저 종탑 꼭대기의 종은, 옛날 이 대학을 설립했던 초대 학장이 매달아 놓은 것일세. 대학에서 울리는 지성의 소리가 온 도시에 퍼지는 것을 바라셨던 거네. 그런데 요즈음엔 저 종소리는 분노해서 꾸짖듯이 들리거든. 자넨 그 의문을 규명하고자 종소리에 대한 사람들의 심리적 반응을 글로 썼었지. 그리고 자넨 그 글에서 우리 도시가 양쪽으로 나뉘어진 까닭에 저 종소리가 꾸짖는 듯이 들린다구 했었네. "뎅그렁, 사랑하라! 뎅그렁, 사랑하라!" 오늘 저녁에도 자네 귀엔 그렇게 들렸는가?

장 자 네, 교수님께서도 그렇게 들린다구 하셨잖습니까?

학 장 난 자네의 그 글이 말썽을 일으킬까봐 거절했었네.

장 자 말썽이라뇨?

학 장 하필이면 자넨 우리 대학의 종소리로써 사람들의 반응을 시험했거든.

장 자 저는 아직도 그걸 모르겠습니다. 그게 어째서 거절의 이유가 되는 겁니까?

학 장 여보게, 자네도 그 글에서 지적하였듯이, 사람들을 양쪽으로 나눠 놓으면 서로 불안감을 느끼고 두려워하거든. 더구나 서로를 알지 못하게 오랫동안 차단시켜 놓으면, 나뉘어진 사람들은 더욱 적대적인 편견과 증오를 나타내는데, 바로 그것이 호모 세파라투스의 특징이지. 호모 세파라투스, 즉 나뉘어진 사람들은 그 신경질적인 증세 때문에 조금만 눈에 거슬리는 건 참지 못하고 트집을 잡아 난폭한 행동을 한다는 점일세. 나

는 우리 대학이 조금이라도 말썽날 일에 휘말리는 걸 원치 않
네. 대학은 그런 현실에서 초연해서 이상을 간직해야 할 사명
이 있거든. 다시 말해서, 대학은 저 종탑에 매달린 종을 간직
하고 울리는 것만 해도 힘에 벅차네. 그 소리가 사랑하라 꾸짖
는다 해서, 현실 속으로 직접 뛰어들어가 사랑할 수는 없는 것
이지.

장 자 하지만 교수님, 저는 바로 그 현실 속에 있습니다. 알고 계십
니까?

학 장 물론 알고 있지. 벌써 자네에 대한 소문이 쫙 펴졌더군.

장 자 저를 도와 주십시오, 교수님.

학 장 물론 난 자넬 도와 주고 싶네.

장 자 감사합니다.

학 장 자네의 결혼을 진심으로 축하하네.

장 자 감사합니다, 교수님.

학 장 다만 그 축하는 개인적으로 하는 것일세.

장 자 개인적이라뇨?

학 장 자네와 내가 이렇게 단둘이 있을 때 말일세. 그러나 공식적으
로는 자네의 결혼은 모르는 척해 두겠네.

장 자 어떻게…… 어떻게 그런 말씀을 하실 수 있습니까?

학 장 미안하네. 아마 소수의 지성적인 사람들은 나의 입장과 같을
걸세. 제발 자네가 나의 괴로운 심정을 이해해 주게. 아직은
대부분의 사람들 귀엔 우리 대학의 종소리가 "뎅그렁 뎅그
렁!" 허공을 울리는 쇳소리로만 들리거든.

무대 전면. 단체 관광객들이 대학에 도착한다.

관광 안내원 관광객 여러분, 바로 여기가 유서 깊은 시립대학입니다. 오래
된 건물들, 수많은 인재를 배출한 연구실과 도서관, 그리고 작
고한 초대 학장님을 기념해서 세운 동상이 있습니다. 그러나

이 대학의 가장 자랑스런 명물은 저기 높다랗게 매달린 종으로서 저 종소리는 나뉘어진 우리 도시의 이쪽과 저쪽을 가리지 않고 사방에 울려 퍼집니다.

젊은 관광객 (사진을 촬영하며) 멋진 대학인데! 아주 멋진 대학이야!

다른 관광객 쯧쯧, 어두워서 아무것도 보이지 않는데 멋지다는군.

관광객들 (안내원에게) 그렇게 유명한 종소리라면 들어 봅시다.

관광 안내원 지금은 너무 늦었습니다.

어느 관광객 여기까지 와서 그냥 되돌아가라는 겁니까?

관광 안내원 글쎄요…… 제가 그 종소리와 비슷하게 흉내는 내드릴 수 있겠습니다만…….

관광객들 들어 봅시다.

관광 안내원 (종소리를 흉내낸다.) 뎅그렁! 뎅그렁! 뎅그렁!

어느 관광객 무슨 소리가 저렇지?

또다른 관광객 글쎄…… 뭐가 뭔지 모르겠군.

여자 관광객 종소리를 들으니까 너무 늦었다는 생각만 드는군요. 이젠 호텔로 돌아갔으면 좋겠어요.

늙은 관광객 정말 피곤하군.

관광 안내원 대학 건물들을 둘러보시지 않겠습니까?

관광객들 호텔로 돌아갑시다. 우리는 피곤해요.

관광 안내원 하긴 피곤들 하실 겁니다. 그럼 대학 구경은 그림엽서를 사서 보는 걸로 대신하기로 하고, 이만 오늘은 호텔로 돌아갑시다. (깃발을 높이 들고 앞장서 가며) 이 깃발을 따라오세요. 이 깃발을 놓치면 호텔로 돌아가질 못합니다.

제9장

아버지의 집. 어머니와 차자가 아침에 배달된 신문을 읽고 있다.

| 어머니 | 나오질 않았구나, 오늘 아침 신문에는…….
| 차 자 | 뭘 찾으시는데요?
| 어머니 | 그 결혼식 말이다…… 넌 뭘 그리 열심히 읽고 있니?
| 차 자 | 연재소설, 사회면 기사, 경제면 기사, 닥치는 대로죠. 발행인이 쓴 논설도 읽어 봤는데요, 어제와 뭐 달라진 건 없군요. (어머니에게 신문을 내밀며) 바꿔 보시겠어요?

어머니와 차자, 신문을 바꿔 읽는다.

| 차 자 | (신문을 뒤적거리다가 내던지며) 아버지는 어젯밤 돌아오지 않으셨죠?
| 어머니 | 너의 형도 돌아오지 않았다.
| 차 자 | 왜 손해볼 짓을 하는지 모르겠어요.
| 어머니 | 기가 막힐 거다, 죽은 자식들이 알면은…….
| 차 자 | (벌떡 일어나며) 정말 기가 막히는 건 바로 납니다. 내 앞길이 뭐가 되겠어요? 앞으로의 장래가, 모든 계획이, 그 결혼 때문에 엉망진창이 될 거예요. 나는 아버지처럼 되고 싶진 않아요. 다섯 명이나 목숨을 바치고서 겨우 그거예요? 더구나 한심한 건 형님이죠. 난 형님에게 말했어요. 우리가 못 받은 대가를 되찾아내야지, 오히려 스스로 손해볼 짓은 해선 안된다구요. 그런데도 형님은 내 말을 듣지 않았어요.
| 어머니 | (신문을 읽으며) 그래, 그 결혼은 손해야.
| 차 자 | (못마땅한 표정으로) 어머니, 도대체 뭘 읽으시는 거예요?
| 어머니 | 비가 온다는구나, 내일은.
| 차 자 | 겨우 일기예보를 읽으시면서 내 말은 듣지도 않으시는 거예요?
| 어머니 | 비가 와서 나쁠 건 없잖니? 주룩주룩 쏟아져서 온통 물바다가 됐으면 좋겠다.
| 차 자 | 바보 같은 말씀 마세요. 그런다구 내일 있을 그 결혼식이 중지

될 것 같아요?

어머니 제발 나한테 신경질 부리지 말아라. 나도 그 결혼식을 그만두게 하고 싶다. 하지만…….

차 자 어머니, 무슨 짓을 해서라도 그 결혼식은 막아야 해요. (전화기를 붙잡고 다이얼을 돌리며) 내가 아버지께 전화를 하겠어요. 아버지가 뭣 때문에 형님 편을 드시는지 모르지만요, 그건 정말 집안 망치는 일이라구요. (통화를 한다.) 거기, 호텔이죠? 지배인님을 대주세요. 아, 아버지? 저예요. 왜 어젯밤엔 집에 오시지 않으셨어요? 야근을 하는 날이었다구요? 남들은 야근 같은 걸 하지 않고서도 잘사는데 아버지는…… 알겠어요…… 그 말은 할 필요도 없죠. (울먹이는 목소리로) 아버지…… 제가 나쁜 아들이었어요. 입버릇이 좋질 못해요. 하지만 제가 아버지를 사랑한다는 건 아실 거예요. ……그렇죠. 모든 것이 양쪽으로 나뉘어졌기 때문이에요. 형님의 결혼만 해도 그래요. 왜 제가 반대를 하겠어요? 저도 지금 마음이 아파요. 형님의 결혼은 누구보다도 먼저 축하해 줄 저예요…… 하지만 안 돼요, 아버지. 제발 그 결혼은 중지시켜 주세요. 그건 형님을, 나를, 아버지와 어머니를 불행하게 만들 뿐이에요. 형님에게도 말하고 싶어요. 좀 바꿔 주세요. ……뭐예요? (울컥 고함을 지른다.) 그럼 어젯밤에 아버지와 함께 있지도 않았어요? 시청에 있었을 거라뇨? 그 여자와……? 그 신세 망칠 여자와 밤을 함께 보내요? 그 모든 것이 아버지 책임인 줄 아세요. (수화기를 내던지며) 정말 미쳤군요, 형님은…… 이젠 끝났어요. 될 대로 되라구 해요.

박제사, 초인종을 누른다. 그는 박제 도구가 든 가방을 들고 있다.

박제사 계십니까?
차 자 (신경질적으로) 누구요?

박제사   (문을 열고 들어온다.) 안녕하셨습니까?

차 자   아침부터 귀찮게…… 당신 누구요?

박제사   지난번에 왔던 사람입니다.

차 자   지난번에……?

박제사   (어머니에게 다가가며) 함께 사진을 찍지 않았습니까? 기억나실 텐데요?

어머니   그 관광객이군, 함께 찍은 사진을 갖다 준다던…….

박제사   (가방을 열고 사진을 꺼내며) 네, 그때 약속대로 가져왔습니다.

어머니   여기 놓아 두고 가세요.

박제사   왜…… 보지도 않으십니까?

어머니   고맙지만, 지금 기분이 언짢아요.

박제사   이 사진을 보십쇼. 그럼 언짢은 기분이 풀려지실 겁니다.

차 자   그 양반 성가시게 구는군. (박제사를 문 쪽으로 떠밀며) 놓아 두고 가라잖소.

박제사   이것 봐, 젊은이. 이건 보통 사진이 아냐. 바로 자네의 욕망을 한 장의 사진으로 만든 거라구.

차 자   (의아로운 태도로 사진을 받아 보더니 점점 흥미를 느끼며) 신기한 사진인데요. 어떻게 이런 걸 만드셨죠?

박제사   복잡하고 까다롭지. 만드는 방법은 현상할 때 이것저것 합성해서 만드는 거니까. 어때, 흥미가 생겼나?

차 자   어머니, 이 사진 좀 보세요.

어머니   (사진을 보며) 그땐 분명히 우리 집에서 찍었었는데…… 이상한 사진이구나.

차 자   완전히 장소가 달라졌어요.

어머니   여긴 시청이 아니냐?

차 자   저는 시청의 지붕 꼭대기에 올라가 있군요. (박제사에게) 그런데, 이 아래 새하얀 신부옷을 입은 여자가 누굽니까?

박제사   저쪽의 여자지.

차 자   그래요?

박제사	얼굴을 잘 봐두라구.
차 자	왜 내가 지붕 위에서 그 여자의 손과 발에 줄을 매달아 흔들고 있죠?
박제사	자네가 마음대로 움직이게 하려는 거지. (박제된 도마뱀을 꺼내 매달린 줄을 조종하며) 바로 이렇게 말야. 사진 속의 자네를 보게. 좋아서 웃고 있을걸.
차 자	멋진 광경이에요. 내가 지금 절실히 원하는 것두 바로 이런 것인데…… 유감스럽게도 현실이 아니군요.
박제사	그런 사진을 만드는 것두 복잡하고 까다로운데, 그 사진처럼 현실을 만드는 건 어려운 일이겠지. 더구나 그 여자는 시청의 지붕 밑방에서 엄중한 보호를 받고 있구, 그 방엔 아무도 들어가지 못하게 하거든. 하지만 전혀 방법이 없는 건 아냐. 결혼식 준비를 하러 온 신랑의 가족이라면 들어갈 수 있겠지. 자넨 한 손에 꽃다발을 들고, 다른 한 손에는 이 가방을 들고 들어가게.
차 자	이 가방은 뭡니까? 꽤 무거운데요?
박제사	박제할 때 사용하는 도구들이 가득 들어 있지.
차 자	박제…… 도구들이 들어 있어요?
박제사	그렇지만 결혼 예물이 든 것처럼 위장하게.
차 자	그 여자의 방에 들어간 다음은요?
박제사	(박제된 도마뱀을 가리키며) 그 다음은 이 박제처럼 만들면 되지. 유감스럽게도 현실이 아니라구 낙담을 하던 자네가 마침내는 깔깔 소리내며 웃게 될 거라구.
어머니	(사진을 들여다본다.) 너의 아버지와 형은 몹시 슬픈 표정이구나.
차 자	시장님도 실망한 얼굴인데요.
어머니	이 사람들은 누구예요? 우산을 쓰고 재미있다는 듯이 구경을 하는 사람들은요?
박제사	아, 관광객들이죠. 그들은 내일 그 결혼식이 끝나면 이곳을 떠날 겁니다. (차자에게) 박제를 할 때 주의할 점은, 그 형태

를 손상되지 않게 하는 거야. 살아있는 모습 그대로 만들어야 하는 거라구. (도마뱀 박제를 차자에게 주며) 이 박제를 줄 테니 참고하게.

차 자 고맙습니다. (전화기에 다가가 다이얼을 돌리며, 암기하려는 듯이) 박제를 할 때 주의할 점은 그 형태를 손상되지 않게 할 것, 살아있는 모습 그대로 만들 것…… (통화를 한다.) 시청이죠? 내일 결혼할 신랑을 바꿔 주세요. 여긴 집입니다. 나는 동생이구요. 동생이 꼭 통화하고 싶다구 전해 주세요. (매우 반갑게) 아, 형님이세요? 나예요. 형님, 결혼을 축하해요. 내가 반대했던 걸 사과하겠어요. 어머니하구 그동안 의논을 많이 해봤어요. 역시 형님이 잘 하신 거예요. ……그럼요. 서로 언제까지나 나뉘어진 채 증오하기를 바라는 사람이 어디 있겠어요? 사실은 모두들, 어서 빨리, 서로 사랑하는 그런 세상을 원할 거예요. 물론 나도 그런 희망을 갖고 있어요. 다만 가능성이 없어서 드러내질 못했던 거죠. 하지만 형님, 형님이 먼저 그렇게 하셨으니 난 기뻐요. 아마 많은 사람들에게 커다란 격려가 됐을 거구요. 어머니도 형님을 축하하시겠대요. 잠깐만 기다려요. 어머니를 바꿔 드리죠.

어머니 (수화기를 받는다.) 얘야, 축하한다. 그동안 이 에미가 나빴다. 너의 색시 될 여자도 만나 보고 싶구나. 그래, 결혼 준비는 어떻게 되고 있니? 오, 저런…… 이젠 걱정 마라. 지금 곧 네 동생과 함께 시청으로 가서 도와 주마. (수화기를 내려놓는다.) 가자. 우리가 어서 왔으면 좋겠단다.

　　　　　무대 전면. 단체 관광객들이 호텔 안에서 시끄럽게 떠들고 있다.

아버지 왜들 이러십니까?
관광 안내원 지금 자기네들끼리 논쟁이 붙었습니다. 이쪽 남자와 저쪽 여자의 결혼에 대해서 의견이 엇갈리고 있거든요.

젊은 관광객 (아버지를 사진 찍으며) 멋진 지배인이야! 멋진 지배인이라구!

다른 관광객 쯧쯧, 이젠 호텔 지배인까지 멋지다는군.

어느 관광객 여봐요, 지배인. 댁의 아드님과 저쪽 여자는 예정대로 내일 결혼식을 하게 됩니까?

늙은 관광객 그 결혼식은 안 될 거요. 사람들 반응이 좋질 않거든.

다른 관광객 될 겁니다, 시장님이 적극 밀구 있잖아요?

또다른 관광객 그 결혼식은 절대로 안 됩니다.

어느 관광객 될 테니 두고 보시오.

늙은 관광객 안 된다니까 자꾸 우기는군.

여자 관광객 제 생각엔 될 것 같아요.

늙은 관광객 내기를 하겠소? 난 투자하고 남은 돈을 몽땅 안 된다에 걸겠소.

여자 관광객 저는요, 된다는 것에 걸겠어요.

관광객들, 더욱 시끄럽게 떠들어댄다.

아버지 도대체, 그게 내기를 걸 만한 문젭니까?

관광 안내원 관광객 여러분, 오늘은 도박장을 안내해 드릴 테니까 거기서 노름을 즐기시죠.

관광객들 우린 이 내기를 하면서 즐기겠소.

관광 안내원 그럼 다른 것을 구경하러 나갑시다. (깃발을 높이 쳐들고) 어서, 이 깃발을 따라오세요. 이 깃발을 놓쳤다간 오늘은 아무것도 구경 못 하게 됩니다.

관광객들 (움직이지 않고) 오늘은 호텔에만 있겠소.

관광 안내원 호텔에만…… 있겠다니요?

관광객들 이제 볼 만한 구경거리라곤 그 결혼식 하나뿐이거든.

제10장

시청, 비가 쏟아지고 있다. 우산을 든 관광객들이 시청 앞에 도착한다. 박제사, 시청 문 앞에 서 있는 시장에게 다가간다.

박제사 시장님, 날씨가 좋지 않군요.

시 장 (하늘을 올려다보며, 안타까운 표정으로) 글쎄 말이오.

박제사 어떻습니까? 결혼식은 예정대로 진행될 겁니까?

시 장 물론이오.

박제사 축하객들은 한 사람도 보이질 않는데요?

시 장 (관광객들을 가리키며) 저렇게 많이들 와있잖소?

박제사 저 사람들이야 구경꾼이죠.

시 장 걱정 마시오. 겉으로는 모르는 척하고 있지만 다들 이 결혼식에 신경을 곤두세우고 있을 테니까.

박제사 그렇겠죠. 지금 신랑 신부는 한창 준비를 하겠군요.

시 장 가족들이 모두 와서 도와 주고 있소.

박제사 그렇다면 잘 되기를 빕니다.

시 장 당신, 꼭 빈정거리는 말투로군.

박제사 제가 빈정거리다뇨? 두 남녀의 진정한 사랑만이 나뉘어진 양쪽을 결합시킬 수 있다고 말씀드렸던 게 누굽니까?

시 장 바로 당신이었지.

박제사 네, 바로 저였습니다.

시 장 하지만 당신은 말뿐이었지 그 결합을 위해 아무것도 도와 준 것이 없잖소?

박제사 시장님, 저는 가는 곳마다 사람들에게 그 결합에 관심을 갖도록 애썼습니다. 그리고 처음 시장님을 만났을 때 말씀드렸습니다만, 이번 일은 공평하게 기회를 나눠 갖기로 한 것 아닙니까? 그런데 시장님, 왜 그런 실망하는 표정이십니까?

시 장 난 실망하지 않소. 다만 사람들이 이번 일에 대해서 지나치게

박제사	몸을 도사리는 걸 이해할 수 없을 뿐이오.
박제사	그들은 나뉘어져 있는 것에 익숙해졌기 때문이죠.
시 장	나는 저쪽의 여자를 보호하면서 가슴 아픈 이야길 많이 들었소. 이렇게 양쪽으로 나뉘어 산다는 건 둘 다 미친 짓이오.
박제사	정말 둘 다 미친 짓이죠.
시 장	여전히 빈정거리는 말투로군.
박제사	왜 자꾸만 제가 빈정거린다구 그러십니까? 오히려 제가 보기엔 시장님이 저를 비웃는 것 같습니다.
시 장	내가…… 오히려?
박제사	저를 비웃지 마시고 차라리 구역질이나 하시지요. 비가 쏟아지니까 하수도가 넘치고, 하수도가 넘치니까 늪에 고인 썩은 물이 역류해서 온 도시에 퍼지고 있습니다. (거리를 가리키며) 이 도시는 커다란 하나의 늪입니다. 온갖 더러운 오물과 함께 뼈와 창자가 흩어져 있는 늪이죠.
시 장	(구토를 일으키며) 윽! 으윽! 그 더러운 늪이라는 말을 들으니 구역질이 나는군.

아버지, 어머니가 등장한다.

아버지	당신이 도와 주러 오다니…… 고맙소.
어머니	뭘요…… 아들의 결혼식인데 와야죠.
아버지	시장님, 신랑은 준비가 다 되었습니다.
어머니	신부도 준비를 끝냈어요.
시 장	윽! 으윽! (구역질을 참으려고 무진 애를 쓰며) 결혼식을 합시다. (시청의 홀에 들어가 주례 자리에서 서서) 이 결혼식은 양쪽으로 나뉘어진 우리 도시의 결합을 상징하는 뜻깊은 의식입니다. 윽! 으윽! 먼저, 신랑 입장하시오.
장 자	(시청의 복도를 걸어 나와 신랑의 위치에 선다.)
관광객들	(문 안으로 들여다보며 환호성을 지른다.)

젊은 관광객 (사진을 찍으며) 멋진 신랑인데! 멋진 신랑이라구!

시 장 신부는 입장하시오.

저쪽의 여자 (화사한 신부 옷을 입고 복도를 걸어 나온다.)

관광객들 (더욱 큰 환호성을 지른다.)

젊은 관광객 (사진을 찍으며) 멋진 신부야! 멋진 신부라구.

시 장 주례자로서 묻겠소. 신랑은 신부를 아내로 맞이하여, 나뉘어진 양쪽이 합쳐질 때까지 사랑하겠는가?

장 자 네, 사랑합니다.

시 장 신부는 신랑을 남편으로 맞이하여, 나뉘어진 양쪽이 합쳐질 때까지 사랑하겠는가?

저쪽의 여자 아뇨, 증오해요.

시 장 응! 으응! 뭐…… 뭐라구?

저쪽의 여자 증오해요! 증오해요! (비가 오는 시청 밖으로 나가서 줄에 매달린 꼭두각시처럼 뛰어다니며) 증오해요! 증오해요! 증오해요!

젊은 관광객 (사진을 찍으며) 멋진 결혼식인데! 아주 멋진 결혼식이야!

무대 전면. 기차의 기적소리. 우산을 쓴 단체 관광객들이 정거장에 도착한다.

관광 안내원 관광객 여러분, 기차에 타기 전에 최종적인 인원 점검을 하겠습니다. 낙오된 분은 안 계십니까?

여자 관광객 낙오된 사람이 어떻게 대답을 하죠?

관광 안내원 혹시 누가 보이질 않는지 찾아보세요.

어느 관광객 관절염 걸린 노인이 보이질 않는데요?

늙은 관광객 나, 여기 있소.

관광 안내원 그럼 한 사람도 빠짐없는 겁니까?

관광객들 그렇소.

관광 안내원 여러분, 어땠습니까? 지금까지 우리 도시에서의 관광에 만족하셨는지?

관광객들　대단히 만족했소.

관광 안내원　특히 무엇이 재미있었습니까?

관광객들　모든 것이 재미있었소.

관광 안내원　감사합니다, 모든 것을 재미있게 보셨다니. 이것으로서 여러분의 관광 일정은 끝났습니다. 이제 기차를 타고 떠나십시오.

관광객들　(우산을 접고 한 사람씩 기차에 올라타며) 그동안 수고했소. 잘 있으시오.

관광 안내원　(손을 흔들며) 안녕히 가십시오.

　　　　기적이 울린다. 기차가 떠난 뒤에 플랫폼에는 관광 안내원과 박제사가 남는다.

관광 안내원　(담배를 꺼내 입에 물며) 이제야 겨우 숨 돌릴 틈이 생겼군.

박제사　(성냥을 그어 담배에 불을 붙여 준다.) 불은 여기 있소.

관광 안내원　저렇게 관광객들을 기차에 가득 실어 보내면 또 다른 관광객들이 기차에 가득 타고 옵니다. 조금 후, 도착할 기차에 또 단체 관광객들이 올 예정이거든요.

박제사　그럼 그 기차에 새 시장님이 오실지도 모르겠군.

관광 안내원　또 시장님이 새로 오십니까?

박제사　지금 시장님은 너무 예민한 체질이어서 약간의 충격을 받아도 회복되질 않는 모양이오.

　　　　세 명의 유지들이 등장한다. 그들은 플랫폼에 나란히 서서 정중한 태도를 취한다.

관광 안내원　당신 말이 맞을 것 같은데요. 저분들이 정거장에 나오시면 틀림없이 다른 시장님이 도착하시거든요. (갑자기 깜짝 놀란 표정으로 박제사를 바라보며) 아, 그런데 왜 당신은 떠나지 않았습니까?

박제사　내 직업이 이곳에 맞을 것 같아서요. 유능한 조수도 한 명 구했으니 곧 개업을 할 거요.

관광 안내원　그 직업이 뭔데요?

박제사　내장과 뼈를 꺼내고 지푸라기를 대신 채워넣는 일이지요. (멀리서부터 기차의 기적소리가 들려온다.) 기차가 오고 있군. 늪에 고여 썩는 듯, 전혀 변화라곤 없는 곳을, 다만 구경꾼만이 왔다가 가고 갔다가 오는군.

　　기차의 기적소리, 점점 가까이 다가오며 막이 내린다.

　　－ 막.

봄날

· **등장인물**

장남

차남

삼남

사남

오남

육남

막내

동녀(童女)

백운사 스님들(소리)

· **작가 노트**

이 희곡의 형식은 이중구조를 갖고 있다. 그 하나는 극동 아시아, 시베리아, 멀리는 우랄 산맥 너머까지 퍼져 있던 동녀풍속(童女風俗)을 중심으로 엮어 가는 줄거리와, 다른 하나는 그 줄거리의 장면과 장면 사이에 봄에 대한 시·그림·영화·연주·속요·산문·약전(藥典)·편지 등을 삽입시킴으로써, 그 두 가지의 구조가 서로 결합 또는 이완되도록 짜여져 있다. 이것은 동녀풍속이 갖고 있는 설화적 요소를 좀더 실제적으로 가깝게 표현하기 위해서이다.

무대 또한 크게 둘로 나뉘어 사용되기 바라는데, 무대 중앙과 후면은 아버지와 자식들이 거처하는 집의 공간이고, 전면은 노래·그림·소설·영화 등이 표현되는 공간이다. 등장인물 중에서 특별히 지적해 두는 것은, 장남이 갖고 있는 모성애적 성격과 봄이면 천식을 앓는 막내의 병약한 모습이다. 나머지 차남에서 육남까지의 자식들은 코러스 역할을 겸하고 있는데, 그들이 시·그림·소설 등의 다양한 진행을 맡는다.

제장

아침. 따뜻한 봄볕이 내려쬐이는 툇마루에 자식들이 나른한 모습으로 앉아 있다.

차 남 저놈을 몽둥이로 때려잡을까?

사 남 뭔데?

차 남 구렁이야.

자식들 어디 있어?

차 남 저기 흙담 위로 슬그머니 올라가는 게 안 보여?

육 남 아, 저 싯누렇게 늙은 구렁이!

오 남 해마다 봄만 되면 나타나는 놈이잖아?

삼 남 바로 저놈이야! 지난해 봄에도 우리 집 흙담 위로 올라가서 며칠 동안이나 꼼짝 않구 있었어.

막 내 (천식으로 받은 기침을 하며) 내버려 둬. 햇볕을 쬐이려구 그런 걸⋯⋯.

차 남 저 징그러운 몸뚱이 좀 봐! 올해는 때려잡자구!

삼 남 (하품을 하며) 때려잡고 싶거든 혼자 가서 해. 난 노곤해서 꼼짝하기 싫으니깐.

자식들 배고파, 어서 점심때나 되었으면⋯⋯.

육 남 우리 장닭을 한 마리 잡아먹을까? 우리가 몰래 잡아먹고서는 저 구렁이가 먹었다구 하면 되잖아?

자식들 좋은 생각이야. 어서 가서 장닭을 잡아 와.

육 남 나 혼자?

오 남 난 졸려서 일어날 수가 없어.

사 남 나도 그래. 노곤하게 졸려서 일어나기 싫어.

육 남 그럼 꿈 속에서나 장닭을 잡아먹자구!

차 남 저놈의 구렁이, 몽둥이로 딱 때려잡았으면!

사이.

막 내 (먼산을 바라보며 기침을 하면서) 청계산 산불이 아직도 타고 있
네.

사 남 저 청계산 산불이 왜 일어난 줄 알아?

막 내 몰라……

사 남 봄 됐다구 암컷 수컷 모여서 뜨겁게 뜨겁게 부벼대니까 불이
나지.

사이.

막 내 며칠째 산불이지?

차 남 글쎄…… 닷새째인가…… 엿새째인가…….

막 내 그런데도 산불을 끄러 가는 사람이 없어?

차 남 청계산 중턱에 백운사가 있잖아. 불에 타죽고 싶지 않거든 백
운사 스님들이 산불을 끄겠지.

육 남 하하, 꿈 속에서나 산불을 끄겠지!

삼 남 옛날 백운사 스님들은 봄이 되면 밥 먹기도 귀찮아서 굶어죽
었대.

오 남 지금 있는 스님들도 귀찮은 모양이지? 겨울 동안 양식이 다
떨어졌을 텐데 마을로 먹을 걸 얻으러 내려오지 않잖아?

삼 남 (하품을 하며) 아, 졸려…… 마을엔 먹을 게 없으니깐 내려와 봤
자지.

장남, 바구니를 들고 사립문으로 들어온다.

차 남 형님, 어딜 갔다 와?

장 남 쑥 캐러 갔다 온다.

자식들 부지런도 하네, 우리 형님은.

장 남	(우물에서 두레박으로 물을 퍼서 쑥을 씻는다.) 배고프지, 너희들? 오늘 점심엔 향긋한 쑥떡을 쪄서 줄게.
자식들	쑥떡은 싫어. 아무리 먹어도 허기만 지는걸!
육 남	장닭 한 마리 잡아먹어!
자식들	형님, 우리 닭 한 마리 잡아 줘!
장 남	그런 소리 하면 못써. 아버지한테 혼난다.
육 남	아버지한테는 저 구렁이가 잡아먹었다구 하면 되지!
장 남	아버지가 모를 줄 알아?
육 남	어떻게 안다구 그래? 저 청계산 너머 읍내장에 가셨는데?
장 남	돌아오시면 부뚜막 솥뚜껑부터 열어 보실걸. 그럼 우리가 쑥떡을 쪄먹었는지 닭을 삶아 먹었는지 다 알게 돼.
자식들	설마 솥뚜껑을 열어 보실라구…….
장 남	언젠가 봄에도 그런 적이 있었어. 우리 집에 어머니가 계셨던 때 이야기인데, 어찌나 일은 많구 허기가 졌는지 어머니는 닭 한 마리 몰래 잡아먹었어. 그랬다가 아버지한테 들켜서는 몽둥이로 흠씬 두들겨 맞고 집을 쫓겨났지.
차 남	그거 닭 잡아 주기 싫으니까 지어낸 말 아니야?
장 남	아니, 참말이야.
차 남	그럼 백운사 스님에게 쌀 퍼줬다구 쫓겨난 어머니는 또 누구야?
장 남	그 어머니는 막내를 낳은 어머니지.
차 남	아까 그…… 닭 잡아먹었다구 쫓겨난 어머니는?
장 남	너를 낳은 어머니구.
차 남	형님을 낳은 어머니는?
장 남	나를 낳은 어머니는 뒤뜰 감나무에 목을 매고 죽으셨지.
차 남	뒤뜰 감나무에는 왜?
장 남	아버지 몰래 담배를 피웠거든.
차 남	담배 피운 게 무슨 죽을 죄야?
장 남	아버지 담배를 훔쳐 피웠으니깐 죄가 되지.

차 남   닭도 아버지 것, 쌀도 아버지 것, 담배도 아버지 것, 이 세상에 있는 건 몽땅 다 아버지 것이로군!

장 남   이젠 다 씻었다. 이 쑥으로 금방 떡을 해줄게.

장남, 바구니에 씻은 쑥을 담아 들고 부엌으로 들어간다.

차 남   저놈의 구렁이, 딱 때려잡았으면!

삼 남   괜히 구렁이한테 화풀이하구 있네.

사이. 먼 산에서 두견새의 울음이 한가롭게 들려온다.

육 남   닭 한 마리 못 잡아먹게 하구. 쌀 한 톨 남 못 주게 하구, 담배 한 모금 못 피우게 해서, 아버지는 그걸 모아 뭘 하려는 걸까?

사 남   죽을 때 가져가려는 거지!

육 남   죽을 때 가져가?

사 남   다른 사람은 못 가져가지만 우리 아버진 지독해서 다 가져갈 수 있어.

차 남   네 말이 맞다. 아버지는 꼭 그러실 분이라구. 언제나 가을추수가 끝나면 아버지는 온돌방이 춥다구 구들장을 뜯어내고 항아리를 파묻지. 항아리를 방에 묻어 두면 겨울에도 따끈따끈해진다구 아버지는 말씀하지만 그 말을 곧이들을 바보가 어디 있겠어?

자식들 아버지는 우리를 바보로 아나 보지! 그 항아리 속에 곡식 판 돈 담아 놓구서!

육 남   궁금해. 아버지 방 구들장 밑에 항아리가 몇 개가 될까?

차 남   아버지가 사신 나이만큼 묻혀 있겠지.

오 남   아, 그만큼 많은 항아리들을 죽을 때 어떻게 다 갖고 가신담?

차 남   별걱정을 다 하네. 차곡차곡 쌓아서 머리에 이고 남는 건 등에 짊어지고, 그래도 남는 건 손으로 들고 가면 되지.

오 남 황천길이 편편한 신작로일까, 가파른 비탈길일까?

차 남 마음 좋은 사람한테는 신작로이구, 마음 나쁜 사람한테는 비탈길이지.

오 남 그럼 우리 아버지는 큰일나겠군! 그 많은 항아리를 갖고 가시다가 비탈길에서 넘어지면은, 떼굴떼굴 떽떼구르 항아리들만 신이 나서 굴러가겠네!

자식들 (소리 내어 웃으며) 떼굴떼굴 떽떼구르! 떼굴떼굴 떽떼구르!

차 남 아이구 맙소사! 저놈의 항아리를 붙잡아라!

자식들 (더욱 소리를 높여 가며) 떼굴떼굴 떽떼구르!

오 남 여보쇼, 저승사자! 저 항아리 좀 붙잡아 주소!

자식들 떼굴떼굴 떽떼구르!

삼 남 저 항아리 속에 평생 모은 내 돈 들었소!

자식들 떼굴떼굴 떽떼구르! 떼굴떼굴 떽떼구르!

장남, 부엌에서 나온다.

장 남 너희들 뭐 하는 거냐?

자식들 떼굴떼굴 떽떼구르!

장 남 그게 무슨 소리냐구?

차 남 가파른 황천길에 항아리들이 굴러가는 소리지 뭐.

자식들 떼굴떼굴 떽떼구르!

장 남 조용히 하렴. 지금 아버지 흉을 보구 있는 거지?

차 남 자식들이 감히 아버지 흉을 어떻게 봐?

자식들 우린 항아리 굴러가는 소리만 내고 있는 거야. 떼굴떼굴 떽떼구르! 떼굴떼굴 떽떼구르!

장 남 조용히 하지 않으면 쑥떡 안 준다. (부엌으로 들어가며) 봄이 되니까 양지 쪽에 앉아서 아버지 흉만 보구 있네.

자식들, 입을 다문다.

막 내 아…… 청계산 산불만 잘도 타네.

사이.

막 내 스님들은 뭘 하느라구 불도 안 끈담?
사 남 양식 다 떨어져서 굶어 죽은 모양이지.
막 내 정말 굶어 죽었을까?
사 남 그렇게 걱정되거든 네가 백운사에 올라가 보렴.
막 내 (기침을 하며) 난 숨이 막혀…… 봄만 되면 꽃가루가 날아와서 내 숨을 막아…….
자식들 우린 노곤해서 백운사에 못 올라간다.
육 남 항아리 굴러가는 소릴 냈더니 맥이 다 풀린걸. (부엌 쪽을 향하여) 형님, 쑥떡이 아직 안 됐어?
장 남 (부엌에서) 먹기 좋게 익어 간다.
사 남 여기 막내가 기운 없다구 쑥떡에 참기름 발라 오래.
막 내 내가 언제 참기름 발라 오랬어?
사 남 방금 그랬잖아?
막 내 난 숨을 못 쉰다구 했지…….
사 남 그게 같은 소리 아냐? 숨을 못 쉬니깐 기운이 없지.
자식들 (부엌 쪽을 향하여) 형님, 우리 먹을 것두 참기름 발라 줘!

장남, 쑥떡을 바가지에 담아 들고 나와서 툇마루 위에 놓는다. 자식들, 몰려들어 쑥떡을 집어먹는다.

장 남 쑥떡이 맛있지?
자식들 맛있어서 먹나, 배고프니까 먹지.
장 남 급히 먹으면 체한다. 천천히들 먹어. (숨이 막혀서 먼 산을 바라

	보고 있는 막내에게) 막내야, 너도 좀 먹어.
막 내	난 배고프지 않아.
장 남	엊저녁도 안 먹구, 오늘 아침도 안 먹었잖아?
막 내	숨이 막혀서…… 못 먹어.
장 남	억지로라도 먹어야지.
막 내	싫어.
장 남	안 먹으면 죽는다. 죽는 게 좋아?
막 내	형님, 이리 와서 내 가슴 좀 만져 봐. 숨을 못 쉬니깐 가슴속이 불붙은 듯 뜨거워.
장 남	(근심스런 표정으로 막내의 가슴에 손을 얹는다.)
막 내	뜨겁지?
장 남	그래, 뜨거워.
막 내	왜 나는 봄 되면 이럴까…….
장 남	이렇게 아플수록 잘 먹어야지. 뭐든지 잘 먹으면 안 낫는 병이 없어.
막 내	가슴속의 이 불 안 끄면 시커멓게 타버릴 거야. 저기 저 청계산 산불처럼…….
장 남	막내야…… 쑥떡에 참기름 발라 줄까?
막 내	백운사 스님들은…… 굶어 죽었대…….
장 남	조금만 기다려. 참기름 발라 올게.
자식들	우리 쑥떡에 참기름 발라 줘!
장 남	막내가 가엾지도 않아?
차 남	막내는 병들었다고 아버지가 일도 안 시켜. 하지만 우린 뼈빠지게 일을 해야 하구. 그럼 정말 잘 먹어야 하는 건 누구야? 바로 우리잖아?
장 남	참기름은…… 아버지만 잡숫는 거야. 너희들 먹을 것에 모두 발라 주면…… 빈 병만 남아.

장남, 부엌으로 들어간다.

차 남   참기름도 아버지 것이라니깐 맥이 쫙 풀려…….

삼 남   (벌렁 드러눕는다.) 아, 피곤해…… 졸음만 더 쏟아지네.

자식들   (따라서 눕는다.) 아무것두…… 아무것두 하고 싶지가 않아…….

사 남   봄이 싫어. 나른한 게…… 귀찮기만 하구…….

무대 전면. 자식들이 나란히 서서 봄에 대한 시를 읊는다.

차 남   복사꽃 피고, 복사꽃 지고, 뱀이 눈뜨고, 초록제비 묻혀 오는 하늬바람우에 혼령있는 하늘이어. 피가 잘 도라…… 아무 병도 없으면 가시내야. 슬픈일좀 슬픈일좀, 있어야겠다.[1]

삼 남   강아지 귀밑털에 나비가 앉아본다
실낱같은 바람이 활활 감아들고
히히이 한 울음 모가지를 뽑아 보니
구름은 내려와
산허리에 늘어졌다.
타는 아지랑이 그 바닥은
새푸른 잔디밭이 아리아리
꿈속같이 멀어라.[2]

사 남   벌판 한복판에 꽃나무 하나가 있소. 근처에는 꽃나무가 하나도 없소. 꽃나무는 제가 생각하는 꽃나무를 열심으로 생각하는 것처럼 열심으로 꽃을 피워가지고 섰소. 꽃나무는 제가 생각하는 꽃나무에게 갈 수 없소. 나는 막 달아났소. 한 꽃나무를 위하여 그러는 것처럼 나는 참 그런 이상스러운 흉내를 내었소.[3]

오 남   어흘없이 지는 꽃은 가는 봄인데

---

1) 서정주 시

2) 김춘수 시 「봄」

3) 이상 시 「꽃나무」

어홀없이 오는 비에 봄은 울어라.
서럽다, 이 나의 가슴속에는!
보라, 높은 구름나무의 푸릇한 가지
그러나 해 늦으니 어스름인가
애달피 고운 비는 그어 오지만
내몸은 꽃자리에 주저앉아 우노라.[4]

육 남   먹어도 먹어도
배고픈 시장끼
죽은 나무도 생피붙은듯
죄스런 봄날
피여, 피여,
파아랗게 얼어붙은
물고기의 피
새로 한번만
몸을 풀어라
새로 한번만
미쳐라 달쳐라.[5]

제2장

깊은 밤. 대청에서 장남이 호롱불을 켜놓고 바느질을 하고 있다.

막 내   (어둠 속에서) 형님…….
장 남   (어둠 속의 소리나는 곳을 향하여) 누구지?
막 내   나.

---

4) 김소월 시 「봄비」
5) 허영자 「봄」

장 남 막내?

막 내 응. 밤도 깊었는데 뭘 하구 있어?

장 남 장에 가신 아버지도 아직 안 오시구…… 너희들 갈아입힐 봄 옷들을 손질하구 있지. 넌 왜 안 자구 나왔니?

막 내 (괴롭게 기침을 하며) 밤이 되니깐 숨이 더 막혀…….

장 남 막내야, 내 곁에 와서 누워.

막 내 (가까이 다가와서 눕는다.)

장 남 (막내의 가슴을 쓰다듬어 주며) 마음으로 병을 이겨야지. 마음이 약해지면 아무 병도 못 이겨.

막 내 형님도 나처럼 아픈 적이 있었나?

장 남 그럼 있었지.

막 내 언제?

장 남 아주 오래 전에…….

막 내 그때 이야길 해줘.

장 남 자꾸만 어머니가 쫓겨나니깐 가슴이 아팠어. 너무 가슴이 아프니까 아무것도 먹고 싶지 않구, 살구 싶다는 생각도 없었어.

막 내 내가 지금 그런걸, 그래서 형님은 어떻게 했어?

장 남 하지만 난 죽을 수가 없었지. 자꾸만 어머니들은 쫓겨나고 집안엔 어린 너희들만 남아서. 내가 대신 너희들을 키워야 했지. 배고파서 울면 미음을 끓여 먹이구, 오줌을 싸면 기저귀를 갈아 주면서…… 그렇게 살다 보니 세월은 가구, 내 병은 어느새 다 나았어.

막 내 형님은 어머니야. 이렇게 형님 곁에 누워 있으면 형님이 꼭 어머니 같다는 생각이 들어.

장 남 (바느질을 하면서) 나는 너희들이 없었으면 벌써 죽었어.

사이.

막 내 그런데 난 무엇에 마음을 붙이구 살까…….

사이.

장 남　막내야 그만 들어가 자렴.

막 내　저기 청계산 산불을 바라봐. 저렇게 훨훨 타버리면 무엇이 남을까?

장 남　재가 남지.

막 내　재는 바람에 흩어져……

장 남　밤바람이 차가워. 어서 들어가 자.

막 내　형님도 나랑 함께 들어가.

장 남　난 아버지를 기다려야 해.

막 내　형님이 곁에 있지 않으면 난 잠을 못 자.

장 남　왜 이렇게 늦으실까…… 청계산 산불 때문에 길이 막혀서 못 오시나?

막 내　산불에 길이 막혔으면 갈마재로 빙 돌아오시겠지.

장 남　갈마재로 빙 돌아오는 길은 얼마나 먼데…… 백오십 리가 훨씬 넘어.

막 내　그럼 새벽에야 오시겠네.

장 남　새벽에라도 오셨으면……

막 내　(장남의 손을 잡고 이끌며) 나랑 함께 들어가서 자.

장 남　아버지는 성미가 급하셔. 불 붙은 청계산을 그냥 넘으려구 하신 건 아닐까……

막 내　형님은 꼭 어머니야. 근심이 많아.

장 남　너 혼자 들어가 자.

막 내　(장남의 손을 놓으며) 싫어, 나 혼자는.

장 남　막내야.

막 내　싫다니까. 여기 형님 곁에 누워서 산불이나 보구 있지.

사이.

막 내   무슨 소리지?

장 남   (귀를 기울이며) 글쎄······.

막 내   점점 가까이 다가오구 있잖아?

사이.

막 내   이젠 똑똑히 들리지?

장 남   그래. 스님들이 목탁 치는 소린데······.

막 내   (벌떡 몸을 일으켜서 앉으며) 우리 집 문 앞에서 멈췄어.

장 남   가만 있어 봐. 그냥 지나갈지도 몰라.

사이.

막 내   스님들이 가지 않구 있어.

장 남   (어둠 속의 목탁 치는 쪽을 향하여) 무슨 일들이십니까, 이 밤중에?

소리 1   소승들은 백운사에서 내려왔소.

소리 2   봄에 양식은 떨어지고, 굶은 지 오래되어 뼈만 남았소.

소리 3   뼈만 남은 소승들은 기운 없어 불을 못 껐소. 백운사는 산불 붙어 재가 되었소.

장 남   (괴로워하며) 죄송합니다, 스님. 양식을 구하시려거든 다른 집을 찾아가십시오.

소리들   자비를 베푸시오. 이 동네에서 양식이 있는 집은 이 댁뿐이오.

장 남   하지만 스님들께선 저희 집 사정을 잘 아시잖습니까? 저희 어머니는 스님들께 몰래 시주한 죄로 쫓겨나셨습니다.

소리 1   양식이 떨어졌소.

소리 2   굶어서 뼈만 남았소.

소리 3   백운사는 불에 탔소.

장 남　(더욱 괴로워하며) 용서하십시오. 저는…… 어떻게…… 할 수 가…… 없습니다.

탁 치는 소리 계속된다.

장 남　스님, 저희 집을 떠나십시오. 아버지가 돌아오시다가 스님들 께 역정낼까 두렵습니다.

사이.

장 남　어서 떠나십시오.

사이.

소리들　그럼…… 소승들은 물러가겠소.
장 남　부끄럽습니다, 스님…….
소리 1　소승들이야 정처 없이 떠난다지만 오고 갈 데 없는 아이 하나 있으니 이 댁에서 맡아 주시오.
장 남　아이라니요?
소리 2　어느 해 봄날, 백운사 불당 앞에 버려진 핏덩이 있어 소승들이 거둬 키웠소.
소리 3　이제는 더 거둘 여력이 없어 이 댁에 맡기고자 하니, 부디 한 혈육처럼 잘 보살펴 주시오.
장 남　안 됩니다, 스님.
소리들　자비를 베푸시오.
장 남　데리고 가십시오. 저희 아버지가 역정낼까 두렵습니다.
소리들　부디 자비를 베푸시오.

어둠 속 목탁 치는 소리가 들려오는 쪽에서 고깔을 쓴 동녀가 한 걸음 두 걸음 걸어나와 마당에 엎드린다.

막 내 형님, 목탁 치는 소리가 들리지 않아.

장 남 스님들이 가셨어.

막 내 저 아이는?

장 남 가만 있어. 아버지한테 물어 보구…….

막 내 형님은 어머니야.

장 남 아…… 가만 있으라니깐.

막 내 형님은 어머니지. 내가 잘 알아.

무대 전면. 자식들이 벽화(壁畵)를 묘사(描寫)한 그림을 들고 나온다.

차 남 (관객들에게 그림을 설명한다.) 이 그림은 백운사 불당 벽에 그려져 있던 탱화입니다.

삼 남 푸른색 연못 가득히 분홍색과 백색의 연꽃들이 만발하게 피어 있고, 그 연꽃 위에 부처님이 살포시 앉아서 미소를 짓고 있습니다.

사 남 못된 심보를 가진 놈의 눈이라서 그런 걸까요? 우리들 눈엔 이 부처님 모습이 너무 곱고 고운 여인으로만 보입니다.

오 남 어떤가요? 우리들 말을 듣고 보니깐 이 그림 속의 부처님이, 백운사 스님들이 밤중에 맡겨 놓고 간 그 여자 같다는 생각이 들지 않아요?

제3장

이른 아침. 아버지가 집에 돌아온다.

아버지	(지팡이를 휘두르며 고함을 지른다.) 이놈들아, 자고 있냐? 여태껏 자빠져 자고 있어?
장 남	(뒤뜰에서 황급히 나오며) 아버지.
아버지	자는 놈들을 깨워라! 해뜬 지가 언젠데, 이런 게으른 놈들 같으니!
장 남	(툇마루방 앞에 가서) 일어나. 아버지 오셨다.
아버지	그렇게 해서 일어날 놈들이 아니다. 문을 활짝 열어젖히고 다들 끌어내!
장 남	(문을 열고 안을 향하여) 아버지 오셨어. 나와서 인사드려야지.
아버지	(지팡이로 툇마루를 내려치며) 이 게을러 빠진 놈들아! 냉큼 일어나지 못해!

자식들, 잠에서 덜 깬 모습으로 나온다.

자식들	아버지 이제 오셨습니까?
아버지	산불에 길이 막혀서 갈마재로 빙 돌아오느라 밤새껏 고생했다. 그런데 너희들은 이 애비가 집에 돌아온 게 싫으냐?
차 남	그게 아니구요…… 장에서 뭘 사오셨어요?
아버지	너희들 먹이려구 회충약 사왔다.
자식들	회충약만요?
아버지	그래! 너희들이 요즘 노곤하게 봄을 타는 건 뱃속에 회충이 잔뜩 들어 있어서 그런 거다. (회충약을 꺼내면서, 장남에게) 바가지에 물 좀 떠오너라. 이놈들 약 먹여야겠다.
장 남	(우물로 간다.)
삼 남	(울상을 짓고) 아버지…… 그 약은 너무 독해요…….
육 남	지난해 봄에도 그걸 먹었더니요…… 하늘이 빙글빙글 돌던데요…….
아버지	이놈아, 그래야 뱃속에 든 것이 쑥 빠지지!
자식들	아버지…….

아버지	(장남이 물을 담아 온 바가지를 들고서 자식들에게 직접 약을 먹인다.) 봄날은 짧다! 노곤하다구 자빠져 있다가는 곡식 심을 때를 놓쳐!
자식들	(얼굴을 잔뜩 찌푸리고 약을 먹는다.)
아버지	약 먹었으면 나가서 일을 해!
사 남	아침밥은 먹어야 일을 하지요.
아버지	아침밥은 안 돼! 바로 밥을 먹으면 회충약 효과가 없어! 밥은 저녁때나 먹어라!
자식들	(시무룩한 표정으로 침묵)
아버지	뭣들 해? 어서 쟁기를 갖고 가서 땅을 갈지 않구?
자식들	(침묵)
아버지	(지팡이를 휘두르며) 이 게을러 빠진 놈들! 지팡이로 두들겨 맞아야 나가겠느냐?

자식들, 헛간에 가서 쟁기를 끌고 나온다.

아버지	이놈들아, 머리를 쳐들고 어깨를 펴! 일하러 가는 놈들이 기운차게 나가야지, 그런 맥빠진 꼴은 보기 흉하다!
자식들	(쟁기를 끌면서 사립문 밖으로 나간다.)
아버지	회충약이 남았다. 어느 놈이 안 먹었지?
장 남	아까 다들 먹던데요?
아버지	그럼 왜 이게 남았지? 아, 막내놈이 안 먹었군!
장 남	막내는 몸이 약해요. 너무 독한 약을 먹으면 안 좋을 텐데요…….
아버지	그렇게 감싸 주니깐 더 약골이 되지. (방 안을 향해) 이놈, 막내야! 아직도 자구 있냐?
장 남	막내는…… 뒤뜰에 있습니다.
아버지	뒤뜰에? 거기서 뭘 하구 있어?
장 남	가마솥에…… 목욕물을…… 덥히고 있어요.

아버지	목욕물을?
장 남	네.
아버지	몸도 성치 않는 놈이 아침부터 목욕을 해?
장 남	아닙니다, 아버지. 어젯밤에…… 백운사 스님들이 찾아와서요…….
아버지	그럼 그 중놈들이 우리 집 뒤뜰에서 목욕을 한다는 거냐?
장 남	그게 아니구요…… 산불 때문에 백운사는 불에 타구, 양식은 떨어져 먹을 것이 없다면서…… 스님들이 거둬 키우던 아이를 우리 집에 맡겨 놓고 간다기에…… 안 된다구, 제발 데려가라구 그랬었지만…… 마당에 들어와 웅크리고 앉아 있는 그 애가 가엾어서…….
아버지	답답하다. 빨리 말해라! 그러니까 뒤뜰로 데려다가 목욕을 시키고 있다, 그거구나?
장 남	네. 새카맣게 재를 뒤집어 쓰고 있어서…….
아버지	여러 말 할 것 없다. 난 네 마음을 다 알아.
장 남	아…… 아버지.
아버지	네 동생들이 다 자랐으니깐 또 어린 것을 데려다가 아기자기 징붙여 키워 보구 싶겠지?
장 남	아버지…….
아버지	하지만 안 돼! 어린애는 아무 쓸모가 없어! 제 밥벌이도 못 하는 게 배고프면 먹을 것 달라 빽빽 울어대고, 일이라곤 손끝 하나 까딱 안 하는 것이 똥오줌을 싸서 남에게 고된 일을 시키지.
장 남	그런 어린애는 아닙니다. 처음엔 스님의 크고 헐렁한 옷을 입은 채 웅크리고 있어서 몰랐었지만…… 목욕을 시키려구 보니깐…….

뒤뜰에서 막내가 숨이 막혀서 나온다.

막 내	부끄럽다구…… 자꾸만…… 부끄럽다구…… 나더러 가래.
아버지	이놈, 막내애!
막 내	장에 다녀오셨요, 아버지.
아버지	네 얼굴이 그게 뭐냐?
막 내	(소매 끝으로 얼굴을 닦으며) 형님, 내 얼굴에 뭐가 묻었나?
장 남	글쎄…… 묻은 게 없는데…….
막 내	그럼 아버지가 왜 그러실까?
아버지	네놈 얼굴이 복사꽃마냥 불그스레 물든 것이 수상해서 그런다. 너, 뒤뜰에서 무슨 짓을 했어?
막 내	(얼굴이 더욱 붉어지며) 아…… 아무것도…… 안 했어요.
아버지	내 눈은 못 속여! 나쁜 짓 했지?
막 내	아뇨…….
아버지	말 안 하면 이 지팡이로 때릴 테다!
막 내	아…….
아버지	바른 대로 말해!
막 내	안 보려구…… 안 보려구…… 고개를 돌렸지만요…….
아버지	뭘 봤어?
막 내	가…… 가…… 가슴을요.
아버지	그 가슴이 어때서?
막 내	(입을 벌리고 가쁜 숨을 몰아쉴 뿐 말을 못 한다.)
아버지	그 가슴에 능금이 두 개 매달린 듯하더냐?
막 내	(말은 못 하고 고개만 끄덕인다.)
아버지	(장남에게) 백운사 중놈들이 다 큰 계집앨 두고 간 모양이다. 그렇지?
장 남	네.
아버지	계집앤 안 된다! 당장 내쫓아라!
장 남	아버지…….
아버지	계집이 집에 있으면 집안이 망해. 몰래 닭이나 잡아먹구, 중놈에게 쌀이나 퍼주구, 담배나 훔쳐 피울 궁리만 하지. 그렇

다고 야단치면 눈물 찔찔 짜다가 도망치질 않나, 야속하다 목을 매달지 않나, 계집은 흉물이다. 냉큼 내쫓아라!

막 내 (숨이 막혀서) 안 돼요, 아버지. 내쫓으면…… 안 돼요!

아버지 (지팡이를 휘두르며) 이놈아, 애비 말을 들어라! 뒤뜰의 그 계집 앨 당장 내쫓아!

무대 전면. 자식들이 봄에 대한 소설 한 권을 갖고 나온다.

차 남 (관객들에게) 봄을 소재로 한 소설은 정말로 너무 많아서, 어느 걸 읽어야 할지 모를 정도인데요, 이효석의 「들」이라는 작품을 골라 봤어요. 이 소설의 한 대목을 낭독해 드릴 테니깐, 뒤뜰에서 막내의 심정이 어떠했는지 짐작이 가실 겁니다. (낭독한다.) 언제인가 개천둑에서 기묘하게 만난 후 두 번째의 공교로운 만남임을 이상하게 여기고 있는 동안에 마음이 퍽이나 헐하게 놓여졌다. 가까이 가서 시룽시룽 말을 건 것도 그리 어색하지 않고 자연스러웠다. 그녀 역시 시스러워 하지도 않고 수월하게 말을 받고 대답하고 하였다. 전날의 기묘한 만남이 확실히 두 사람의 마음을 방긋이 열어놓은 것 같다. (책을 삼남에게 넘겨 준다.)

삼 남 "딸기 따 줄까?"
"무서워."
그녀의 떨리는 목소리가 왜 그리도 나의 마음을 끌었는지 모른다. 나는 떨리는 그녀의 팔을 붙들고 풀밭을 지나 버드나무 숲속으로 들어갔다. 그녀의 입술은 딸기보다도 더 붉다. 확실히 그녀는 딸기 이상의 유혹이다. (책을 사남에게 낭독하도록 넘겨 준다.)

사 남 "무서워."
"무섭긴."
하고 달래기는 하였으나 기실 딸기를 훔치려 철망을 넘을 때와 똑같이 가슴이 후둑후둑 떨림은 어쩌는 수 없었다. 버드나무 잎새 사이로 달빛이 가늘게 새어들었다. 옥분은 굳이 거역하려고 하지 않았다. (책을 오남에게 넘겨 준다.)

오 남 양딸기 맛이 아니요 확실히 들딸기 맛이었다. 멍석딸기 나무 딸기의 신선한 감각에 마음은 흐뭇이 찼다. (책을 육남에게 다급히 넘기며) 아, 난 숨막혀서 못 읽겠다. 네가 읽어라.

육 남 아무리 야취의 습관에 젖었기로 철망 넘어 딸기를 딸 때와 일반으로 아무 가책도 반성도 없었던가. 벌판서 장난치던 한 자웅의 짐승과 일반이 아닌가. 그것이 바른가 그래서 옳을까 하는 한 줄기의 곧은 생각이 한결같이 뻗쳐오름을 억제할 수는 없었다. 결국 마지막 판단은 누가 옳게 내릴 수 있을까.

제4장

낮. 쟁기로 땅을 갈고 있는 자식들. 소 대신 세 명이 쟁기에 매달린 줄을 앞으로 끌어당기고, 두 명은 뒤에서 쟁기를 잡고 있다.

차 남 땅이 샛노랗게 보여.

삼 남 하늘도 샛노랗구.

사 남 샛노란 땅이 샛노랗게 빙글빙글 돌아.

오 남 샛노란 하늘이 샛노랗게 뱅글뱅글 돌아.

자식들 아아, 어지러워라!

자식들, 비틀거리며 쓰러졌다가 다시 일어난다.

육 남 아까 오줌을 눴더니 오줌도 샛노랗던데!

사 남 난 오줌도 안 나와. 뭘 먹은 게 있어야지!

차 남	어제 낮엔 쑥떡 조금 먹었지.
삼 남	어제 밤엔 쑥국 조금 먹었구.
오 남	오늘 아침엔 빈 속에 회충약만 한움큼 먹었더니 온 세상이 뱅글뱅글 돌아.
사 남	아버지는 저녁밥이나 먹으랬는데…….
자식들	저녁이 되려면 언제나 될까?
삼 남	삶은 콩에 싹 나와야 저녁이 되지.
자식들	(쓰러지며) 아아, 어지러워!
차 남	(비틀거리며 일어나서 쟁기줄을 잡고, 나머지 자식들에게) 일어나 땅을 갈아야지.
자식들	어지러워 못 일어나겠어.
차 남	그래도 일어나서 쟁기질을 해야지. 아버지한테 들켰다간 지팡이로 두들겨 맞아.
자식들	(원망스럽게) 아아, 어지러워!

자식들, 일어나서 쟁기질을 한다.

육 남	난 봄이 싫어. 봄이 되면 좋아하는 건 우리 아버지뿐이지!
삼 남	나도 싫어. 자식들만 실컷 부려먹구.
사 남	샛노란 땅이 샛노랗게 빙글빙글 돌아.
오 남	샛노란 하늘이 샛노랗게 뱅글뱅글 돌아.
차 남	봄이 몇 번이나 바뀌어야 이 땅이 우리 것 될까?
삼 남	삶은 콩에 싹 나와야 우리 것 되지.
육 남	죽은 나무 꽃 피어야 우리 것 되지.
자식들	아아, 어지러워라!

자식들, 쓰러져서 일어나지 않는다.

삼 남	어, 청계산이 언제 저쪽으로 옮겨갔지? 원래는 이쪽에 있었

잖아?

사 남 빙글빙글 돌다가 저쪽으로 옮겨갔지!

육 남 저기 밭두렁에 샛노란 황소가 거꾸로 서 있네.

오 남 뱅글뱅글 돌다가 거꾸로 됐지!

삼 남 저건 또 뭐야?

자식들 뭔데?

삼 남 샛노란 할망구가 샛노란 아지랑이 속을, 오른손에 부채 들고 왼손엔 방울 들고 뱅글뱅글 춤추면서 가고 있어.

차 남 저 할망구는 갈마재 무당이야. 봄이 되면 우리 아버지를 찾아 와서 자기 손녀딸을 사라고 졸라대지.

육 남 얼마나 배고프면 손녀딸을 팔아먹을까?

차 남 보리 서 말이면 판다구 했어.

육 남 겨우 보리 서 말에?

차 남 봄에 양식 떨어지구 굶어 봐. 보리 서 말이면 목숨을 건져.

육 남 하지만 노랭이 우리 아버지한테 가봐야 소용없을걸!

자식들 보리 서 말은커녕 지팡이로 두들겨 맞고 쫓겨나겠지!

사 남 올 봄에도 갈마재 무당 할망구, 샛노란 눈물을 흘리면서 되돌아가겠네!

차 남 (비틀거리며 일어난다.) 그만 쉬고 일어나. 저녁때까지 땅을 다 갈아 놓지 않으면 아버지가 저녁밥 안 줄지 몰라.

자식들 언제 저녁이 되어 밥을 먹을까?

삼 남 삶은 콩에 싹 나와야 저녁이 되지.

육 남 죽은 나무 꽃 피어야 저녁이 되지.

차 남 봄이 되면 배는 고프구 할 일은 많아.

자식들 아버지는 늙었다고 놀구, 자식들은 젊었다구 일을 하지.

차 남 자식들이 일을 해서 많은 곡식 거둬 놓으면, 가만 놀던 아버지가 몽땅 다 차지하니 빈손만 남지. 아, 봄이 몇 번이나 바뀌어야 이 땅이 우리 것이 될까?

사 남 샛노란 땅이 샛노랗게 빙글빙글 돌아.

오 남	샛노란 하늘이 샛노랗게 돌아.
자식들	아아, 봄날은 어지러워! 아아, 봄날은 어지러워라!

무대 전면. 스크린이 천장에서 내려오고 봄의 정경들과 함께 자식들이 들에서 노동하는 모습을 촬영한 흑백 무성영화가 투영된다. 쟁기로 갓 갈아 놓은 땅, 땀이 흘러내리는 자식들의 얼굴들, 손, 발, 쟁기의 날, 갈마재 무당의 춤 등이 클로즈업 되곤 한다.

제5장

저녁, 아버지가 쑥 바구니를 든 장남에게 말하고 있다.

아버지	너 쑥 캐러 간 사이에 갈마재 무당 할망구가 다녀갔다. (부러진 지팡이를 보여 주며) 이걸 봐라! 이 박달나무 지팡이가 부러지도록 두들겨서 내쫓았지. 봄만 되면 찾아오는 그 할망구, 나는 그 할망구가 찾아오면 기분이 나빠! 나처럼 늙은이는 자기 손녀딸 같은 어린 계집앨 품고 자야만 그 더운 양기가 내 몸으로 옮겨와 회춘이 된다구, 자꾸만 보리 서 말에 사라고 졸라대는데, 늙은이, 늙은이, 난 그 소리가 정말 듣기 싫어! 빌어먹을 무당 할망구, 밤눈도 밝지. 어젯밤에 내가 갈마재를 허우적거리며 넘는 것을 보았다더라. 예전 젊었을 땐 훨훨 나르듯 넘어갔던 갈마재를, 다리엔 힘이 없어 후들거리고, 목구멍엔 숨이 차서 헉헉거리고, 온몸에 양기가 다 빠져 허우적허우적 넘어가더라구 놀려대더라. 너 보기엔 내가 어떠냐? 보리 서 말 주고 어린 계집앨 사서 품고 자야 할 만큼 이젠 내가 늙었느냐?
장 남	아버지는 아직 정정하십니다.
아버지	정정하다니, 그게 무슨 말이냐?

장 남	젊은이나 다름없으시지요.
아버지	젊은이나 다름없어?
장 남	네.
아버지	그게 아닐 거다. 솔직하게 말해 봐라!
장 남	걱정 마십시오, 아버지. 백 년도 천 년도 더 오래 사실 겁니다.
아버지	(노여워하며) 이놈아, 네가 늙은 애비를 우롱하는구나! 처음엔 이 애비더러 정정하다 하였고, 다음은 젊은이나 다름없다 하더니, 마지막엔 백 년 천 년 더 살 것이라 하니, 그럼 내가 점점 젊어져서 갓난아기로 되돌아간단 말이냐?
장 남	아버지…….
아버지	나를 속이려구 하지 말아라! 그 갈마재 무당 할망구가 보긴 잘 봤다. 난 늙었어. 어젯밤 갈마재를 허우적허우적 넘어오면서 나도 이젠 다 늙었구나 탄식을 했다. 지지난해 다르구, 지난해 다르구, 올해가 달라. 해가 갈수록 자꾸만 양기는 빠지구 몸은 쇠약해져서, 올 봄엔 무슨 수를 써야지 이러다간 늙은 고목처럼 말라 죽겠다. (부러진 지팡이를 내던지며) 늙은이, 늙은이, 그 소리 듣기 싫어 갈마재 무당 할망구를 두들겨 패줬더니 기운이 쑥 빠졌다. 나를 부축해라. 방에 들어가 눕고 싶다.

아버지, 장남의 부축을 받아서 자기 방으로 들어간다. 사이. 자식들, 쟁기를 무겁게 끌면서 집으로 돌아온다.

오 남	하늘이 샛노랗게 뱅글뱅글 돌아.
사 남	땅이 샛노랗게 빙글빙글 돌아.
장 남	(아버지 방에서 나와 쑥 바구니를 들고 우물로 가며) 고생 많았구나, 너희들. 우물에 와서 손발을 씻으렴. 곧 저녁밥 먹자.
자식들	(우물에 와서, 실망하며) 또 쑥이야?
장 남	쑥국이 얼마나 맛있다구. 된장을 풀어서 끓여 줄게.
차 남	쑥국은 싫어. 먹어 봤자 허기만 지지.

장 남	달래도 캤다. 간장에 무쳐 먹으면 맛있지.
사 남	달래는 매워서 싫어!
육 남	고기 좀 먹었으면…… 형님, 닭 한 마리 잡아 줘!
장 남	(아버지 방 쪽을 가리키며) 조용히 하렴. 아버지가 들으신다.
자식들	들으시라구 하는 소리지. (목청을 높여) 닭 한 마리 잡아 줘!
장 남	나중에, 나중에 그러자. 지금은 아버지 기분이 안 좋으셔.

아버지의 방문이 열린다.

아버지	너희들 돌아왔느냐?
자식들	(움츠러들며) 네.
아버지	(화를 버럭 내며) 젊은 것들이 왜 그리 기운이 없어?
자식들	(낮게 탄식하며) 아, 우리 아버지.
아버지	내가 너희들마냥 젊었을 땐 하루 종일 일하고 돌아와서 냉수만 한 그릇 마셨어도 인삼녹용 먹은 듯 펄펄 기운이 솟구쳤다. 동네 사람들한테 물어 봐라! 단오날 씨름이 벌어지면 언제나 내가 이겨서 황소를 땄었지! 그런데 너희들은 뭐냐? 해가 중천에 뜬 뒤에 나간 것들이 어둡지도 않은데 돌아와서 허기진다 닭 잡아먹자구 해? 이놈들아, 고기 먹고 싶거든 씨름판에 나가서 황소 따다가 잡아먹어! 괜히 늙은 애비 기르는 닭 잡아먹을 생각 말구!
자식들	아아, 어지러워!
아버지	너희들, 오늘 쟁기질을 얼마큼 했냐? 땅은 다 갈았어?
자식들	아뇨…… 반절도 못 갈았어요…….
아버지	이런 게으른 놈들 봤나! 내가 너희들마냥 젊었을 땐 혼자서 단 하루에 논밭 다 갈았어! (한숨을 쉬며) 정말 그때가 좋았지…… 늙어서 자식놈들 하는 짓만 쳐다보구 살아야 하니 속이 터진다! (장남에게) 그 뭐냐, 백운사 중놈들이 맡겨 놨다는 계집애, 내 방으로 들여보내라!

장 남   (머뭇거리며) 아버지…… 그 앤 어디에 쓰시려구요?

아버지   이놈아, 늙은 애비가 다시 젊어지는데 싫으냐?

장 남   그게 아니라…… 어디로 갔는지…… 안 보여요.

아버지   막내놈이 뒤뜰 장독 속에 숨겨 놨다. 점심때 가만히 보니까 저 먹을 걸 감춰 들고 뒤뜰 장독대로 가더라. 막내한테 가서 말해! 그 계집앨 내놓지 않으면 이 애비가 둘 다 내쫓아 버릴 거다! 어둑어둑 날이 저무니깐 내 몸이 싸늘해진다. (방문을 탁 소리내어 닫으며) 뭘 하느냐? 어서 내 방으로 들여 보내라!

무대 전면. 자식들이 징, 꽹과리, 장구, 북, 박 등 타악기를 즉흥적으로 두들기듯 연주한다.

제6장

밤. 아버지 방에 불이 켜져 있다. 대청에서는 장남이 봄옷 바느질을 하고 있고, 막내는 곁에 앉아서 소리를 죽인 채 흐느껴 운다. 멀리서 두견새의 울음이 들리다가 그치고, 그쳤다가 다시 들린다.

장 남   (아버지 방에 들리지 않도록 목소리를 낮추어) 막내야 울지 마라.

막 내   (더욱 흐느끼는 소리를 낮추려고 애를 쓴다.)

장 남   그만 울어.

막 내   (흐느낀다.)

장 남   밤새껏 울면은 저 두견새마냥 목구멍에서 피가 나온다.

막 내   난…… 이제…… 어떻게 살지?

장 남   어떻게 살기는…… 참고 살지.

막 내   (높아지려는 흐느낌을 억지로 낮추며) 나는…… 못 참아…….

장 남   겨우 그걸 못 참으면 안 된다. 사람 사는 것이 얼마나 힘이 드는데…… 슬피 울며 한 고개를 넘으면 다음 고개가 있고, 그 고개를 넘으면 또 다음 고개가 있어.

막 내 그렇게…… 힘든 걸…… 왜 살아?

장 남 얼마나 그 고개가 많은지 알게 되면은 사람은 울지 않는다. 오히려 웃지.

막 내 아…… 무슨 소릴 해도…… 난…… 못 참아…….

장 남 막내야, 그 애가 그토록 좋아?

막 내 (흐느낌과 기침 때문에 숨이 막힌다.)

장 남 그 애가 좋을수록 아버지는 밉겠구나? 좋으면 그냥 좋아해야지, 미워하면서 좋아하는 건 괴로운 일이다. 그러니깐 견디지 못해서 네가 울지. (바느질하던 바늘을 가리키며) 이 바늘을 봐라. 예전엔, 난 괴로워 견디기 힘들 때면 이런 바늘로 내 허벅지를 찔렀다. 찌르고 또 찔러서, 훤히 날이 샐 무렵엔 앉아 있는 바닥에 흥건히 피가 고였지.

막 내 (숨이 막혀서 헐떡이며) 형님은…… 뭐가…… 괴로웠는데?

장 남 좋아하는 사람 때문에 괴로웠지. 좋아하니깐 둘이서 함께 살고 싶었는데…… 아버지는 집에 데려오지 못하게 하구…….

막 내 왜…… 함께…… 도망가지 않구?

장 남 그 생각도 했었지. 하지만 난 너희들을 두고는 갈 수가 없었어…… 참느라구 무던히도 힘들더니만…… 지금은 수월해졌다. 봄은 한철이야…… 여름도 있고, 가을도 있고…… 겨울도 있지.

사이.

장 남 (바느질을 끝내고 옷들을 접어서 반짇고리에 담으며) 이젠 바느질을 다 했다. 아버지가 입으실 옷, 너희들이 입을 옷…… 내일 아침엔 모두 새옷으로 갈아입혀야지.

아버지 방의 불이 꺼진다.

장 남 아버지 방 불도 꺼졌다. 우리도 그만 들어가서 자자.

막 내 (더욱 슬프게, 흐느껴 운다.)

장 남 울지 마라.

막 내 난…… 못 참아…….

장 남 그렇게 울면 두견새마냥 목구멍에서 피를 토한다.

무대 전면. 자식들이 웅크리고 앉아서 두견새에 대한 속요를 구슬픈 목소리로 노래한다.

자식들 공산야월 깊은밤에
두견새는 슬피운다.
오색채의를 떨쳐입고
아홉 아들 열두 딸을
좌우로 거느리고
상편전 하편전으로
아주 펄펄 날아든다.
에─허 에하어─에
허어허아 허어어
좌우로 다니며 슬피운다.[6]

제7장

아침. 자식들이 툇마루에 앉아 있다.

차 남 저 구렁이 좀 봐! 오늘도 꼼짝 않구 있잖아!

사 남 다시 젊어지려구 꼼짝 않는 모양이지.

---

6) 무주 지방의 속요.

육 남 늙은 구렁이가 어떻게 다시 젊어져?

사 남 허물을 벗으면 다시 젊어져.

육 남 아, 그래서 구렁이는 해마다 허물을 벗는군!

차 남 그 말을 들으니깐 더 징그럽네! 다들 일어나서 몽둥이로 때려 잡자구!

삼 남 (하품을 늘어지게 하며) 난 싫어. 어제 하루 종일 쟁기질을 했더니 온몸이 나른해.

차 남 그럼 안 일어날 거야?

삼 남 쉿, 가만 있어. 오늘은 이상하지? 왜 아버지가 성화를 부리지 않으실까?

오 남 글쎄 말야. 다른 날 같으면 새벽부터 일하러 나가라구 호통을 치셨는데…….

삼 남 오늘은 아침밥 먹을 때도 나오시질 않았어.

오 남 지금 뭘 하시는지 보구 올까?

육 남 그러다가 들키려구?

오 남 방문 창호지에 침을 발라서 살짝 구멍을 내면 안 들키고 볼 수 있어.

삼 남 (드러눕는다.) 가만 둬. 괜히 긁어서 부스럼 만들지 말구. 나른하게 졸리운데, 아버지는 방에서 꼼짝 안 하시니깐 우리만 잘 됐지.

차 남 저놈의 구렁이, 딱 때려잡았으면!

삼 남 꿈 속에서나 때려잡어.

사이.

사 남 (툇마루방 안을 향해) 막내야, 나와 봐라. 이젠 청계산 꼭대기까지 산불 붙었다.

오 남 막내가 어찌나 슬피 우는지…… 난 어젯밤 한잠도 못 잤어.

차 남 나도 뜬눈으로 새웠어.

육 남　막내는 울다가 숨이 막히니깐 벌컥벌컥 피를 토했지.

삼 남　(돌아누우며) 누군 잠잔 줄 알아?

차 남　그런 소리 마. 넌 드렁드렁 코만 잘 골더라.

사 남　막내야, 이리 나와. 청계산 꼭대기에 산불 붙었어!

삼 남　조용히 좀 하라구. 어젯밤 잠들도 못 잤다면서 졸기나 해.

　　　　장남, 툇마루방에서 피 묻은 베개를 들고 나온다.

사 남　그게 뭐야?

장 남　막내 베개.

사 남　온통 피가 묻었네!

장 남　(베갯잇을 뜯으며) 베갯잇을 뜯어서 빨아야겠다. 그리고 함께 빨래하게 너희들 그 겨울옷을 벗어라.

사 남　옷 벗는 건 싫어. 귀찮아.

장 남　(대청에 가서 봄옷이 담긴 반짇고리를 들고 툇마루에 돌아온다.) 봄 됐으니깐 새옷으로 갈아입어.

자식들　(하품을 하며) 아, 졸려. 갈아입기 귀찮대두…….

장 남　어서 옷 갈아입구 일하러 가야지.

차 남　오늘은 안 가.

장 남　안 가?

차 남　일하러 가라는 아버지의 말씀이 없잖아?

장 남　아버지가 그런 말씀 안 하셔도 할 일은 해야지.

오 남　열심히 일해 봤자 아버지는 꾸지람만 하시는걸!

장 남　너희들 열심히 일하는 건 땅이 갚아 줘. 가을 추수 때면 몇 갑절로 갚아 주잖아?

오 남　땅이 몇 갑절로 갚아 주면 뭘 해? 아버지가 몽땅 다 차지해 버리니깐 우리한테는 아무 소용 없지!

자식들　(하품을 하면서) 봄이 됐어도 일하고 싶은 흥이 안 나…….

장 남　아버지가 백 년을 더 사실까, 천 년을 더 사실까? 나중엔 너희들 것이 될 텐데, 코앞만 생각 말어.

차 남　형님은 언제나 우리를 그런 말로 달래려 하지.

장 남　너희들이 멀리 못 보구 낙담하니깐 그렇지.

차 남　예전엔 그런 말을 믿었어.

삼 남　하지만 지금은 꿈 속에서도 안 믿지!

사 남　아버지는 백 년도 더 사실 거야!

육 남　아버지는 천 년도 더 사실 거야!

아버지, 방문을 드르륵 소리내어 연다.

아버지　왜 이렇게 방문 밖이 시끄러우냐? 이놈들아, 봄날은 짧다! 아침밥 먹은 지가 언젠데 아직도 꾸물거리고 있어?

장 남　네, 지금 갑니다. (자식들에게) 일하러 나가거라, 어서.

아버지　이 게으른 놈들아, 봄날은 짧어!

장 남　아버지 노여워하신다. 어서 일 나가렴.

차 남　아버지는 화를 내구, 형님은 달래구…… 그 등살에 끼어서 우리만 골탕먹지.

아버지　(방문 밖으로 나오며) 이놈들이 그래도 졸고만 있어! 번쩍 정신 들 나게 따귀를 얻어맞아야 일하러 가겠느냐?

자식들, 엉덩이를 털고 일어나 쟁기를 끌면서 사립문 밖으로 나간다.

장 남　밤새 편안하셨습니까, 아버지.

아버지　너, 나를 자세히 좀 보아라.

장 남　(의아스런 표정으로 아버지를 바라본다.)

아버지　늙으면 수족이 차고 뻣뻣해서 아침 일어날 때 잘 펴지질 않는 법인데, 오늘은 다시 젊어진 듯 거뜬하니 이것 참 신통하구나! 역시 갈마재 무당 할망구 말이 맞다! 늙은이는 양기가 다 빠져서 어린것의 더운 기운을 보충해야 한다더니, 바로 그 말이 신통하게 맞는구나! 너 보기엔 어떠냐? 내 모양이 완연히 달라지질 않았느냐?

장 남　네…… 아버지…….

아버지　어젯밤에는 그 어린것한테서 효험을 봤다. 자꾸만 끌어당겨 안았더니, 더운 기운이 옮아와 얼음처럼 차갑던 내 몸이 봄날인 듯 사르르 풀리더라. 어젯밤엔 꿈까지 꿨다. 늙으면 깊은 잠이 없어져서 싱숭맹숭 생각만 많지 꿈 같은 건 아예 꾸지도 못하는데, 나는 샛노란 나비가 되어 꽃들이 활짝 핀 봄 들판을 훨훨 날아다녔다.

장 남　좋은 꿈을 꾸셨군요.

아버지　암, 좋은 꿈이지! 하지만…… 날이 밝아…… 창문에 햇살이 비치니깐…… 부질없는 그 꿈이 슬프게만 느껴지더라. 나비가 되어 날아다니면 뭘 하느냐? 꽃에 내려앉아 즐기기도 하고, 종자를 맺게 해서 퍼뜨려야 그게 정말 젊은 맛이 있는 거지, 그저 꽃 위로 훨훨 날아만 다니는 건 멀쩡한 헛짓이다. 내 말이 틀렸느냐?

장 남　(대답을 못 하고 고개를 숙인다.)

아버지　바보처럼 멍청히 서 있지 말구 보리 서 말만 꺼내 오너라.

장 남　보리 서 말은…… 왜요?

아버지　갈마재 무당 할망구한테 가서 물어볼 말이 있어. 언젠가 봄에 그 할망구 나더러 하는 말이…… 늙은이가 회춘해서 다시 젊어지더라도 꽃에는 내려앉지 말아라, 만약 그랬다가는 양기가 한꺼번에 다 빠져서 죽게 된다구 했는데, 그게 참말인지 아니면 거짓말인지 분명히 좀 알아봐야 하겠다. 어서 보리 서 말만 꺼내 오너라.

장 남　네. (부엌으로 보리를 꺼내러 들어간다.)

아버지　가만 있자…… 서 말은 너무 많다. 두 말만 꺼내 오너라. 아니다, 아냐…… 두 말도 너무 많아. 한 말만 꺼내 오너라.

장 남	(자루에 보리를 담아 들고 나온다.)
아버지	몇 말이냐?
장 남	한 말인데요.
아버지	그것도 많다. 갈마재 무당 할망구, 제 손녀딸은 내놓지 않고, 보리 한 말이 공것으로 생기는데…… 어깨에 둘러메고 나를 따라오너라.
장 남	(머뭇거리며) 아버지, 저두 갈마재에 가야 합니까?
아버지	이놈아, 그럼 갈마재까지 그 먼 길을 이 애비더러 짐 지고 가라는 거냐?
장 남	아뇨…… 제가 메고 가지요.
아버지	아니라면서 왜 머뭇거려?
장 남	(툇마루방 안을 향하여) 막내야, 나 아버지랑 저기 좀 다녀올게. 부뚜막에 죽 끓여 놨으니깐 억지로라도 먹어.
아버지	어서 가자. 백오십 리 갈마재를 부지런히 가지 않으면 해 저물기 전에 못 돌아온다.
장 남	(보릿자루를 짊어지고 가면서 막내가 있는 방을 뒤돌아보며) 막내야, 툇마루엔 봄옷들이 있다. 일하고 돌아오거든 꼭 옷 갈아입으라구 해라.

아버지, 장남을 앞세워 사립문 밖으로 나간다. 사이. 자식들이 몰래
그 광경을 보고 있었다는 듯이, 살금살금 집 안으로 되돌아온다.

차 남	흙담 뒤에 숨어서 다 엿들었지. 보리 한 말이나 남을 준다니, 오늘은 해가 서쪽에서 떴나?
오 남	보리 한 말이면 고무신이 몇 켤레야?
사 남	그까짓 고무신은 왜? 보리 한 말이면 색시를 사서 장가도 갈 수 있지!
삼 남	(하품을 하면서 툇마루에 눕는다.) 아, 졸려…… 꿈 속에서나 장가를 가라구.

차 남 졸립다구 또 드러누워?

삼 남 그럼 뭘 해? 아버지는 갈마재에 갔으니까 저녁에나 돌아올 텐데.

차 남 저녁에나 돌아오니깐 그동안은 우리 세상이라구. 누워서 졸고 있기는 아깝잖아?

육 남 잘 됐네! 우리 닭 잡아먹을까?

차 남 닭 잡아먹는 것보다 더 재미있는 일이 있지!

오 남 저 흙담 위의 구렁이 때려잡자구?

차 남 아냐. 그것보다 더 재미있는 거!

자식들 그게 뭔데?

차 남 (은밀하게 목소리를 낮추어서) 아버지 방에 있는 계집앨 놀려먹는 일이지. 어때, 재미있겠지?

자식들 아, 재미있겠네!

육 남 그러다가…… 아버지가 알면은?

차 남 얼른 놀려먹구 나가서 쟁기질을 하는데 아버지가 어떻게 알아?

사 남 계집애가 놀렸다구 일러바치면?

차 남 우린 하루 종일 일만 하고 있었다구 시치밀 떼지.

자식들 (신이 나서) 아, 계집앨 어떻게 놀려먹을까!

차 남 그 계집애 얼굴 좀 봤으면 좋겠어. 예쁜지, 미운지, 우리는 얼굴도 못 봤잖아?

자식들 그래, 그 계집앨 끌어내어 얼굴 좀 보자구!

차 남 너희들은 대청에 올라가서 아버지 방을 향해 토끼몰이 할 때처럼 고함을 질러. 그럼 난 마당 쪽 방문을 살짝 열어 놓을게. 고함에 놀란 계집애가 열린 문으로 나올 거야.

자식들 (대청으로 올라가서 아버지 방을 향해 고함을 지른다.) 우― 우우―!

차 남 (방문을 열어 놓고) 좀더 무섭게 질러!

자식들 우― 우우―!

삼 남 아무리 질러도 안 나오는데?

차 남	(대청 위에 올라가서) 청계산 산불이 우리 집에 붙었다! 옮아 붙었다!
자식들	(따라서 외친다.) 청계산 산불이 우리 집에 불붙었다. 옮아 붙었다!
차 남	훨훨 타오른다! 산불이 옮아 붙었다!
자식들	훨훨 타오른다! 산불이 옮아 붙었다!

동녀, 열린 방문으로 뛰쳐 나온다.

차 남	계집애가 나왔다! 산불이 옮아 붙었다니깐 나왔어!
동 녀	(마당에 내려섰으나 어찌 할 바를 모르는 당혹 속에 온몸이 굳어 버린다.)
자식들	(동녀를 둘러싸고) 고깔을 벗어라! 예쁜지 미운지, 네 얼굴 좀 보자!
차 남	고깔을 벗어! 예쁜 얼굴이면 분칠해 주고, 미운 얼굴이면 흙칠해 주지!
동 녀	(고깔을 쓴 머리를 감싸안고 주저앉는다.)
자식들	고깔을 벗어라! 네 얼굴이 예쁘면 분칠해 주고, 네 얼굴이 미우면 흙칠해 줄게!

툇마루방에서 막내가 기운없이 나온다.

막 내	그 앨 놀려먹지 말어!
차 남	얼굴 좀 보려구 그런다. 네가 이 계집애 서방이냐, 왜 말려?
막 내	그만둬. 그 애가 가엾지도 않아?
자식들	뭐가 가여워?
막 내	밤새껏 몸에 있는 열을 빼앗기구…… .
차 남	오, 그래서 계집애가 춥다구 바들바들 떠는구나!
자식들	(강제로 동녀의 얼굴을 쳐들고 바라보며) 이 계집애 얼굴 좀 봐! 새

하얀 초생달처럼 핏기라곤 전혀 없네!

차 남 이 얼굴에 분칠을 해줄까? 흙칠을 해줄까?

막 내 (숨이 막혀서 울컥 피를 토하며) 제발 가만 두라니깐!

차 남 나한테 좋은 생각이 있어. 누구, 곡괭이를 가져와서 마당을 좀 파.

오 남 내가 곡괭이를 가져오지. 그런데 마당은 파서 뭘 하려구?

차 남 이 계집앨 땅에 심으려구. 너희들도 알지? 봄 되면 나무는 잎이 돋아나고 꽃이 피거든. 그건 땅에 있는 양기가 나무로 올라와서 그런 거야. 우리가 이 기집애를 땅에 심어 주면, 땅의 양기가 이 계집애 온몸에 올라오겠지! (곡괭이를 가져온 오남에게 마당의 한복판을 가리키며) 마당 한복판, 햇볕 잘 쬐이는 곳에 구덩이를 파라구!

오 남 (곡괭이로 땅을 파며) 얼마큼 깊게 파?

차 남 나무로 치면 뿌리를 심을 만큼. 됐어, 그 정도면! (자식들에게) 자, 이 계집앨 들어다가 발목을 심구 흙으로 덮어.

자식들 (동녀의 발목을 구덩이에 넣고 흙을 다져 덮는다.)

차 남 (동녀의 양손을 벌려 놓으며) 나무는 가지를 쫙 벌리고 있어야 잎이 잘 돋아나구 꽃이 잘 피는 거야.

자식들 하하, 이건 꼬깔나무인데!

차 남 야, 막내야 이 꼬깔나무 봐라. 벌써 물 오른다. 조금 있으면 잎 돋아나구 꽃이 필 거다!

자식들 (쟁기를 끌고 사립문 밖으로 나가며) 야, 막내는 좋겠네! 꼬깔나무 꽃피면 막내는 좋겠어!

사이.

막 내 (동녀에게 다가와서 손으로 흙을 파낸다.) 내가 흙을 파내 줄게.

동 녀 그냥…… 흙을 덮어 줘.

막 내 (동녀를 올려다보며) 그냥 덮어? 너를 놀려먹으려구 그런 건데?

동 녀	아까는 추웠어. 하지만 점점 따뜻해······.
막 내	(파냈던 흙을 다시 덮으며) 넌 우리 아버지가 밉겠구나?
동 녀	(고개를 가로젓는다.) 아니······ 안 미워······.
막 내	안 미워? 네 몸의 열을 빼앗아 가는데?
동 녀	그래도 그걸 가져가서 좋아하시니깐······ 안 미워.
막 내	백운사 스님들이 그렇게 가르쳐 주던? 뭐든지 빼앗아 가도 미워하지 말라구!
동 녀	(침묵)
막 내	말해 봐! 난 너를 빼앗기구 괴로워서 밤새껏 피를 토했어!
동 녀	스님들은······ 아무것도······ 안 가르쳐 줘. 내 마음에 없는 건 가르쳐 줘도······ 내가 모른대. 그러니깐 가만히 있으래······ 그냥 가만 있어도······ 내 마음이 알 거는 다 안대······.

사이.

막 내	(동녀의 발 밑에 주저앉아서 한숨을 쉬며) 아······ 네 마음이 내 괴로움을 알까?
동 녀	내 마음속에 네 괴로움이 있으면 알지.
막 내	그럼 잘 찾아봐. 네 마음속 어딘가에 내 괴로움이 있는지······.

사이.

막 내	있어? 없어?

사이.

막 내	없으면······ 없으면······ 나는 죽어.
동 녀	(부끄러워 얼굴을 가리며) 있어.
막 내	오 있다구! 그런데 얼굴은 왜 가리지?

동 녀   부끄러우니깐…….

막 내   (일어나서, 웃으며) 어디, 얼굴 좀 봐.

동 녀   (얼굴을 가린 손을 약간만 내리고, 고개를 숙인다.)

막 내   빨갛게…… 빨갛게…… 부끄러움 타구 있네.

무대 전면. 자식들이 양손에 꽃과 잎을 들고 나무처럼 서 있다.

사 남   (관객들에게 말한다.) 신화 속에서 나무는 세계를 떠받들고 있
는 기둥이죠. 나무는 하늘과 지상과 지하 삼계를 이어 주고
있을 뿐만 아니라, 대지의 중심부, 곧 대지의 배꼽에서 솟아
나 하늘의 배꼽인 북극성에 닿아 있어요. 따라서 나뭇가지
는 천상 높이 퍼져 있어 세계의 여러 영역을 두루 덮고 있
고, 그 뿌리는 지하계의 바닥에까지 뻗쳐지는 것이지요. 대
지의 여신이 이 나무 속이 아니면 뿌리에 살고 있고, 장차
인간들의 애기가 될 영혼들이 새처럼 깃들이고 있고, 해와
달 또한 그 보금자리를 나무에 틀고 있어요.[7]

자식들   (길가의 나무들처럼 일정한 간격을 두고 줄지어 늘어선다. 그리고 양
손에 든 꽃과 잎을 봄바람에 흔들리듯이 살랑살랑 흔든다. 이 길가의
나무들은 다음 '제8장' 의 아버지와 장남이 갈마재에서 돌아오는 장면
의 무대 뒷배경이 된다.)

제8장

저녁 무렵 아버지와 장남이 갈마재에서 돌아오고 있다.

아버지   (걷다가 주저앉으며) 아이구, 다리에 힘 없어서 못 걷겠다.

---

7) 김열규, 「한국의 신화」에서 인용.

장 남	(아버지 앞에 등을 대고) 제 등에 업히시지요.
아버지	이놈아, 자식 등에 업혀 다니는 애빈 다 죽은 송장이라구 동네 사람들이 흉보더라.
장 남	여긴 볼 사람이 없는데요?
아버지	(일어나며) 싫다!
장 남	아버지…….

아버지, 몇 걸음 걷다가 다시 주저앉는다.

아버지	집에 가려면 아직도 멀었는데…… 해가 저무는구나.
장 남	저기 저 조그맣게 우리 집이 바라보여요.
아버지	자식놈들은 뭘 하는지 보이느냐? 게으름 피우고 있는지 모르 겠다.
장 남	가물가물, 여기서는 보이지 않아요.
아버지	(한숨을 쉬며) 사람은 자식들을 만들 때가 좋은 거다. 그때가 지 나고 나면 살아있어도 산 것이 아니지. 생각해 봐라. 씨를 뿌 려야 열매 맺는 법인데, 그 씨가 없으면 봄이 되어도 무슨 소 용 있겠느냐? 난 다시 젊어져서 혹시나 또 자식을 가질 수 있 지 않을까 마음이 부풀어서 아침에 갈마재로 갈 때는 지팡이 없어도 훨훨 날으듯 걷겠더니만, 그 무당 할망구가 자식 만들 짓 하면 금방 죽는다 엄포를 놓으니깐, 되돌아올 때는 온몸에 힘 빠져서 주저앉게만 되는구나.
장 남	이젠 등에 업히시지요.
아버지	(힘겹게 일어나며) 자식 등에 업히기는 싫어!

아버지, 몇 걸음 걷다가 주저앉는다.

| 아버지 | 아무래도 지팡이를 짚고 가야겠다. 야, 지팡이가 될 만한 나무 를 꺾어 오너라. |

장 남	그러지 말구 제 등에 업히시지요.
아버지	나무를 꺾어 오라니깐!
장 남	꺾을 나무가 없습니다, 아버지.
아버지	이놈아, 저기 저 갈마재 고갯마루에서 저기 저 우리 집까지, 길가에 나무들이 줄지어 서 있다. 그런데도 나무가 없어?
장 남	하지만 나무들마다 새잎이 돋아나구 꽃이 피어서 차마 꺾지는 못하겠어요.
아버지	그럼 뭐냐? 늙은 애빈 이렇게 주저앉아만 있으라는 거냐?
장 남	(아버지 앞에 등을 돌려대고) 그러니깐 제가 집에까지 업어다 드리지요.
아버지	싫어! 자식 등에 업혀 가면 동네 사람들이 흉본다.
장 남	해가 저뭅니다. 어서요.
아버지	싫다면 싫어!
장 남	아버지를 업고 가다가요, 동네 사람들을 만나면 얼른 내려 드릴게요.
아버지	그럴 땐…… 얼른 내려 준다구?
장 남	네.
아버지	그래…… 그렇다면…… 업어라.

장남, 아버지를 업고 걷는다.

장 남	(연민의 감정이 북받치며) 아버지…….
아버지	왜 그러느냐?
장 남	아닙니다. 아무것두…….
아버지	이놈이 애비를 불러 놓구 아니라니?
장 남	아버지를 업고 가니깐 좋아서요.
장 남	아버지…….
아버지	왜 또 불러?
장 남	아버지…… 그냥 너무너무 좋아서요.

아버지	어느 해 봄날에, 내가 네 어머니를 꼭 한번 이렇게 업어줬다. 동네 사람들 보면 창피하다구 안 업히려는 걸 억지로 업구서, 꼭 이렇게 나무들 활짝 꽃핀 길을 뛰어갔었지. 그 덕을 받는 것인지, 오늘은 내가 네 등에 업혀서 가고 있구나.
장 남	아버지가 그런 말씀을 하시니깐 저두 마음속에 있는 말을 하고 싶어요.
아버지	그게 뭐냐?
장 남	덕을 베풀면 언젠가는 베푼 사람에게 되돌아와요. 살아 생전이 아니면, 죽은 후에라도 꼭 되돌아온다고 백운사 스님들이 그랬어요.
아버지	그까짓 백운사 중놈들 말을 믿을 건 없다.
장 남	아까 아버지도 그러셨지요. 어느 해 봄날에 저를 낳은 어머니를 업어 드린 것이, 지금은 제 등에 업혀서 가고 있다구요…… 제가 지금 아버지를 업고 있는게 아니지요. 그 어머니가 지금 제 몸 속에 들어와서 아버지를 업어 드리고 있어요.
아버지	이놈아, 너 하고 싶다는 그 말이나 해라.
장 남	올 봄에 자식들에게 덕을 베푸시지요. 이젠 자식들이 다 컸어요. 각자 자기 땅을 갖고 싶어하구, 그런 자기 땅을 나눠 줘야 색시를 맞아들여 살림을 차릴 수 있어요. 아버지, 올 봄엔 자식들에게 아버지의 땅을 나눠 주세요.
아버지	뭐, 땅을 나눠 줘? 그건 안 된다! 땅이라도 꽉 잡고 있으니깐 자식놈들한테 애비 대접을 받는 거다. 그런데 그걸 나눠 줘봐라! 당장에 찬밥의 도토리 신세 되어, 이 자식놈한테 구박받고 저 자식놈한데 설움받지!
장 남	제가 있어요, 아버지. 제가 평생토록 모시고 정성껏 보살펴 드리지요.
아버지	안 돼! 나 죽기 전엔 나눠 줄 수 없어!
장 남	(아버지를 업은 채 제자리에서 **훌쩍훌쩍 뛰며**) 그럼 나눠 주신다고 할 때까지 이렇게 뛰겠어요.

아버지	이놈아, 넘어지겠다! 멈춰라!
장 남	나눠 주실 거예요, 안 나눠 주실 거예요?
아버지	멈추지 못하겠느냐!
장 남	저는 못 멈춰요.
아버지	왜 못 멈춰?
장 남	아버지를 업은 게 제가 아니니깐요.
아버지	그럼 누구냐, 나를 업고 있는 게?
장 남	어머니가 아버지를 업고 뜀뛰는 거지요.
아버지	이놈아, 넘어지면 코 깨진다! 멈춰라!
장 남	(더욱 위태롭게 뛰며) 어머니께 약속하세요! 올 봄엔 자식한테 땅을 나눠 주시겠다구요.
아버지	아이구, 다치겠다! 제발 멈춰라!
장 남	어서 약속하세요.
아버지	멈추면 약속하마!
장 남	(더욱더 뛰면서) 약속부터 먼저 하세요.
아버지	약속한다! 약속해!
장 남	약속했다가 어기면 안 돼요.
아버지	이놈아, 애비가 자식한테 한 약속인데 왜 어겨?
장 남	정말 어겼다간 큰일 날 줄 아세요?
아버지	알았다. 알았어!
장 남	(뜀뛰기를 멈추고 아버지를 업고 걸어가며) 아버지…….
아버지	왜 자꾸만 불러?
장 남	아버지를 업고 가니깐 좋아서요.
아버지	별 허튼 소릴 하구 있네! 씨 알맹이 다 빠진 쭉정이만 남은 애비를 업고 가는데 뭐가 좋아?
장 남	그래도 좋은 걸요!

무대 전면, 자식들이 구전하여 내려오는 민간 비법의 약들을 암송한다.

차 남 식중독 걸린 데는 감초·괭이밥·검정콩·칡뿌리를 삶아 먹으면 낫고, 설사에는 감·계피·미나리·짚신나물·질경이가 특효약이지.

삼 남 종기 난 데는 양파·뽕나무·두꺼비·말불버섯·멸치젓·메꽃이 좋고, 부스럼에는 개쓸개·누룩쇠비름·회나무껍질·만정녹이 직통약이지.

사 남 동상에는 비지·가지 뿌리·닭똥·생강즙·얼린 콩이 즉효이고, 화상에는 비름잎·생엿·살구씨·식초를 발라야 낫고, 타박상에는 골담초·달걀기름·모시뿌리·생지황·오징어 뼈를 바르면 낫지.

오 남 귓병에는 건명태 대가리·부채손이풀·상부꽃·피마자기름이 좋고, 콧병에는 오이·진지리초·개나리·수세미덩굴이 특효약이지.

육 남 매독에는 수은과 납, 단독에는 돼지고기·미꾸라지·우엉뿌리, 임질에는 가물치·개오줌·민달팽이가 직통약이지.

자식들 (동시에 말한다.) 그런데 늙은 사람이 다시 젊어지려면 무엇을 먹어야 직통약이 될까?

제9장

늦은 저녁, 자식들이 모여서 무엇인가 수군거리며 아버지 오기를 기다리고 있다.

육 남 (사립문 앞에서 망을 보고 있다.) 저기, 아버지 온다!

차 남 어두우니깐 잘 봐, 아버지야?

육 남 맞어. 형님이 아버지를 업고서 오는데!

차 남 (부엌을 향하여) 그 특효약은 다 끓었어?

삼 남 솥에서 부글부글 끓고 있어.

차 남	냄비 속에 든 것은?
삼 남	그것도 잘 끓고 있지.
차 남	(사남과 오남에게) 너희들 준비는?
사 남	염려마!
오 남	곡괭이는 곧 쓸 수 있게 준비해 놨어.
차 남	모든 일이 잘 되거든 우리 아버지 방에 들어가서 항아리를 파내자구! 그래서 돈을 꺼낸 다음⋯⋯ 그 다음은 어떻게 하면 좋을까? 각자 흩어지겠어? 아니면 다들 붙어다닐까?
사 남	각자 흩어지기로 하지.
오 남	그게 좋겠어. 다들 붙어다니면 수상하게 보일지도 모르구⋯⋯.
차 남	그래. 항아리 속 돈을 꺼내 가진 다음은 각자 가고 싶은 대로 가라구⋯⋯.
육 남	쉬잇⋯⋯ 아버지가 들어오셔.

아버지, 장남의 등에 업혀서 집안으로 들어온다.

아버지	이게 무슨 냄새냐?
자식들	(침묵)
아버지	이놈들, 이 집안에 진동하는 이 냄새가 뭐냐니깐?
자식들	(침묵)
아버지	너희들, 닭 잡아 먹었지?
자식들	(고개를 가로저으며) 아, 아뇨.
아버지	그럼 이 고기 삶은 냄새 같은 게 뭐냐?
자식들	(침묵)
아버지	시치미 떼도 소용없다. 솥뚜껑을 열어 보면 다 알아!
차 남	저어, 솥 안엔 구렁이를 잡아서 삶고 있어요.
아버지	구렁이를 삶았어?
차 남	네, 아버지께 약으로 드리려구요.

아버지	이놈들이 미쳤구나! 애비한테 구렁이를 삶아 먹요?
차 남	백운사 스님들이 가르쳐 줬어요. 허물 벗는 구렁이 잡아 먹으면, 늙은 사람이 다시 젊어진다구요. (자식들에게 동의를 구하듯이) 백운사 스님들이 그랬었지?
자식들	그럼, 백운사 스님들이 가르쳐 줬지!
장 남	아버지를 속이면 못 쓴다. 백운사 스님들은 며칠 전에 떠나구 없어.
차 남	오늘 다시 돌아왔어. (자식들에게) 우리가 봤지?
자식들	그럼, 우리가 봤지!
차 남	우리가 봤다니까 그러네! 쟁기질을 하고 돌아오는데, 스님들과 마주쳤어. 사방팔방 다녀 봤지만 청계산이 그리워 되돌아온다면서, 아버님 잘 계시냐 형님은 잘 계시냐 두루 안부까지 묻던걸. 그러면서 스님들이 하는 말이, 늙으신 아버지께 효도하고 싶거든, 우리 집 흙담 위에서 허물 벗는 구렁이를 잡아 드리랬어.
자식들	그리고 구렁이를 먹은 다음엔 송진을 끓여서 얼굴에 발랐다가, 송진이 식거든 허물 벗듯 뜯어내랬어. 그러면 주름살이 다 없어지구 아버지의 늙은 얼굴이 젊은 얼굴 된댔어.
아버지	그 말…… 정말이냐?
차 남	뭣 때문에 아버지께 거짓말 해요?
장 남	아닐 겁니다. 아버지, 그런 거라면 갈마재 무당 할머니도 모르실 리 없을 텐데 아버지께 아무 말씀 없었잖아요?
차 남	갈마재 무당 할망구가 알긴 뭘 알아? 도를 닦은 백운사 스님들이 더 잘 알지!
자식들	백운사 스님들이 더 잘 알구말구!
아버지	그건 너희들 말이 맞다. 갈마재 무당 할망구는 다시 젊어지는 법은 알구 있더라만, 그 다음엔 아무 것도 해선 안된다더라. 그런데 백운사 그 중놈들, 아니 그 스님들은 뭐라더냐? 구렁이 삶아 먹고 얼굴에 송진 발라 허물 벗으면, 젊을 때마냥 얼

마든지 무슨 짓을 해도 괜찮다더냐?

차 남   그러문요! 백운사 스님들 말씀이 그게 비법이래요!

자식들   구렁이가 허물 벗고 새 몸 되듯이, 사람도 허물 벗고 새 몸 되면, 하고 싶은 무얼 하든 상관없대요! (부엌을 향하여) 솥 안의 구렁이는 잘 끓고 있어?

삼 남   (부엌에서) 응, 부글부글 끓고 있지.

차 남   냄비 속의 송진은?

삼 남   그것두 잘 끓고 있어.

차 남   조금만 기다리세요, 아버지.

아버지   그럼 방에 들어가서 옷 갈아 입고 곧 나오마.

아버지, 방으로 들어간다.

장 남   아, 너희들 이런 짓 하면 안 돼!

차 남   형님은 저리 비켜서 구경이나 해.

장 남   너희들 이런 짓 하지 말구 가만 좀 있어.

자식들   지금까지 우리는 참고서 가만 있었지.

장 남   조금만 더 참고 가만 있어. 아버지가 땅을 나눠 주실 거야.

차 남   아냐, 그럴 리 없어! 아버지는 백년도 천년도 더 사시려구 하는데!

자식들   아버지는 백년 천년 더 사실 거야!

장 남   정말이야. 너희들에게 땅을 나눠 주신댔어!

자식들   그 말을 어떻게 믿지?

아버지, 방에서 나온다.

장 남   아버지한테 직접 들어봐. (아버지에게) 아까 약속하셨던 걸 모두에게 말씀해 주세요.

아버지   그게 뭔데?

장 남	제 등에 업혀서 하셨던 약속을요.
삼 남	(부엌에서 쟁반 위에 대접 두 개를 받쳐들고 나온다.) 이걸 봐! 백운사 스님들이 가르쳐 준 대로 잘했지? (아버지 앞에서 대접을 가리키며) 이건 마실 거구요, 또 이건 바르실 겁니다.
장 남	아버지, 땅을 나눠 주신다구 다짐하세요.
아버지	(대접을 들고서, 장남을 밀쳐 내며) 아, 그건 내가 젊어진 뒤 다짐해도 늦진 않아.
자식들	저걸 봐. 저러니깐 믿을 수 없지!
아버지	(대접에 든 것을 마신다.)
차 남	다음은 송진을 얼굴에 바르세요.
장 남	(아버지에게 다가가며) 아, 아버지…….
아버지	(장남을 다시 밀쳐 내며) 비키라니깐! (송진 대접에 두 손을 담궈서 얼굴에 바른다.) 이렇게 하면 된다더냐?
차 남	네, 얼굴에 골고루 바르세요.
아버지	(더 바르며) 골고루 잘 발라졌느냐?
차 남	눈가에 주름살이 잔뜩 있네요. 눈을 감고 많이 바르세요.
아버지	(눈을 감고 그 위에 송진을 바른다.) 이젠 허물을 벗었으면 좋겠다.
차 남	조금만요, 조금만. 송진이 식어야 벗겨 내지요.
아버지	(손을 부채처럼 펴서 얼굴에 부치며) 빨리 식어라! 빨리 식어!
자식들	(아버지를 붙잡고 맴을 그리며) 빨리 식어라! 빨리 식어!
아버지	(맴을 돌다가 넘어진다.) 아이구, 어지러워!
차 남	식어서 굳었는지 눈을 떠보세요.
아버지	송진이 다 굳었다. 눈이 붙어서 안 떠져.
차 남	아, 그럼 됐어요! (자식들에게) 아버지 눈이 안 떠진단다! 곡괭이를 들고 가서, 아버지 방 밑 항아리들을 파내라!
자식들	(준비해 뒀던 곡괭이를 들고 아버지 방으로 몰려가 파묻힌 항아리를 파낸다.)
아버지	(허공을 더듬으며 고함을 지른다.) 이놈들이 나를 속였구나! 내 눈

이 안 보여!

자식들   (항아리들을 파내 마당으로 나와서 자루에 돈을 담으며) 돈을 봐라! 이 돈을 봐!

아버지   이놈들아, 내 돈이다! 내 돈 내놔라!

자식들   (돈자루를 들고서 문밖으로 달려 나간다.)

차 남   (장남에게) 형님에겐 미안해. 아버지가 자식들에게 조금씩만 나눠 줬어도 이런 일은 안 당할 텐데…… 우린 이 돈 갖고 각자 갈 길을 가기로 했어.

아버지   (허공에 두 손을 내저으며) 내돈, 내 돈, 내 돈 내놔라! 내 눈, 내 눈이 안 보여!

차 남   아버지 눈은 더운 물로 씻어 드려. 그럼 송진이 녹아서 눈을 뜰 수 있으니깐. 형님, 잘 있어.

막 내   (방문을 열고 툇마루에 나온다.)

차 남   막내야, 너도 몸조심하구 잘 있어. 아참, 아버지 방에 들어가 보면, 너 좋아하는 그 계집애, 무서워 떨고 있더라.

무대 전면, 자식들이 편지를 읽는다.

차 남   아버님 전상서. 세월이 유수와 같이 흘렀습니다. 아버님 옥체 금안하시고, 어머니 같던 큰형님, 언제나 몸이 약했던 막내 동생도 잘 있는지요? 이젠 고향에서 보낸 그 봄날이 아스라이 멀게만 느껴집니다. 그 봄날에, 저희 자식들은 왜 그렇게 조급했었는지, 아버지는 왜 그렇게 인색하셨는지, 꼭 꿈을 꾸고 난 것만 같습니다. 언젠가 꽃피는 봄이 되면 자식들과 더불어 가겠습니다. 그럼 이만 줄이오니, 안녕히 계십시오.

삼 남   이하 동물.

사 남   이하 동문.

오 남   이하 동문.

육 남   이하 동문.

차 남　고향집을 떠단 사람이면 그 누구나 이런 편지를 써서 보내고 싶어하지요. 하지만 마음속의 생각일 뿐, 한번도 보내지는 못했습니다.

제 10장

봄이 다 지나간 뒤 무더위가 기승을 부리는 여름날의 대낮, 쇠약한 모습의 아버지가 대청마루에 걸터앉아 물끄러미 먼 곳을 바라보며 부채질을 하고 있다. 마당 우물에서는 동녀가 빨래를 하고 있다. 뒤뜰에서 매미의 울음소리가 흐드러지게 들려온다. 동녀, 빨래를 마당 가운데 매어 있는 빨래줄에 넌다. 소매를 걷어붙인 두 팔목이 시리도록 희다.

아버지　몹시…… 덥구나…….

사이.

아버지　부채질을 해도 더운 바람만 나구…….

사이.

아버지　애야, 너의 큰아주버니 어디 갔냐?
동 녀　네, 아주버님은 하지감자 캐러 밭에 가셨어요.
아버지　벌써…… 하지감자 캘 때가 되었구나…… 하기는 매미가 극성 맞게…… 우는…… 때니깐……

사이.

아버지   막내는? 네 남편은 어디 갔냐?

동 녀   살구 따러 갔어요.

아버지   살구 따러?

동 녀   네, 제가 신 것을 먹구 싶다구 했더니요……

아버지   네가 신 것을 먹구 싶어?

동 녀   (부끄러워하며) 네…….

아버지   부끄러워할 것 없다. 애를 가지면 자꾸만 신 것이 입에 당기는
거니깐…….

사이.

아버지   내 자식이…… 또 다음 자식을…… 볼 때가 됐지. 자꾸만……
후회가 된다…… 이렇게…… 살고 가면 되는 것을…….

문밖에서 목탁 치는 소리가 들린다.

아버지   얘야, 무슨 소리냐?

동 녀   스님들이 목탁 치는 소린데요…… (사립문 쪽을 내다보더니 두
손을 합장한다.) 백운사 스님들이에요.

아버지   아무것도 줄 것 없다구 그래라.

동 녀   스님…….

소리들   그동안 잘 있었느냐?

동녀   네.

소리1   청계산이 그리워 다시 왔다.

소리2   불탄 백운사를 다시 지으러 왔다.

소리3   봄날 맡겨 둔 너를 다시 데리러 왔다.

동 녀   스님, 저는 안 가요.

소리들   안 가겠다니?

동 녀   스님…… 제 남편이 살구 따러 갔어요. 시디신 것을 먹고 싶다

구 했더니…… 저는 이 집 사람이 됐어요.

아버지   사방팔방 다녔으면 우리 자식놈들 봤었느냐구 물어봐라.

동 녀   스님, 저희 아주버님들을 보셨어요?

목탁 소리 멈춘다. 뒤뜰의 매미 울음 소리만이 흐드러진다.

아버지   뭐라구 하더냐?

동 녀   (합장을 한 모습 그대로 가만히 서 있다.) 아무 말씀…… 없으셨어요.

아버지   그럼…… 보지 못한 모양이구나…… 그놈들…… 잘 있는지…… 가끔 소식이나 알려 줄 것이지…… 못된 놈들…… 이 애비가 얼마나 보구 싶어하는데 무심한 놈들…… 그놈들 얼굴이나 다시 봤으면…… 죽기 전에 다시…… 봤으면…….

무대 전면, 자식들이 봄날의 신문을 각자 펴들고 있다.

차 남   (관객들에게 말한다.) 봄날에 신문을 읽노라면 가출한 사람들을 찾는 광고 기사가 부쩍 늘어난다는 걸 알게 되지요. 모든 신문마다 이렇게, 사람 찾는 기사로 가득 차 있거든요. (기사를 읽는다.) 김찬식. 강원도 홍천에서 살다가 가출한 뒤 소식이 없음.

삼 남   박범구. 충청노 예산에서 살다가 올 봄에 가출하였음.

사 남   이만기. 특징, 얼굴에 사마귀 있음. 경기도 여주에서 살다가 가출한 뒤 소식을 모름.

오 남   조국진. 전라도 남원에서 가출한 뒤 행방을 모름.

육 남   최용남. 경상도 김해에서 살다가 올 봄에 가출한 뒤 돌아오지 않음.

차 남   모든 일을 용서하겠음.

자식들   모든 일을 용서하겠음.

차 남　속히 돌아오기 요망함.

자식들　속히 돌아오기 요망함.

차 남　아버지.

자식들　아버지.

차 남　(신문을 내려놓으며) 아버지가 가출한 자식들을 찾고 있군.

자식들　(신문을 내려놓는다.) 아버지가 가출한 자식들을 찾고 있군.

　　　　- 막.

비옹사옹(非雍似雍)

· **등장인물**

옹고집(雍固執)

가짜 옹고집

옹부(雍父)

옹모(雍母)

산파 할멈

산모들

상여꾼들

장사꾼들

청지기

가난한 사람들

동네 사람들

십장생(十長生)의 신선들

악사들

· **작가 노트**

무대 전면은 비어 있는 공간이다. 그 공간은 인간이 태어
나고 살고 죽고 또다시 환생하는 영원한 땅으로서 벌판·
산·길·논·집 등의 장소로 다양하게 활용된다.

무대 후면은 장방향의 커다랗고 반투명한 막이 걸려 있다.
그 막은 하늘이다. 그 막에는 인간의 영원히 살고 싶은 소
망이 상징적인 형상으로 나타나 있다. 해·구름·학·사
슴·거북·산·물·돌·소나무·불로초의 십장생도(十長
生圖)가 적색·청색·녹색·황색의 전형적인 민화(民畵)
의 색채로 그려져 있다. 이 하늘은 장면의 변화에 따라 대
낮처럼 밝아지기도 하고 밤처럼 어두워지기도 한다.

하늘과 땅을 연결하는 줄사다리는 십장생도의 뒷면에 있
어서 관객석에서는 보이지 않는다. 그러나 땅이 어둡고 하
늘이 밝을 때, 그 줄사다리를 통하여 올라가기도 하고 내

려오기도 하는 열 명의 신선들 그림자를 뚜렷하게 볼 수는 있다. 그들은 십장생의 열 가지 상징으로서 인간의 모든 일에 깊은 관계를 맺고 있으며, 그들이 이 지상에 내려올 때는 여러 가지 모습으로 변화한다.

옹고집과 가족들, 그리고 산파 할멈은 역할이 고정되어 있다. 그러나 나머지 인물들은 장면에 따라 산모들, 상여꾼들, 장사꾼들, 그 밖에 여러 가지 역할을 맡는다. 또한 그들은 개구리떼, 허수아비들 등의 인형극(人形劇)을 다루기도 한다.

악사들은 십장생도의 밑에 낮은 단을 놓고 그 위에 나란히 자리잡는다. 악기는 아쟁·북·장구·단소·징을 주축으로 구성하며, 연주하는 모습이 관객석에서도 잘 보이도록 한다.

제 1장

막이 오르면 무대 후면의 십장생도가 서서히 밝아진다. 십장생의 신선들이 하늘에서 노래한다. 그들의 모습이 그림자놀이처럼 비춰 보인다.

신선들의 노래 위에 있는 하늘을 보아라.
아래 있는 땅을 보아라.
가운데 있는 사람을 보아라.
하늘과 땅과 사람의 오묘한 조화를 보아라.
지나친 것이 있느냐?
모자란 것이 있느냐?
보탤 것이 있느냐?
뺄 것이 있느냐?
모자라지 않아 보탤 것이 없고
지나치지 않아 뺄 것이 없으니
천지만물의 오묘한 조화가 아름다워라!

십장생의 신선들, 줄사다리를 통하여 땅으로 내려온다. 그들은 묻고 대답하는 노래를 부르며 춤을 춘다.

해   해가 동쪽 하늘에서 떠오르면
구 름   달은 서쪽 땅으로 저무네.
학   달이 동쪽 마을 위에 솟아나면
사 슴   해는 서쪽 언덕 아래 지네.
거 북   마을에서 어린 아기 태어나면
산   언덕에선 늙은이 죽어 묻히네.
물   황천 건너 불어갔던 바람이 되돌아오면
돌   오색 구름 몰려와 비를 뿌리네.

소나무	봄날 흙 속에 묻힌 종자마다 새싹이 트면
불로초	여름날 어린 아긴 자라나 젊은이 되네.
해	가을날 젊은이가 허리 굽은 늙은이 되면
구 름	겨울날 늙은이가 종자 되어 땅에 묻히네.
학	해가 뜨고 달이 지고 달이 뜨고 해가 지면
사 슴	묻힌 사람 아기 되어 다시 태어나네.
신선들	아, 모자란 것도 없고
	아, 지나친 것도 없네!
	아, 보탤 것도 없고
	아, 뺄 것도 없네!

하늘에 번개 치고 우레 울리며 땅은 격정적인 희열에 가득 찬다.

거 북	황천 건너 불어갔던 바람이 되돌아오고 있소!
산	오색구름이 몰려오고 있수!
물	비가 쏟아지고 있소!
돌	땅에 묻힌 종자마다 새싹이 트고 있수!
소나무	저기, 마을에선 갓 태어난 아기의 울음소리가 들리는구려!
불로초	저기, 언덕길로 상여가 올라가고 있구려!

땅의 무대 왼쪽에서 갓난아기를 안은 산모들이 자장가를 부르며 의
식적(儀式的)인 동작으로 지나간다.

산모들	자장자장 자는구나
	우리 아기 잘도 잔다
	은자동아 금자동아
	수명장수 부귀동아
	은을 주면 너를 살까
	금을 주면 너를 살까

나라에는 충신동이
부모에는 효자동이
형제간에 우애동이
둥둥둥둥 둥둥둥둥
우리 아기 잘도 잔다

땅의 무대, 오른쪽에서 만장을 앞세운 상여가 지나간다.

상여꾼들 에헤 에헤이야
에헤 에헤 에헤야허
날 다려가네 날 다려가네
님을 두고 날 다려가네
에헤 에헤이야
에헤 에헤 에헤야허
이제 가면 언제 오나
정은 두고 몸만 가네
에헤 에헤이야
에헤 에헤 에헤야허
북망산천이 멀다 했더니
바로 문 앞이 북망산천이로구나

자장가를 부르며 지나가는 산모들 중에서 옹모 혼자만이 남는다. 옹
모는 서운한 표정으로 품안에 껴안고 있는 포대기를 바라본다.

옹 모 서럽구나 이 내 신세, 어쩌다가 자식 없어 빈 포대기만 껴안았
네.

포대기를 훌훌 펼쳐 땅에 깔고 그 위에 엎드려서 하늘을 향해 빌기
시작한다.

비옵니다 비옵니다
하늘 향해 비옵니다
팔자에 없는 자식 하나
점지하여 주시옵길
하늘 향해 비옵니다.

신선들 (옹모에게 다가가며) 여보시오, 뭘 달라고 애가 닳게 비는 거요?

옹 모 (한숨을 쉰다.) 글쎄 내 신세를 들어 봐요. 앞집 아낙네도 자식 낳고, 옆집 아낙네도 자식 낳고, 뒷집 아낙네도 자식을 낳았는데, 하필이면 나는 시집온 뒤 십 년째에 아무것도 못 낳았어요. 매정하신 낭군님은 날 식은밥 쳐다보듯 하고, 사나우신 시부모님 날 대 끊을 년이라 구박이 심하니, 팔자에 없는 아들 하나 낳기가 내 소원이어요.

하늘을 향하여 다시 빌어댄다.

비옵니다 비옵니다
하늘 향해 비옵니다
이왕지사 주시려면
부귀영화 복동이를
점지하여 주옵소서.

지나가던 상여가 땅에 붙은 듯 꼼짝 않는다. 상여꾼들이 상여를 들어올리려고 애를 쓰지만 되지 않는다. 상여꾼들은 하늘을 향하여 빌기 시작한다.

상여꾼들 비나이다 비나이다
하늘 향해 비나이다
북망산천 가는 인생
내생에는 태어나서

수명장수 누리기를
하늘 향해 비나이다

신선들 여보시오, 상여꾼들. 그 상여는 어찌하여 멈춰 있소?

상여꾼들 이 상여에 타신 양반 꽃다운 이팔청춘에 죽게 되어 원통한 모양이오. 내생(來生)에 태어날 땐 천년 만년 살고 싶다 떼를 쓰고 있으니, 그 소원 들어주기 전엔 이 상여가 꼼짝달싹도 안 할 거요.

옹모와 상여꾼들은 더욱 극성스럽게 빌어댄다.

옹 모 비옵니다 비옵니다!
하늘 향해 비옵니다!

상여꾼들 비나이다 비나이다!
하늘 향해 비나이다!

옹 모 이왕지사 주시려면
부귀영화 복동이를
점지하여 주옵소서!

상여꾼들 내생에는 태어나서
천 년 만 년 오래도록
수명 길게 해주소서!

옹 모 비옵니다 비옵니다!
하늘 향해 비옵니다!

상여꾼들 비나이다 비나이다!

십장생의 신선들이 모여 상의한다.

해 저 사람들 소원을 어떻게 해야 좋겠소? 들어 주자니 지나친 욕심이구, 안 들어 주자니 그냥 물러갈 것 같진 않구…….

거 북 저 사람들 목소리는 천둥소리보다 더 크오!

산	저 고집스런 마음은 태산보다 무겁소!
소나무	저 독촉하는 꼴들을 보시오. 달달 볶아대니 어디 견딜 수가 있
	겠소?
신선들	정말 저 극성에는 견딜 수가 없구려!

십장생의 신선들, 옹모와 상여꾼들을 향하여 말한다.

신선들	너희 소원대로 되어라!
	상여 속의 죽은 자는
	저 여인의 몸 속으로 들어가
	다시 태어나라!
옹 모	(하늘을 향해 큰절을 하더니 얼른 일어나 어깨춤을 춘다.)
	얼시구나 좋구나!
	절씨구나 좋구나!
	복동이를 낳는구나!
	자식 없다 구박 많던
	범 같은 시부모며
	여우 같은 시누이야
	열 달만 기다려라!
상여꾼들	(상여를 떠메 든다.)
	어허어 헤어여라 영차어허야
	일락서산에 해 떨어지고
	월출동령에 달 솟아온다
	어허어 허여여라 영차어허야

옹모와 상여꾼들, 재빠른 걸음으로 퇴장한다. 신선들이 남아서 근심
스런 표정을 짓는다.

해	그들 소원을 들어준다 했지만…… 뭔가 잘못한 것 같구려.

불로초　부귀영화에 수명장수라, 그건 너무 지나친 욕심이 아니겠소?

물　그들 소원은 옳지 못한 것이었소. 그 소원을 들어 주지 않는다 해서 우리를 탓하지는 못할 거요.

구 름　사람의 옳고 그른 소원을 가리자는 말씀이오?

불로초　그렇소.

구 름　그건 참으로 인색한 짓이오.

불로초　무슨 소원이든 떼를 쓴다구 다 들어 준다면 세상 사람들 심보만 나빠질 거요.

해　내 걱정이 바로 그 점이오. 어디 사람들의 소원을 적어 놓은 기록 좀 봅시다.

거 북　(두툼한 책을 가슴에서 꺼내 주며) 여기 그 기록이 있소.

해　(기록을 뒤적이며) 이 세상엔 모자란 것도, 지나친 것도, 보탤 것도, 뺄 것도 없는데, 어째서 사람들의 소원은 자꾸만 많아지는지 모르겠소.

불로초　앞으로는 소원을 가려서 들어 줍시다.

구 름　왜 그러시오? 우리가 인색하면 사람들은 숨통이 막힌 듯이 답답해 할 것이오!

물　사람들의 행실을 고치기 위해서라도 소원은 가려 들어 주는 게 좋겠소!

소나무　그랬다간 오히려 역효과만 날 거요!

산·돌·사슴　아, 진정하시오. 사람의 욕심 때문에 우리끼리 다퉈서야 되겠소?

해　(결정을 내리듯이) 이제 와서 이미 해버린 그들과의 약속을 어길 수는 없는 일이오. 그러니 우리 이렇게 합시다. 이 세상에서 가장 수명 길고 부자로 살 고집쟁이를 태어나게 해서, 그가 저지를 온갖 못된 짓을 보고 모든 사람들이 크게 깨닫는 바 있도록 하면 어떻겠소?

신선들　그것 참 좋은 생각이오!

신선들이 노래한다.

신선들　홀연히 깨닫고
　　　　삼라만상 둘러보아라.
　　　　모자란 것도 없고
　　　　보탤 것도 없고
　　　　뺄 것도 없나니
　　　　해는 동쪽에 떴다가 서쪽에 지고
　　　　달은 서쪽에 기울었다가 동쪽에 솟네!

제2장

여름밤. 십장생도에 둥근 보름달이 떠오른다. 만삭의 임신부를 연상
시키는 불룩한 배를 가진 개구리떼가 개골개골 시끄럽게 떠든다. 큰
눈이 툭 튀어나온 왕개구리가 관객들에게 사람 말로 해석하여 들려
준다.

개구리떼　개골 개골 개골 개골-.
왕개　　보름달 밤 애를 가졌지.
개구리떼　개골 개골 개골 개골 개골-.
왕개　　옹가네 며느리가 애를 가졌지.
개구리떼　개골 개골 개골 개골-.
왕개　　그날 밤 하늘이 이상했었지.
개구리떼　개골 개골 개골 개골 개골-.
왕개　　불길하게 꼬리 달린 별이 나타났었지.
개구리떼　개골 개골 개골 개골-.
왕개　　그 별이 보름달을 먹어치웠지.

십장생도에 긴 꼬리의 혜성이 나타난다. 둥근 보름달은 월식하듯 조금씩 사라진다. 개구리떼는 무섭다는 듯이 더욱 소리를 높인다.

개구리떼 개골 개골 개골 개골 개골—.

왕개구리 야금야금 배부르게 먹어치웠지.

개구리떼 개골 개골 개골 개골—.

왕개구리 하늘도 캄캄하고 땅도 캄캄한 무서운 밤.

개구리떼 개골 개골 개골 개골 개골—.

왕개구리 옹가네 며느리는 자꾸만 배가 불렀지.

개구리떼 개골 개골 개골 개골—.

왕개구리 둥글게 둥글게 터질 듯이 배가 불렀지.

개구리떼 개골 개골 개골 개골 개골—.

왕개구리 옹가네 며느리는 그 큰 배가 좋아서 웃고만 있지.

개구리떼 개골 개골 개골 개골—.

왕개구리 깔깔 깔깔깔 좋아서 웃고만 있지.

개구리떼 깔깔 깔깔깔 까르르—.

왕개구리 깔깔 깔깔깔 둥근 배를 만지면서 웃고만 있지.

개구리떼 깔깔 깔깔깔 까르르—.

왕개구리 한밤중의 개구리떼, 깔깔거리며 웃으면 무슨 일이 일어나느냐구? 그건 이 세상이 온통 시끄러워질 징조지!

개구리떼 깔깔 깔깔깔 깔깔 까르르—.

신선들, 개구리떼에게 고함을 지른다.

신선들 이놈들, 너희가 뭘 안다구 떠드느냐?

개구리떼 깔깔 까르르—.

신선들 요사스럽게 웃지 마라! 돌 던진다!

개구리떼 (돌 던진다는 말에 만삭 같은 배를 부둥켜안고 넘어지며 엎어지며 도망간다.)

제3장

아침. 개구리떼가 도망간 쪽에서 옹모가 들어온다. 만삭의 그녀의 배는 엄청나게 불러서 몸을 제대로 가누지 못한다. 악사들, 옹모의 우스꽝스런 걸음에 맞춰 희화적인 음악을 연주한다.

옹 모   아이구 배야! 아이구, 무거워라! 걸을 수도 없고, 앉을 수도 없고, 누울 수도 없고, 엎드릴 수도 없네! (자신의 배를 두드리며) 이놈아, 그만 좀 나오너라! 여느 아기 같으면 열 달 만에 뱃속에서 나오는 법인데, 어쩌자고 너는 열두 달이 지났건만 나오려 하질 않느냐? (배를 감당하지 못하고 넘어진다.) 아이구, 배에 짓눌려 죽겠네! 사람 살려요, 사람 살려!

신선들, 등장한다.

신선들   누가 살려 달라고 부르는구려.
해   어디서 부르는지 살펴봅시다.
옹 모   사람 살려요!
신선들   (옹모를 찾아내고) 길 한복판에 누워서 무슨 짓인가?
옹 모   어서 일으켜 줘요! 배에 눌려서 죽겠어요!
신선들   딱하기도 해라! 배가 이 꼴이면 집안에 가만 있을 것이지 무슨 나들람!
옹 모   한 고개 넘고 두 고개 넘어 열두 고개 넘으면 신선을 만날 수 있다기에 찾아가는 길이에요.
신선들   신선을 만나 뭘 하려구?
옹 모   (불룩한 배를 가리키며) 이 속에 뭐가 들어 있는지 물어 보려구요.
신선들   그 뱃속엔 고집이 잔뜩 들어 있지.
옹 모   아이구, 자식이 아니라 고집이라뇨?

신선들	자식은 자식인데 고집이 세다 그거지.
옹 모	(안도의 숨을 쉬며) 고집이 세면 어때요, 자식이면 됐지! 그런데 아들인가요? 딸인가요?
신선들	뭐면 좋겠나?
옹 모	그거야 아들이지요.
신선들	아들이 틀림없네.
옹 모	얼시구 좋아라! 절씨구 좋네! 제 남편 성이 옹가(雍哥)니깐, 옹 뒤에 고집을 붙이면 옹고집, 제 아들 이름을 옹고집으로 정했 어요! 그런데 옹고집이 언제쯤 이 뱃속에서 나올 건지 그걸 좀 가르쳐 줘요.
신선들	(난처한 표정을 지으면서 입을 다문다.)
옹 모	그런데 왜 난처한 표정들이에요?
신선들	(침묵)
옹 모	뭣 때문에요?
신선들	(침묵)
옹 모	(벌컥 화를 낸다.) 좋아요. 말해줄 때까지 여기 꼼짝도 않고 있겠 어요.
신선들	(고개를 저으며) 쯧쯧, 또 고집을 부리는군!
소나무	임자, 내 말 좀 들소. 임자가 부귀영화 누릴 자식 낳게 해달라 고 빌어댈 때, 수명장수 누리도록 해달라는 사람 있어 그 둘을 합쳤으니, 그 고집덩어리가 이 세상에 태어나면 무슨 짓을 할 것 같나?
불로초	불 보듯 뻔한 거지! 이것도 제 것, 저것도 제 것, 온갖 재물 긁 어 모아 고대광실 집을 짓고, 창고마다 금은보화, 사방팔방 논 과 밭에, 남종 여종 수백 명에, 소·말·닭·돼지는 부지기수 효라ㅡ.
옹 모	(좋아서 입이 벌어지며) 그거 참 팔자 한번 기막히네요!
불로초	그러나 다음 말을 들어 보게. 그렇게도 많은 재산 돈 쓰기가 아까워서 동냥 달라 찾아오면 쪽박마저 깨버리고, 동기간에

인정 없고 이웃간엔 사정 없고, 매몰차기가 놀부보다 더한 위인이니 심지어는 임자가 늙고 병 들어 누웠는데도 약 한 첩 지어 주기는커녕 동지섣달 추운 방에 군불 한번 때주지 않을 걸세.

옹 모 (실쭉해지며 자신의 배를 주먹으로 쥐어박는다.) 그놈 성미치곤 고약하네!

신선들 임자 아들이 그 모양이니 우리가 어찌 걱정하지 않겠나? 그래서 해산을 망설이고 있는 거네.

옹 모 아이구, 배야! 아이구, 무거워 죽겠네! 그렇다고 내 뱃속에만 그냥 둘 수는 없어요. 어떻게 낳을 수 있는지 그 방법이나 가르쳐 줘요!

신선들 (더욱 난처한 표정이 되어 침묵한다.)

옹 모 왜 또 입을 꼭 다무셔요?

신선들 (침묵)

옹 모 (드러누우며) 그럼 하는 수 없군요. 누워서 기다릴 수밖엔.

신선들 저 고집은 당해내지 못하겠군!

옹 모 (벌떡 상반신을 일으키며) 그러니깐 어서 해산하는 방법이나 가르쳐 줘요!

거 북 어렵게 낳는 방법과 쉽게 낳는 방법 두 가지가 있는데ㅡ.

옹 모 쉽게 낳는 방법이 뭐죠?

신선들 쉽게 낳는 방법은 좋지 않으니 어렵게 낳는 방법만 가르쳐 주지.

거 북 (옹모에게 다가오며) 임자, 내 말을 듣소. 보통 아기 같으면 열 달 만에 해산할 수 있겠으나, 임자 아기는 옹고집이라 열 달 두 곱, 스무 달이 걸려야 낳을 수 있네.

옹 모 (자지러지며) 아이구, 배야! 단 하루도 견디기가 어려운데 스무 달을 참으라니ㅡ 아이구, 나 죽네!

거 북 죽는다 그런 소리 말게. 산모가 임신중엔 험한 말을 해선 안 되고, 궂은 일을 생각해도 안 되고, 못된 짓은 해서도 안 되니,

그건 장차 태어날 아기를 착하고 올바르게 하기 위함일세. 그런 아들 낳으면 평생 동안 기쁨인데 어찌 스무 달쯤 견디기가 어렵다 하는가?

옹 모　쓸데없는 걱정 말아요! 내가 자식을 낳게 되면 공자 어머니 맹자 어머니보다 훌륭히 키울 거예요!

신선들　(노래한다.) 쉽게 얻으려 하지 말아라!
　　　　일찍 잃게 마련이며
　　　　다급히 이루려 하지 말아라!
　　　　오래 보존하기 힘들며
　　　　진통 없이 해산하지 말아라!
　　　　사람의 소중함을 알기 어려우리라.

거 북　어렵고, 힘들고, 오랜 과정으로
　　　　사람의 형상은 만들어지니
　　　　사람의 둥근 머리를 보아라
　　　　하늘의 둥근 모습과 같고
　　　　사람의 네모난 발을 보아라
　　　　땅의 편편한 모습과 같고
　　　　사람의 팔과 다리 사지(四肢)를 보아라
　　　　하늘의 춘하추동 사시(四時)와 같고
　　　　사람의 오장(五臟)을 보아라
　　　　하늘의 그 목 수 화 토 오행(五行)과 같고
　　　　사람의 피 흐르는 혈맥을 보아라!
　　　　땅의 물 흐르는 수맥과 같고
　　　　사람의 모발을 보아라!
　　　　땅의 풀과 나무와 같은즉
　　　　사람의 오묘한 조화를 보아라!
　　　　천지만물의 오묘한 조화를 보아라!

옹 모　오묘하구 뭐구, 나머지 쉽게 낳는 방법이나 가르쳐 줘요!

거 북　그건 좋지 않으니 차라리 말 안 하겠네.

옹 모	말해 줘요, 제발!
신선들	(일어서며) 우린 그만 여기를 떠나세.
거 북	고생스러워도 스무 달을 참게나. 마음과 행실을 정결히 하고 견디면 반드시 훌륭한 아들을 낳을 걸세.
옹 모	여보셔요, 걸음을 멈춰요! 그 쉬운 것 좀 가르쳐 줘요! (가슴에 찼던 돈주머니를 끌러서 멀어져 가는 신선들을 향해 내던진다.)
거 북	(돈주머니를 주워서 옹모에게 되던지며) 복채는 필요없네. 좋은 아들 낳으려거든 어렵다 말고 견디게!
옹 모	아이구, 주머니가 터져서 돈 쏟아지네! (되던져진 돈주머니에서 쏟아져 흩어진 돈들을 주워 모으려다가 넘어진다.) 사람 살려요!사람 살려! 그런데…… 이게…… 뭐냐? 뱃속에 든 녀석이 나올려고 요동을 치네!
	오, 그렇구나! 이 녀석이 지금까지 꼼짝 않더니, 돈 주워 가지려는 욕심으로 나올려구 하는구나! (사라지는 신선들을 향해 외친다.) 이봐요, 나도 알았어요! 쉽게 낳는 방법을 나도 알았다구요!

제4장

무대 천장에서 '산파(産婆)의 집'이라는 깃발이 지붕 위에 꽂힌 조그만 장막이 나풀거리며 내려온다. 옹모가 해산하러 그 안으로 들어간다. 이 소식을 들은 구경꾼들과 장사꾼들이 모여들어서 산파의 집 앞은 장터처럼 소란스럽다. 구경꾼들이 장난스럽게 돈타령을 부르며 춤을 추면, 엿장수 떡장수 팥죽장수 또한 구성지게 타령을 부르며 춤을 춘다.

구경꾼들	돈, 돈, 돈을 봐라!
	돈, 돈, 돈이로구나!

정승판서 높은 양반도
이 돈한테는 허리끈을 푼다.
돈, 돈, 돈을 봐라!
돈, 돈, 돈이로구나!

장사꾼들 떡, 떡, 떡 사시오!
인절미에 꿀 바른 떡
부처님도 침 삼킨다.
떡, 떡, 떡 사시오!

엿, 엿, 엿 사시오!
울릉도 호박엿
넋 빼주고 엿 먹는다.
엿, 엿, 엿 사시오!

죽, 죽, 죽 사시오!
달콤달콤 단팥죽
금강산도 식후경이란다.
죽, 죽, 죽 사시오!

옹모의 남편 (혼자 애타는 모습으로 장막 안을 향하여) 여보시오, 산파할멈. 낳았수, 못 낳았수?

산파할멈 (장막 안에서) 아직도 멀었수.

옹모의 남편 아이구, 열 달에다 두 달이 더 지났는데 아직도 멀었다니!

구경꾼들 (옹부를 놀려대며) 그 덕분에 심심찮은 구경 생겨 좋소!

장사꾼들 구경꾼이 모여드니 우린 돈 벌어서 좋소!

옹 부 남부끄럽소, 남부끄러워. (털썩 주저앉아 두 다리를 뻗으며) 희한한 구경 났다 시골법석 야단이니 마누라 잘못 얻어 집안 망신만 당하고 있소.

늙은 구경꾼 어허, 그런 소리 말게. 난산당한 산모 목숨이 소중하지 그까짓 집안 망신 뭐 그리 대단한가!

산파할멈 (놋대야를 들고 장막 안에서 나오며, 이마에 흐르는 땀을 닦는다.) 이 나이껏 산파 노릇 했건마는 이런 일은 처음이오. 글쎄 무슨 애가 돈을 갖다 주면 뱃속에서 나올 듯하다가도, 돈 떨어지면 딱 멈춰 나오질 않으니 이 일을 어찌해야 좋겠수?

구경꾼들 (재미있다는 표정으로, 옹부에게) 돈 떨어지면 안 나온다잖소? 어서 돈 더 가져 오구려.

옹 부 우리 집에 있는 돈은 다 갖다 주었소!

장사꾼들 그러니깐 안 나오지. 친척들 돈도 다 모아다가 줬소?

옹 부 (울상을 짓고) 친척들 돈 역시 긁어 모아다 줬소.

구경꾼들 그러니깐 안 나오지. 이웃집에 빚 얻어서 그 돈마저 갖다줬소?

옹 부 이 집 저 집 빚 얻어서 그 돈마저 갖다 줬소.

산파할멈 그럼 어떻게 한다? 옳지! 구경꾼들한텐 구경세 걷고, 장사꾼들한테는 자릿세를 걷어야겠네! (놋대야를 들고 돌아다닌다.) 수북하게 걷혔구나! 이 돈 받고 얼른 나오너리!

할멈이 들어간 후 어린 아기의 울음소리가 터져 나온다. 구경꾼들과 장사꾼들이 그 소리를 듣고 장막 앞으로 우르르 몰려간다.

사람들 할멈, 산파할멈, 뭘 낳았소?

산파할멈 (장막 안에서) 고추요! 고추 달고 나왔수!

사람들 경사났네! 경사났어!

늙은 구경꾼 (옹부에게) 천만다행일세! 자식 없다 한탄 많이 하더니만 지금은 기분이 어떠한가?

옹 부 (주저앉은 채 고개를 푹 숙이고) 기쁘고 기뻐서 죽겠소.

산파할멈 (장막 밖으로 나와서 옹부에게) 산모 아기 건강하니 마음 푹 놓으시우. (구경꾼들과 장사꾼을 쫓으며) 여보시우, 이젠 구경 끝났으니 그만들 돌아가구려. 장터마냥 시끌법석해서 산모 편히 쉬질 못하겠수!

구경꾼들 (옹부를 무등 태우며) 아들이 생겼으니 축하술을 먹어야지! (장사
꾼들에게 따라오라는 손짓을 하며) 다들 색주집으로 갑시다! 이
양반이 득자 턱을 걸판지게 낼 모양이오!

옹 부 내려놔요, 내려놔!

사람들 어허, 이 양반이 왜 그러시나? 아들 태어났는데 축하술을 내
놓아야지!

옹부를 무등 태운 구경꾼들과 장사꾼들이 떠난 장막 주위는 고요해
진다. 산파할멈, 한시름 놓았다는 듯 담뱃대를 꺼내 불을 붙인다. 사
이. 아름다운 저녁노을이 십장생도를 가득 채운다. 사이. 옹모가 탈
진한 모습으로 장막 안에서 나온다.

산파할멈 들어가구려. 산모가 금방 일어나면 몸에 해롭소.

옹 모 (울음을 터뜨릴 듯한 얼굴로) 할멈…… 할멈…… 나 죽을 뻔했어
요…….

산파할멈 (옹모를 껴안고 다독거리며) 울지 마오. 자식 하나 낳는 일이 죽기
보다 어려운 일이라우.

옹 모 (울음을 터뜨린다.) 목숨 내놓고 낳은 자식, 정말 잘 키울 거예
요.

산파할멈 암, 그래야지…… 암, 그래야지…….

옹부, 술에 취해 비틀비틀 걸으며 들어온다.

산파할멈 산모는 놔두고 어딜 갔다 오시우?

옹 부 끄윽끄윽– 억지로 끌려가서 바가지술을 마셨수.

산파할멈 바가지술을 마셨든 항아리술을 마셨든 그거야 상관없소만 산
후에 쓸 물건들은 준비해 놨수?

옹 부 끄윽끄윽– 산후에 쓸 거라니?

산파할멈 산모 먹을 미역하구 좁쌀은 당장 있어야지, 그리고 아기 배내

옷과 기저귀, 대문에 금줄 칠 새끼줄이며 솔가지 고추 참숯 등은 어찌 되었수?

옹 모 저 답답한 양반이 뭘 준비해 뒀겠어요!

옹 부 답답한 건 내가 아니라 당신이라구! 언제 애 낳을지 당신도 모르는데 내가 어찌 알구 준비할 수 있었겠나?

산파할멈 아이구, 여러 말 마시우. (옹모를 장막 안으로 부축해서 데려가며) 산모는 들어가 누워 있구려. 미역은 조금 있으니 우선 그걸로 국이나 끓여야겠수.

옹 모 할멈, 이 은혜는 뭘로 갚지요?

산파할멈 산파한테 갚을 것은 따로 없지. 아까 산모 말한 대로 죽기보다 힘들게 낳은 자식, 선한 사람으로 잘 키우면 그게 바로 보답이우.

산파할멈과 옹모가 면박을 주고 장막 안으로 들어가 버리자 옹부는 멋쩍은 표정을 짓고 우두커니 서 있다. 사이. 하늘에서 그를 부르는 소리가 들린다.

신선들 여보게− 여보게−.

옹 부 누가 날 부르나? (사방을 두리번거리나 찾지 못하며) 누가 날 불렀소?

신선들 우리가 불렀네. 그래, 아무리 정신 없기로서니 갓난아기 태어날 때 아무 준비도 안 했는가?

옹 부 (계면쩍다는 듯이 머리를 긁으며) 그게…… 당해 본 사람이 아니면 모를 것이구만요.

신선들 여기 하늘의 아름다운 무지개 한 필을 보내니 어린애 기저귀 감으로 쓰게. (일곱 빛깔의 아름다운 천이 하늘로부터 펼쳐져서 내려온다.) 땅에서 사람이 태어나면 하늘이 기뻐하네!

옹 부 (무지개 천을 받아 들고 사방에 절을 한다.) 고맙구만요, 고마워요. (장막 안으로 달음질치듯 들어가며) 여보, 이걸 보라구! 기저귀감 가져왔수!

제5장

십장생도에서 천진난만한 어린이의 탈을 쓴 신선들이 나와서 줄넘기 놀이를 한다. 두 명의 신선이 마주서서 기다란 줄을 돌리면 나머지 여덟 명의 신선들이 차례대로 그 줄을 뛰어넘는다. 그 놀이는 반복되면서 선창과 후창의 주고받는 노래를 한다.

신선들   줄을 돌려라! 줄을 돌려라!
줄을 넘어라! 줄을 넘어라!
선한 것에서 선한 것이 생기고
악한 것에서 악한 것이 생긴다.
부지런한 어미를 보아라
부지런한 자식을 기르고
게으른 어미를 보아라.
게으른 자식을 기르고
너그러운 어미를 보아라.
너그러운 자식을 기르고
심술궂은 어미를 보아라.
심술궂은 자식을 기르고
정직한 어미를 보아라.
정직한 자식을 기르고
교활한 어미를 보아라.
교활한 자식을 기른다.
줄을 돌려라 줄을 돌려라!
줄을 넘어라! 줄을 넘어라!
어미의 좋은 행실에서

자식의 좋은 행실이 생기고
어미의 나쁜 마음에서
자식의 나쁜 마음이 생긴다.
줄을 돌려라! 줄을 돌려라!
줄을 넘어라! 줄을 넘어라!

제6장

신선들의 줄넘기 놀이는 통통하게 살찐 암탉이 이러저리 쫓겨 다니는 바람에 중단된다. 열다섯 살 가량의 소년 옹고집이 암탉 뒤를 쫓아다니더니 마침내 붙잡아 목을 비튼다. 신선들이 그 잔인한 행동에 눈살을 찌푸리며 흩어진다. 옹모가 몹시 성난 모습으로 회초리를 들고 나온다.

옹 모 이놈, 고집아! 옹고집아! 어디 있느냐!

옹고집 (천연덕스럽게 하품을 하며) 귀청 떨어지겠네. 곤히 낮잠 자는 나를 왜 불러요?

옹 모 이놈아, 에미 속 좀 그만 썩여라! 낮잠 잔다 누워 있던 놈이 어느새 일어나 뒷집 장닭은 잡아먹었느냐?

옹고집 뒷집 장닭이 문 앞에서 오락가락하니깐 잠을 잘 수가 있어야지요.

옹 모 그걸 말이라고 해? 뒷집 어르신네가 닭값 물어내라고 노발대발하신다!

옹고집 그 어르신네 억지소릴 하시네! 자기 집 닭이 잘못해서 죽은 걸 왜 나더러 값을 물어내라 해요?

옹 모 이놈 고집아, 네가 남의 집 물건을 탐한 것이 한두 번이냐? 봄이면 보리이삭 훑어다가 불에 그슬려 먹고, 여름이면 참외 수박 서리하여 배 터지게 먹고, 가을이면 남의 추수한 곡식을 덥

석 집어 오고, 겨울이면 동넷집 닭이란 닭은 다 잡아먹으니,
(회초리를 흔들며) 오늘은 가만 두지 않겠다! 단단히 매를 쳐서
바른 사람 만들 테니 그리 알아라!

옹고집 어머님 나를 못 때릴 것이구만요.

옹 모 왜 내가 너를 못 때려?

옹고집 보리이삭 훑어다가 불에 그슬려 놓으면 어머니도 맛있게 잡수
셨거든요. 참외 수박 서리해 올 때에도, 어머닌 겉으로는 화를
내며 꾸짖는 체하시면서 속으로는 좋아하셨잖아요.

옹 모 뭐가 어째? 내가 언제 좋아하더냐!

옹고집 어머니 잘못은 덮어 두고 자식 잘못만 나무라니 그 버릇이 고
쳐질 리 없다구요.

옹 모 아이구, 네가 누굴 닮아서 이 모양이냐?

옹고집 어머니 닮아서 그러지요. 아버지가 늘 하시는 말씀 있잖아요.
"너 하는 꼴을 보면 애비 닮은 덴 한 군데도 없다. 모두 네 어
밀 닮았구나!"

옹 모 그 양반이 생사람 잡는구나! 내 잘못이 밤톨 만하게 작다면 그
양반 잘못은 바윗덩어리만큼 크다! 그런데도 성인군자인 척
행세하니 뻔뻔스럽기 한이 없다!

옹고집 그것 봐요. 겉과 속이 다르기는 아버지도 마찬가지라구요!

옹 모 이놈아, 너 지금 누구 욕을 하느냐?

옹고집 욕하는 게 아니에요. 이 세상 사람이란 다 그렇다는 거죠.

옹 모 (회초리를 흔들며) 어린놈이 못 할 말이 없구나! 당장 종아리를
걷어라! 네 놈을 바로잡아야겠다!

옹고집 (태연하게 종아리를 걷으며) 못된 버릇 고치시려거든 엄포만 놓
지 말구 호되게 때리세요. 하지만 내 종아리 때리실 때 어머니
종아리도 때리시구, 아버지 종아리도 때리시구, 이 세상 모든
사람들 종아리를 다 때리셔야 해요. 만약 내 종아리만 때리셨
다간 원통하고 분통하여 목 매달아 죽을 테요.

옹 모 (기가 막힌 듯 물끄러미 바라보다가 회초리를 내던지고 땅에 주저앉

아 통곡한다.) 이놈 옹고집아, 장차 네가 커서 무엇이 되려구 그러느냐?

십장생의 신선들이 몸에는 가사 입고, 손에는 목탁과 염주를 든 중 모습이 되어 등장한다. 신선들은 눈먼 맹인 시늉을 하면서 서로의 옷자락과 지팡이를 붙잡고 더듬더듬 들어온다.

옹 모   (놀란 표정이 되며) 웬…… 스님들이오?

신선들   자비를 베푸시오. 소승들은 이 댁에 시주 얻으러 왔소.

옹 모   스님들은 소문도 못 들었소? 동냥 얻으러 왔다가 매만 맞고 간다는 옹고집의 집이 바로 여기요.

신선들   자비를 베푸시오.

옹 모   아이구, 앞 못 보는 봉사 스님들이라 뭘 모르고 찾아온 모양이네!

옹고집   너희 놈들 잘 만났다! 마침 울화가 치미는 때 화풀이 할 것 생겼구나! (옹모에게) 어머니, 그 회초리 좀 빌려주시오! 이놈들 혼 좀 내야겠소!

옹 모   오냐, 알았다. (회초리를 주워 들고 일어서며) 스님들, 잘못했다 싹싹 빌며 용서를 구하구려.

맨 앞의 신선   아까 문밖에서 통곡 소릴 들었소. 자식의 못된 버릇 고치려다가 오히려 부모 잘못 들여대니 기가 막혀 통곡을 하셨잖소?

옹 모   (시치미를 떼며) 통곡이라니? 그런 일 전혀 없소. 우리 아들 옹고집은 욕심이라곤 전혀 없어 남의 닭 한 번 훔치질 않았고, 우리 내외도 온 세상이 다 알아주는 착한 사람들이라오.

옹고집   어머니, 얼른 그 회초리 좀 주시오!

옹 모   (옹고집에게 회초릴 주며) 오냐. 눈먼 것을 불쌍히 여겼더니 안되겠구나.

맨 앞의 신선   여기 옹고집의 조상들을 데려왔소. (눈먼 신선들을 가리키며) 옹고집의 할아버지, 증조 할아버지, 고조 할아버지, 시조 할아버지…… 모두가 갖고자 하는 욕심 때문에 눈이 멀었소.

신선들 (차례대로 말한다.) 옹고집아, 내가 너의 할아버지다.

내가 증조 할아버지다.

내가 고조 할아버지다.

내가 시조 할아버지다…….

옹고집 어째서 우리 조상이 눈먼 소경들이란 말이냐?

신선들 옹고집아, 눈먼 옹고집아!

옹고집 이젠 나까지 눈멀었다니! 너희가 매 맞으려고 환장을 했구나!

신선들 자비를 베풀어라! 사람의 욕심이란 한도 없고 끝도 없어 그냥 두면 핏줄 따라 대대로 이어지는 법이다. 자비를 베풀어라! 욕심의 기다란 끈, 어둠에 묶인 끈을 끊어라!

맨 앞의 신선 옹고집아, 눈을 뜨고 광명을 보아라! 천지만물에 무엇 하나 지나친 것이 있느냐? 모자란 것이 있느냐? 보탤 것이 있느냐? 뺄 것이 있느냐?

신선들 자비를 베풀어라! 오직 어리석은 자만이 천지만물의 근본 모습을 보지 못해 아귀처럼 갖고자 애쓸 뿐이다. 자비를 베풀어라! 욕심의 기다란 끈, 어둠에 묶인 끈을 끊어라!

옹고집 (교활하게) 듣고 보니 옳은 말씀이오. 스님들께 시주 담뿍 드릴 테니 조금만 기다리시오.

옹 모 옹고집아, 어딜 가느냐?

옹고집 뒤뜰 곳간에 쌀 가지러 가오.

옹 모 (좋아하며) 참 다행한 일이구려. 내 아들이 스님들 말씀 듣고 깨닫는 게 있는 모양이오.

맨 앞의 스님 자비 베푸는 일에 게을리 마시오. 남에게 하나를 주면 열을 얻게 되는 법이라오.

옹 모 (손가락을 꼽으며 계산한다.) 하나를 주면 열을 얻는다…… 그러니까 열을 주면…… 백이 되는구나. 여보시오, 스님들. 쌀 열 가마니를 시주할 테니 당장 백 가마니를 주시겠소?

옹고집 (뒤뜰에서 바가지를 들고 온다.) 여기 쌀 퍼왔소. 자루를 꺼내 열어젖히고 듬뿍듬뿍 받으시오.

신선들, 바랑에서 자루를 꺼내 받을 준비를 한다. 옹고집은 그 자루마다 바가지에 퍼 온 오물을 담아준다. 신선들은 그 지독한 냄새에 코를 싸쥐고 도망간다.

옹고집   눈먼 놈들이 도망은 잘 치네!
옹 모   아이구, 이 지독한 냄새가 뭐냐?
옹고집   뭐긴 뭐겠소. 뒷간에서 퍼 온 똥오줌이지!
옹 모   이놈, 옹고집아! 네가 또 몹쓸 짓을 하였구나!
옹고집   이 세상이 어떤 곳이라는 것쯤은 세 살 먹은 어린애도 알지! 보태고 보태어도 채워지질 않는 밑 빠진 독 같은 곳이거든! 그런데도 저 빌어먹고 다니는 놈들은 이 세상이 온갖 좋은 것으로 가득 차 있다구 거짓말을 하지. 어머니, 내가 몹쓸 짓을 한 게 아니라 바로 저런 놈들이 사람을 속이고 다니는 몹쓸 짓을 하는 거요! (죽은 암탉을 집어들고 퇴장하며) 어머니, 부엌에 가서 물이나 펄펄 끓이시오. 뒷집 닭을 삶아 맛있게 먹읍시다!
옹 모   그래…… 그렇지…… (허공을 둘러본다.) 옹고집 말이 옳아. 눈을 뜨고, 이렇게 크게 눈을 부릅뜨고, 사방팔방을 둘러봐도 이 세상은 텅 비었네! 아이구, 배고파! 아무리 채워도 가득 차질 않는 밑 빠진 독, 아무리 먹어도 허기만 지는 배 같은 세상이라구!

제 7장

신선들이 온몸을 씻어내고 말리는 동작이 밝은 십장생도에 그림자로 비춰진다.

신선들　더러워라, 칠년 홍수로 몸을 씻으리!
노여워라, 칠년 가뭄으로 몸을 말리리!

일년, 이년, 삼년, 사년, 오년, 육년, 칠년
해마다 홍수로 몸을 씻었네!
일년, 이년, 삼년, 사년, 오년, 육년, 칠년,
해마다 가뭄으로 몸을 말렸네!

그래도 그래도 냄새가 난다!
더러운 탐욕의 냄새
노여운 집착의 냄새
오, 지독하고 지독한 옹고집 냄새!
십사 년간 씻고 말렸는데 냄새가 난다!

제 8장

가을날, 옹고집의 논에서 아낙네들이 낫으로 벼를 베는 힘겨운 추수
일을 하면서 구슬픈 노래를 부르고 있다.

아낙네들　어허어허 어허여여
어으어으 어허여라
칠년 동안 홍수 지고
칠년 동안 가뭄 드니
배가 고파 눈물 나네
아낙네 가　한 살 먹어 밥 배우고
두 살 먹어 걸음 배워
세 살 먹어 언문 배워
네 살 먹어 한자 배워

다섯 살에 길쌈 배워
열네 살에 시집 갔네.

아낙네들 어허어허 어허여여
어으어으 어혀어라
칠년 동안 홍수 지고
칠년 동안 가뭄 드니
배가 고파 눈물 나네

아낙네 나 시집 가서 사흘 만에
시어머니 하는 말씀
엊그제 온 며느리야
가을 곡식 익었으니
추수하러 나가거라
우리 논이 어디 있소
허리끈을 질끈 묶고
낫을 들며 물었더니
우리 논은 한뼘 없다
홍수 들고 가뭄 들어
옹고집한테 다 팔았다

아낙네들 어허어허 어허여여
어으어으 어허여라
칠년 동안 홍수 지고
칠년 동안 가뭄 드니
배가 고파 눈물 나네

아낙네 다 서럽구나 우리 신세
자기 땅은 한뼘 없고
남의 땅의 삯꾼일세
허기진 배 부여잡고
구슬 같은 땀 흘리며
익은 벼를 베다 보면

	점심때가 당해오네
아낙네들	어허어허 어허여여
	어으어으 어허여라
	칠년 동안 홍수 지고
	칠년 동안 가뭄 드니
	배가 고파 눈물 나네
아낙네 라	동네 점심 다 나와도
	우리 점심 아니 와서
	옹고집네 찾아가니
	범과 같은 옹고집이
	도끼눈을 부릅뜨고
	천둥같이 호통치며
	겨우 그걸 일이라고
	점심때가 덜 돼왔나
	에라 요년 물러쳐라
	걸음걸음 뒷걸음에
	부엌으로 들어가니
	눈 흘기며 하는 말씀
	겨우 그걸 일이라고
	밥 먹으러 찾아왔나
	에라 요년 물러쳐라
아낙네들	어허어허 어허여어
	어흐어으 어허여라
	나오느니 한숨이고
	쏟아지니 눈물일세
	내 땅 없어 남의 땅에
	삯꾼 노릇 서러웁네
	풍년 농사 지어봤자
	옹고집만 좋아하고

흉년 농사 지어봤자
우리네만 배가 곯네

산파할멈, 포대기에 싼 갓난아기를 안고 와서 아낙네들을 향해 손짓
하며 부른다.

산파할멈 여보시우, 이 갓난애한테 젖 좀 주구려. 엊저녁에 해산하다 산
모 죽고, 이 어린것만 살았는데 젖 없다구 울고 있수.

아낙네들이 일을 멈추고 둘러앉아 갓난아기에게 번갈아 젖을 물린다.

아낙네들 넓고 넓은 이 세상에
누굴 믿고 태어났나
옹고집네 논과 밭에
종놈 되러 태어났나
종년 되러 태어났나
산파할멈 쯧쯧, 어린것한테 몹쓸 소리 하구 있네!
아낙네들 어린것이 불쌍해서 그렇지요.
산파할멈 하늘이 사람 낼 땐 모두가 다 깊은 뜻이 있는 거유.

멀리서 상여 소리가 들려온다.

아낙네 가 할멈, 태어나고 죽는 게 무슨 뜻이 있겠어요. 그냥저냥 태어나
서 고생만 실컷 하다 죽으면 그만이지. (어린애 얼굴을 들여다보
며) 아이구, 이 아무것도 모르는 것아! 나오지도 않는 젖꼭지
를 물고서 벌름벌름 웃고 있네!

만장을 들고 상여를 멘 사람들이 요령을 울리며 밭두렁 위를 지나
간다. 아낙네들은 갓난아기를 산파할멈에게 되돌려준다. 산파할멈,

갓난아기를 포대기에 싸서 안고 상여 뒤를 따라간다. 아낙네들이 다시 호미질을 하며 노래한다.

아낙네들 어허어허 어허여어
어으어으 어허여라
나오느니 한숨이고
쏟아지니 눈물일세
내 땅 없어 남의 땅에
삯꾼 노릇 서러웁네
풍년 농사 지어봤자
옹고집만 좋아하고
흉년 농사 지어봤자
우리네만 배가 곯네

제 9장

깊은 밤. 옹고집의 저택. 갓난아기의 울음소리와 상여의 호곡소리가 뒤섞여 환청처럼, 바람소리처럼 들려온다. 옹부와 옹모, 늙고 병든 모습으로 누워있다. 사이. 옹부가 잠을 못 이루고 몸을 뒤채이더니 상반신을 일으키고 기운 없는 목소리로 옹고집을 부른다.

옹 부 고집아 ― 고집아 ―
옹 모 영감, 왜 잠을 못 이루시오?
옹 부 방이 얼음처럼 차서 잠이 오질 않아. 고집아, 옹고집아 ―

청년기의 옹고집, 부모에게 다가와서 무릎을 꿇고 앉는다. 채워지지 않는 탐욕이 빚어낸 침울한 모습이다. 옹부와 옹모는 옹고집의 모습에 두려움을 느끼고 움츠러든다.

옹고집   이 깊은 밤, 어찌하여 저를 부르시었소?

옹 부   방이 차서…… 온몸이 시려. 장작불 좀 때 다오.

옹고집   아버님, 사람이란 늙으면 몸이 시렵기 마련이오. 방에 불 땐다구 다시 젊어져 더운 놈 되지 않으니 그냥 누워 주무시오.

옹 모   (옹고집의 눈치를 살피며) 그래, 네 말이 맞다. 방에 불 땐다고 늙은 몸이 다시 젊어지겠냐. 방은 차거워도 좋으니 밥을 좀 다오. 허연 쌀밥에 고기국 말아먹고 싶구나.

옹고집   어머님, 사람이란 병들면 식욕이 없어지는 법이오. 멀건 죽에 소금 약간 넣어 조석으로 두 끼씩만 잡수셔도 족할 것이오.

옹 부   그럼 밥은 그만두고 약이나 지어 다오. 우리가 늙고 병든 후로 약 한 첩 먹질 못했으니 영락없이 죽게 생겼구나.

옹고집   약이라 하면 불로초(不老草)가 제일인데 진시황도 못 구한 그것을 제가 어찌 구할 수 있단 말씀이오?

옹 부   오냐, 네 말이 모두 맞다! (기가 막히다는 표정으로 옹고집을 바라보더니 드러눕는다.) 여보, 마누라, 기가 막혀서 오늘 밤 내가 죽겠소.

옹 모   (옹부의 몸을 흔들며, 슬프게) 영감 ― 영감 ―

옹고집   오늘 밤 수를 다하신다 해도, 사람들이 아버님을 오래 사셨다 하실 것이오.

옹 모   이놈 고집아, 네가 어찌 그리 매정하냐!

옹고집   억지 말씀 마십시오. 아버님 어머님 늙고 병든 후로 제 마음 단 하루도 편한 날이 없었소. 사람이란 저렇구나…… 한번 태어났다가 한번 죽으면 그만인 것…… 응야응야 울면서 태어난 게 바로 어제 같을 텐데, 오늘 밤이 밝기도 전에 벌써 늙고 병들어 죽게 되는구나…… (슬픈 표정으로 눈물을 주르르 흘리며) 사람이란 건 허무하고 허무할 뿐이오.

옹 모   (옹고집을 달래듯이) 그러니깐 고집아 살아 있을 때 잘 먹고 잘 입어야 할 것 아니냐?

옹고집   (고개를 가로젓는다.) 그래본들 쓸데없는 짓…… 덧없는 인생이 허무할 뿐, 잘 먹고 잘 입어도 괴롭기는 마찬가지요.

옹 부 여보 마누라, 저 지독한 놈하고 말도 마오. 온갖 재물 긁어모아 산더미처럼 쌓아 둔 놈이, 늙고 병든 부모 밥 한 그릇 약 한 첩 주기 싫어서 능청을 떠는구려.

옹 모 저놈이 분명코 천벌을 받을 것이오!

옹고집 어머님마저 악담을 하시오?

옹 모 악담이 아니다, 이놈아! 사람들이 모두 다 너를 욕하더라! 네가 가진 그 많은 재산, 살아 있을 때 잘 써야지 너 죽으면 아무 소용없다! 두고 보아라, 죽으면 단돈 한 푼이나 가져갈 수 있을 것 같으냐?

옹고집 (머리를 숙이고 한숨을 쉬며) 죽을 때 가져갈 수나 있다면 재산 모으는 재미도 있을 것이오. 허나 저한텐 그런 재미없소. 가져도 가져도 헛되기만 하고, 모으고 모아도 텅 비었으니, 언제나 부족해서 갈증만 날 뿐이오.

환청처럼, 바람소리처럼 들려오던 갓난아기의 울음소리와 상여의 호곡 소리는 징 장구 아쟁 단소의 연주 소리로 바뀌어진다. 옹고집의 청지기가 잠에서 덜 깬 모습으로 다급하게 들어온다.

청지기 나으리 — 나으리 —

옹고집 웬 호들갑이냐?

청지기 이게 무슨 변고입니까. 깊은 밤중에 초라니떼가 몰려와서 나으리를 뵙겠다고 야단입니다요.

옹고집 초라니떼?

청지기 네, 나으리. 붉은 저고리에 푸른 치마를 입고 괴상한 탈을 쓴 자들이 잔뜩 몰려왔습니다요.

옹고집 불러들여라!

청지기 네, 나으리.

옹고집 (옹부와 옹모에게) 마음이 울적하던 차에 초라니떼가 왔다 하오.

옹부모 나는 싫다. 너나 실컷 즐겨라!

옹고집 이왕에 불러들인 것, 돌아눕지 말고 똑바로 앉아서 구경이나
하시오.

청지기가 초라니떼를 데리고 들어온다. 열 명의 신선들이 붉은 저고
리 푸른 치마를 입고, 얼굴에는 갓 태어난 아기의 탈로부터 늙은이
의 탈까지 연령에 따라 변하는 인간의 모양을 본뜬 탈을 썼다.

초라니떼 (옹고집에게 절을 하며) 나으리께 문안 드리오.

옹고집 오냐, 너희들 잘 왔다. 나를 즐겁게 해다오. 그러나 너희 재주
가 신통치 않아 나를 즐겁게 못할 때는, 구경값은 커녕 몰매를
맞을 것이다. 알겠느냐?

초라니떼 나으리는 하늘을 아시오?

옹고집 이놈들아 내가 어찌 하늘을 모르겠느냐! (허공을 가리치며) 바로
저 위에 있다!

초라니떼 땅을 아시오?

옹고집 (밑을 가리키며) 땅은 이 아래 있다!

초라니떼 사람을 아시오?

옹고집 (중간을 가리키며) 사람은 천지간에 있다!

초라니떼 그럼 나으리는 하늘과 땅과 사람의 조화를 아시오? 모든 것은
차면 기울고, 기울면 차는 법이오. 보름달이 초승달 되고, 깊
은 바다 솟아나 높은 산 되고, 메마른 땅 강이 흘러 옥토가 되
고, 옥토는 물이 말라 황야가 되고, 가진 자는 잃게 되고, 잃은
자는 갖게 되고, 태어난 자 죽게 되고 죽은 자는 태어나고--

옹고집 사설이 길다! 어서 재주를 보여라!

초라니떼 (악사들에게) 쳐라!

악사들, 빠른 장단을 연주한다. 열 명의 초라니들이 손을 잡고 둥글
게 돌아가는 원형의 춤을 춘다. 그러다가 일순간, 옹고집에게 탈 쓴

얼굴을 불쑥불쑥 번갈아 내민다. 태어나서 죽기까지, 죽어서 태어나기까지의 사람 모습이 끊이지 않고 이어져서 반복된다.

옹고집　멈춰라! 너희들 재주가 겨우 그거냐?
초라니　저희 재주가 어때서 그러시오? 모자란 것이 있소? 지나친 것이 있소? 보탤 것이 있소? 뺄 것이 있소?
옹고집　(청지기에게) 저놈들을 몰래 쳐서 쫓아내라!
초라니떼　하나, 나으리는 참즐거움을 모르시는구려!
옹고집　뭘 하느냐! 저놈들을 쫓아내라니까!
청지기　(장대를 휘두르며) 주인 나으리 화나셨다! 어서들 나가거라!
초라니떼　(원형으로 빙글빙글 춤추면서 물러간다.)
　　　　　모자란 것도 없고
　　　　　지나친 것도 없고
　　　　　보탤 것도 없고
　　　　　뺄 것도 없네

　　　　　청지기, 초라니떼를 쫓아내고 되돌아온다.

청지기　나으리, 대문을 활짝 열고 쫓아냈습니다요.
옹고집　(초라니떼가 물러간 쪽을 가리키며) 이놈아, 저건 또 무엇이냐?
청지기　아이구, 맙소사! 문을 활짝 열었더니 저것들이 몰려오네!

　　　　　가난한 사람들이 옹고집을 향하여 다가온다. 그들 가운데에는 산파할멈도 있다. 악사들, 슬픈 곡조를 연주한다.

가난한 사람들　자비를 베푸십시오! 도움을 주십시오!
옹고집　(붙들고 늘어지는 가난한 사람들을 뿌리치며) 어허, 언제 너희가 베푼 것이 있느냐, 준 것이 있느냐?
가난한 사람들　자비를 베푸십시오!

가난한 여자 배가 고파서 그럽니다. 먹을 것을 주시어요.

옹고집 나는 내 것을 먹는다! 너희는 너희 것을 먹어라!

가난한 남자 도움을 주십시오. 저희에게 도움을 주시면 하늘이 나으리께 몇 배로 갚아 드릴 것입니다.

옹고집 하늘이 갚는다?

가난한 사람들 네, 나으리.

옹고집 그렇다면 하늘을 보아라. (조롱하듯 하늘을 가리키며) 저기 구름이 떠 있구나! 너희가 구름을 잡아오면 쌀 한 가마를 주리라! 저기, 달과 별이 있구나! 너희가 저것들을 따오면 베 한 필을 주리라!

가난한 사람들 자비를 베푸십시오! 도움을 주십시오!

옹고집 사람이란 놀고 먹으면 가난해진다. 가난해지면 원망이 일어나고, 원망이 일어나면 싸움이 잦아지고, 싸움이 잦아지면 도둑이 많이 생기는 법이다. 바로 너희들, 주지도 않은 것을 달라고 하는 놈들은 도둑이나 다름없다. (청지기에게) 그 장대로 매를 쳐라! 이놈들의 버릇을 고쳐야겠다!

가난한 사람들, 두려움에 질려서 주춤주춤 뒤로 물러난다. 산파할멈이 옹고집 앞으로 나온다.

산파할멈 나으리, 옹고집 나으리 —

옹고집 너는 누구냐?

산파할멈 저를 모르십니까? 나으리 출산 때 제가 이 두 손으로 받았습지요.

옹고집 그래서?

산파할멈 나으리, 예전엔 흉년 들면 사람들이 서로 가진 것을 나눠 주며 도와 살 줄 알았습니다. 허나 나으리 태어나신 후 세상이 달라졌지요. 이젠 나으리를 닮아서 가진 사람들이 자기 것을 움켜잡고 내놓지를 않으니, 우리같이 가진 것 없는 사람은 풍년 들어도 살기가 어렵습니다.

가난한 사람들 자비를 베푸십시오!

산파할멈 나으리, 여기 있는 이 사람들은 태어날 때 모두 제 손으로 받아냈습니다. 그러니 나으리와 한 동기간이나 다름없지 않겠습니까?

가난한 사람들 도움을 주십시오!

산파할멈 가진 것을 나눠 주십시오. 혼자서만 모든 것을 갖고자 하시면 나으리 자신마저 잃게 되옵니다.

옹고집 (역정을 내며) 나는 나다! 내가 어찌 나를 잃어버리겠느냐!

산파할멈 아닙니다, 나으리. 이 늙은 것이 다른 건 몰라도 사람이 뭔지는 압니다. 자기 것만 너무 고집하는 사람은 모든 것을 잃고 자기 자신마저 잃게 되옵니다.

옹고집 하하, 어디에서 가짜 옹고집이 나타나서 진짜 옹고집인 나를 쫓아낸다, 그 말이냐?

산파할멈 제 말을 귀담아 들으십시오, 나으리.

옹고집 네가 노망이 들었구나! (청지기에게) 여봐라, 뭘 하느냐? 이 노망 든 것을 매섭게 두들겨서 쫓아내어라!

장대를 든 청지기는 망설이다가 옹고집의 재촉에 산파할멈을 붙잡아 끌고 나간다. 가난한 사람들이 울면서 흩어진다. 옹부와 옹모가 땅을 치며 탄식한다.

옹 부 아이구, 고집아! 넌 사람이 아니다!

옹 모 모양만 사람같이 생겼을 뿐 넌 사람이 아니야!

옹고집 (눈살을 찌푸리며) 도대체 무슨 말씀이오? 내가 사람이 아니라면 사람 아닌 것이 나란 말이오?

제 10장

무대는 어두워지고 십장생도가 환하게 밝아진다. 신선들의 모습을 보이지 않으나 그들이 부르는 노래는 천지에 가득 울려 퍼진다.

신선들   어리석은 자는 깨닫지 못한다!
모든 것은 보태어도 많아지지 않고
고집스런 자는 깨닫지 못한다!
모든 것은 빼내어도 적어지지 않으니
천지만물의 오묘한 조화를 보아라!
모든 것은 늘지도 줄지도 않으나
어리석은 자의 탐욕만 늘어나고
모든 것은 늘지도 줄지도 않으나
고집스런 자의 허욕만 줄지 않는다
애석하여라, 헛되고 헛된 욕심에 사로잡혀
자신의 참모습을 잃어버리니
비옹사옹, 옹고집이 사람 아닌 것 같고
비옹사옹, 사람 아닌 것이 옹고집과 같구나!

제11장

황량한 가을 들판. 추수를 끝낸 뒤의 논 여기저기에 허수아비들이 서 있다. 바람이 노한 듯이 거세게 불고, 구름이 모여 곧 천둥치고 비가 쏟아질 것 같다. 옹고집에게 매를 맞은 산파할멈이 논 가운데 누워 있다.

허수아비들   할멈······.
산파할멈   (침묵)

허수아비들 할멈…… 산파할멈…….

산파할멈 음…….

허수아비들 정신 좀 드시오?

산파할멈 그런데…… 여긴 어딘가…….

허수아비들 가을걷이 끝난 텅 빈 들판이우.

산파할멈 내가…… 왜…… 이 들판에 누워 있나?

허수아비들 옹고집이 할멈을 실컷 때려서는 이 들판 한가운데 버려 놨수.

산파할멈 (일어나려고 몸을 움직인다.)

허수아비들 아직은 가만 누워 계시우. 쑥을 찧어서 매 맞은 상처마다 붙여 놨수.

산파할멈 (훌쩍훌쩍 울며) 고맙구려.

허수아비들 뭘…… 다 늙은 할멈이 울기는…….

산파할멈 (주위를 둘러보며) 그런데 누구요? 어디에서 소리가 나는 거지?

허수아비들 누구긴…… 논 가운데 서 있는 허수아비들이지.

산파할멈 정말 그렇군. (허수아비 하나를 턱으로 가리키며) 저기 저 험상궂은 허수아빈 꼭 옹고집처럼 생겼네.

험상궂은 허수아비 하하, 내 모습이 꼭 옹고집같이 생겼다구 지나가는 사람들마다 그럽디다.

산파할멈 (훌쩍훌쩍 울며) 원통한 매를 맞으니깐 자꾸 눈물만 나오네.

바람이 더욱 거칠게 불면서 번개가 치고 천둥이 울린다.

산파할멈 하늘도 무심하시지…… 벼락 치듯 옹고집을 혼내 주면 좋으련만…….

허수아비들 하늘이 노한 것 같수.

산파할멈 (몸을 떨면서 일어나 외친다.) 제발 옹고집 좀 혼내 주시오! 사람들 마음속이 후련하게 혼내 주시우!

벼락이 옹고집처럼 생긴 허수아비를 향해 떨어진다. 그러자 그 허수아비는 살아서 움직인다.

허수아비들 할멈, 저 허수아빌 보시우! 살아서 흔들흔들, 어디론가 가고 있수!

산파할멈 저건 옹고집마냥 생긴 허수아비 아니냐! (하늘을 향하여 외친다.) 바람은 말해 주시오! 구름은 말해 주시오! 비는 말해 주시오! 번개와 천둥은 말해 주시오! 저 허수아비가 어디로 가고 있는지 말해 주시오!

험상궂은 허수아비 나는 가짜 옹고집이 되어 진짜 옹고집을 혼내주러 간다!

산파할멈 저기 저 허수아비를 보아라.

저기 저 허수아비를 보아라!

눈을 부릅뜨고 화가 나서 걸어간다!

입을 쫙 벌리고 분이 나서 걸어간다!

두 팔을 휘두르며 혼내 주러 걸어간다!

두 발을 걷어차며 몰아내려 걸어간다!

선한 일은 반드시 보답이 있고

악한 일은 반드시 보복이 있으며

천지만물의 오묘한 조화를 보아라!

까치가 머리로써 종을 쳐 은혜를 갚듯

허수아비가 변신하여 원한을 갚는다!

제2장

옹고집의 저택. 생김새와 말씨와 몸짓이 똑같은 두 명의 옹고집이 서로 자기 자신이 진자 옹고집임을 주장하면서 다투고 있다.

옹고집 가 너는 누구냐?

옹고집 나 너는 누구냐?

옹고집 가 나는 옹고집이다!

옹고집 나 나는 옹고집이다!

옹고집 가 무엄하다, 이놈!

옹고집 나 무엄하다, 이놈!

옹고집 가 내가 옹고집인데 어찌 네가 옹고집이라 하느냐?

옹고집 나 내가 옹고집인데 어찌 네가 옹고집이라 하느냐?

　　　두 명의 옹고집, 한쪽이 다른 쪽의 멱살을 잡으면 다른 쪽도 한쪽의 멱살을 잡고, 한쪽이 코를 만지면서 외면을 하면 다른 쪽도 코를 만지면서 외면을 하고, 한쪽이 뒷걸음으로 도망을 가면 다른 쪽도 뒷걸음으로 나란히 도망을 간다.

옹고집 가 아이구, 내 흉내를 내지 말아라!

옹고집 나 아이구, 내 흉내를 내지 말아라!

　　　두 명의 옹고집은 온갖 동작을 취함으로써 상대방이 그 동작을 따라하지 못하도록 애쓰지만 판에 박아낸 듯 두 옹고집의 동작이 똑같다.

옹고집 가 이거 큰일났구나! (하인을 부른다.) 여봐라, 거기 아무도 없느냐? 이놈을 쫓아내어라!

옹고집 나 여봐라, 이리 와서 이놈을 쫓아내어라!

　　　청지기가 장대를 들고 와서 두 명의 옹고집을 번갈아 바라보더니 놀라와한다.

청지기 어느 쪽이 주인 나으리신지……?

옹고집 가 나를 모르겠느냐? 내가 바로 진짜 주인이시다!

옹고집 나 내가 너를 잘 안다. 너는 우리 집 청지기가 아니냐?

하인들	그러하옵니다만…… .
옹고집 나	내가 진짜 옹고집이고 이놈이 가짜니라. 어서 쫓아내어라!
옹고집 가	내가 네 이름을 잘 안다. 너는 장쇠 아니냐?
청기지	그러하옵니다만…… .
옹고집 가	내가 진짜 옹고집이고 이놈이 가짜니라. 어서 쫓아내어라!

청지기, 진위를 가리지 못하고 어찌할 바를 모른다.

청지기	저는 누가 진짜이며 누가 가짜인지 모르겠으나 나으리의 부모님을 모셔 올까요?
옹고집 가	그거 좋은 생각이다! (옹고집 나에게) 이 가짜 놈아, 우리 부모 나오시면 네 본색이 탄로날 줄 알아라!
옹고집 나	우리 아버님 왼쪽 뺨에는 검정 사마귀가 있느니라!
옹고집 가	어허, 네가 어찌 그걸 알고 있느냐?
옹고집 나	내가 진짜 옹고집이니까 알고 있지!
옹고집 가	우리 어머님은 양미간이 좁고 눈이 위로 찢어졌으며 얼굴이 말처럼 기다랗게 생겼느니라!
옹고집 나	어허, 어찌 네가 그걸 아느냐?
옹고집 가	내가 진짜 옹고집이니까 알고 있지!
옹고집 나	(분함을 참지 못하고 옹고집 가의 멱살을 잡는다.) 양반 체면에 참으려 했지만 도저히 안 되겠다! 이놈아, 혼 좀 나봐라!
옹고집 가	(옹고집 나의 멱살을 맞잡는다.) 이놈아, 너야말로 혼 좀 나봐라!

청지기가 옹부와 옹모를 데려온다.

청지기	두 양반은 다투지 마시고 가만 좀 계시오.
옹고집 나	아이구, 아버님! 글쎄 제가 사랑에 앉아서 장죽을 입에 물고 뻐끔뻐끔 담배를 피우는데, 난생 처음 보는 이놈이 방문을 걷어차며 들어오질 않았겠소!

옹고집 가 그게 아니오, 아버님! 제가 잠깐 소피 보러 갔다 왔더니, 버르
장머리 없게 이놈이 내 장죽을 제것마냥 입에 물고 뻐끔뻐끔
담배를 피우고 있질 않았겠소!

옹 부 (두 옹고집을 번갈아 바라보며) 이런 변이 어디 있나! 두 놈이 똑
같구나!

옹고집 가 어머님, 멀뚱멀뚱 바라만 보지 말고 구별 좀 해주시오!

옹 모 이놈이 저놈 같고 저놈이 이놈 같으니, 어떤 놈이 내 아들이
냐?

옹부와 옹모, 서로 나누어 옹고집들을 살펴본다.

옹 부 이놈이 틀림없는 우리 아들 옹고집 같소.

옹 모 그놈이 아니라 이놈이 우리 아들 옹고집 같구려.

옹부와 옹모, 왼쪽과 오른쪽을 살펴본다.

옹 부 그렇군. 이놈이 틀림없는 우리 아들 옹고집이오.

옹 모 아니오. 이놈이 틀림없는 우리 아들 옹고집이오.

옹고집들 (땅에 주저앉아 통곡한다.) 어쩌다가 이런 일이 생겼느냐!

청지기 (웃음을 참지 못하고 터뜨린다.)

옹고집들 이놈아, 뭐가 좋아서 웃느냐!

청지기 동네사람들이 담 너머에 몰려와서 웃고 있으니 저도 따라 웃
었지요.

옹고집들 뭐, 동네사람들이…… (고개를 들고 둘러보더니 놀란 표정이 되어
얼른 엎드리며 얼굴을 가린다.) 아이구, 많이도 왔구나! 창피해서
얼굴 들지 못하겠다!

청지기 (옹부와 옹모에게) 저 동네사람들 모셔다가 판단케 하면 어떨까
요?

옹부모 그렇구나! 어서 모셔오너라!

청지기, 동네사람들을 데려오려고 퇴장한다.

옹고집 가 (옹고집 나에게) 동네 사람들 들어오면 네 본색이 탄로난다! 어서 잘못했다고 싹싹 빌어라!

옹고집 나 동네 사람들 들어오면 너야말로 야단난다! 무릎 꿇고 싹싹 빌어라!

옹고집 가 (옹고집 나의 멱살을 잡고) 이 가짜놈아, 어서 빌어라!

옹고집 나 (옹고집 가의 멱살을 맞잡고) 이 가짜놈아, 어서 빌어라!

옹 부 내가 이럴 줄 알았다. 비몽인지 사몽인지 꿈을 꿨는데, 허허벌판 들판에서 꼭 옹고집 닮은 허수아비가 흔들흔들 우리 집으로 걸어 들어오더라.

옹고집 가 (옹고집 나에게) 바로 너를 두고 하는 말이다!

옹고집 나 (옹고집 가에게) 이놈아, 너를 두고 하는 말이다!

옹 모 나도 개꿈인지 태몽인지, 기이한 꿈을 꿨다. 내가 원앙금침 펼쳐 놓고 허수아비와 동침하고 누워서는 한량없이 즐기더라.

옹고집들 아이구, 망측해라!

옹 모 아무래도 태몽이 분명하지! 애가 아기를 무수히 낳는데, 낳아 놓은 아기마다 너를 닮은 허수아비더라.

청지기가 동네 사람들을 데리고 들어온다.

옹고집들 여보시오 동네사람들, 누가 진짜인지 분별을 해주시오.

동네사람들 (두 명의 옹고집을 바라본다.) 가만 있거라…… 머리 같고, 가슴 같고, 팔뚝 같고, 다리 같으니 분별하기 어렵구나. 누가 진짜인지 증거를 내놓구려.

옹고집 나 여보시오, 내가 진짜 옹고집이니 우리 가문의 족보를 들어 보시오. 증조부 존함은 맹송이고, 조부 존함은 맹충이며, 선친 존함은 맹진이오. 어머니 성은 최씨, 본은 진주요, 슬하에 한 아들을 두셨는데, 그 아들이 바로 나요!

옹부모	그래, 우리 족보를 훤히 알고 있으니 네가 바로 진짜구나!
옹고집 가	아니오! 원래 가짜는 진짜처럼 보이려고 족보를 거들먹거리는 법이오. 그러나 진짜는 집안의 재물을 낱낱이 알고 있으니……
옹고집 나	(옹고집 가의 말을 가로채어 막힘없이 읊는다.) 우리 집 곡간에 쌓아둔 쌀이 삼천 석이요, 콩이 일천 석이요, 보리가 오백 석이며, 외양간에 기르는 소가 칠백 마리요, 마구간에 기르는 말이 이백 마리며, 안방 장롱 속에 금이 스무 관이요, 은이 오십 관이며, 사랑방 문갑 속에 집문서가 삼백 장이요, 땅문서가 육백 장이요, 빚 주고 잡아 둔 남의 집과 땅문서가 구백 장이며, 다락방 선반 위엔 비단이 오백 필 있는데, 그 중에 하나는 좀이 먹어서 군데군데 구멍이 뚫려 있소. 방금 내 말이 틀렸거든 나를 쫓아내고 내 말이 맞았거든 저놈을 쫓아내시오!
동네사람들	(옹부와 옹모에게) 어떠시오, 방금 그 말이 사실 대로요?
옹부모	단 하나도 틀리지 않았소!
동네사람들	(옹고집 나를 가리키며) 그럼 이쪽이 틀림없는 옹고집이구려!
옹고집 가	아버지, 원통하오! 어머니, 진짜는 나요! 동네사람들아, 옹고집은 바로 나다! (아무런 반응이 없자 답답하다는 듯이 자기의 가슴을 치며) 아이구, 답답하여라! 진짜는 가짜라 하고 가짜는 진짜라 하니 기가 막혀 죽겠구나!
옹고집 나	내가 진짜인데 기가 막힐 게 뭐 있느냐? (청지기에게) 남의 재산 탐이 나서 진짜인 체 행세한 놈, 이놈을 몹시 쳐서 집 밖으로 쫓아내라!

청지기, 옹고집 가의 멱살을 붙잡아 이끌고 나간다.

옹 부	여보, 마누라!
옹 모	영감, 이게 꿈이요, 생시오?
동네사람들	진짜 아들을 찾았으니 불행 중 다행이오!

옹고집 나	(옹모에게) 어머닌 기쁘지도 않으시오?
옹 모	오냐, 내 아들을 찾았으니 기쁘다만 그 아들이 옹고집이라니 슬프기도 하구나!
옹 부	이럴 땐 소를 잡고 떡을 해야 흥이 나는 법인데, 인색한 네가 그럴 리 없지!
옹고집 나	(토라지는 표정으로) 아버진 염치없이 먹는 것만 찾으시오? 소 안 잡고 떡 안 해도 신나고 흥나는 수가 있으니 두고 보시오. 장쇠야, 거기 문밖에 귀한 손님들 왔을 것이다. 대문 활짝 열고 들여보내라!

허수아비들이 꽃가마를 메고 들어온다. 그 가마에서 허수아비 색시가 내려오더니 옹고집과 부모에게 큰절을 한다. 옹고집의 마당은 혼인 잔치날마냥 시끌법석해지고, 허수아비들이 신나게 춤을 춘다. 옹고집과 허수아비 색시가 부둥켜안고 춤을 추는데, 가마를 메고 왔던 허수아비들이 옹고집 부부의 다리 사이로 작고 수많은 허수아비들을 해산하듯 끌어낸다. 마침내 옹고집 마당은 춤추는 허수아비들로 가득 차고 넘친다.

제3장

겨울, 중년기의 옹고집이 슬픔과 괴로움에 사로잡혀 얼어붙은 땅바닥을 기어다니며 오열하고 있다.

옹고집	슬프다, 진짜는 울면서 쫓겨났는데
	기쁘다, 가짜는 웃으면서 춤을 추네!
	(벌떡 일어나 맴을 돌면서 묻고 묻는다.)
	내가 옳으냐? 네가 그르냐?
	내가 그르냐? 네가 옳으냐?

내가 좋으냐? 네가 나쁘냐?
내가 나쁘냐? 네가 좋으냐?
내가 고웁냐? 네가 미웁냐?
내가 미웁냐? 네가 고웁냐?
내가 진짜냐? 네가 가짜냐?
내가 가짜냐? 네가 진짜냐?
내가 사람이냐? 네가 허수아비냐?
내가 허수아비냐? 네가 사람이냐?
(울고 웃더니 자기 자신의 몸을 쥐어뜯는다.)
괴롭다, 누가 맞고 누가 틀렸는지 알 수 없구나!

십장생도, 차츰차츰 밝아지며 열 명의 신선들 모습이 그림자로 비춰
진다.

신선들　어찌하여 너는 괴로워하느냐?

옹고집　나는 나를 잃어버렸소.

신선들　네가 너를 잃어버린 지 몇 해나 되느냐?

옹고집　몇 해나 되는지도 모르겠소. 십년이 지났는지 이십 년이 지났
　　　　　는지…….

신선들　네가 살아온 길을 되돌아가 보아라.

옹고집　(방향을 바꾸어 맴을 돈다. 사이. 문득 걸음을 멈춘다. 두려움에 질린
　　　　　표정으로 달아나는 몸짓을 한다.)

신선들　무엇이 있느냐?

옹고집　집에서, 거리에서, 시장에서, 두 눈을 부릅뜨고 나를 쫓아내고
　　　　　있소.

신선들　오던 길을 더 되돌아가 보아라.

옹고집　(원형의 맴을 다시 돈다. 사이. 문득 걸음을 멈추고 무엇인가를 뚫어
　　　　　지게 바라본다.)

신선들　거기에 무엇이 있느냐?

옹고집	텅 빈 들판에 허수아비가 서 있소. 그 모양이 나를 꼭 닮았소.
신선들	오던 길을 더 되돌아가 보아라.
옹고집	(원형의 맴을 돌며 걷는다. 사이. 문득 걸음을 멈추고 괴로워하는 표정을 짓는다.)
신선들	거기에 무엇이 있느냐?
옹고집	내가 죄없는 사람을 때리고 있소. 사람들이 아우성을 지르고 있소. 내가 가난한 사람 것을 빼앗고 있소. 사람들이 목이 타고, 가슴이 타고, 넋이 타고 있소.
신선들	오던 길을 더 되돌아가 보아라.
옹고집	(맴을 돌며 걷는다. 사이. 문득 멈춘다.)
신선들	거기엔 무엇이 있느냐?
옹고집	나 때문에 부모님이 서럽게 울고 있소.
신선들	오던 길을 더 되돌아가 보아라.
옹고집	(맴을 돈다. 사이. 문득 멈춘다.)
신선들	무엇이 있느냐?
옹고집	내 어린 시절, 남의 닭을 훔쳐 먹고 있소.
신선들	오던 길을 더 되돌아가 보아라.
옹고집	(맴을 돈다. 사이. 문득 걸음을 멈추고 태아처럼 몸을 둥글게 웅크린다.)
신선들	무엇이 있느냐?
옹고집	내가 태어나기 전, 어머니 뱃속에 웅크리고 있소.
신선들	네가 거기까지 갔구나. 길은 그곳에서 시작이니 일어나서 지금까지 왔던 길을 다시 가라.
옹고집	(몸을 웅크린 채 회한의 감정이 복받쳐 흐느끼며) 난 가지 않겠소! 지금 왔던 길을 다시 가면 난 가짜한테 쫓겨날 뿐이오! 난 다른 길을 가고 싶소! 나를 되찾는 길, 새 길로 나를 가게 해주시오!
신선들	그 새 길이 어떤 길인지 네가 아느냐?
옹고집	이제는 알 것 같소. 나를 나눠주는 길이 나를 되찾는 길이오.

신선들 네가 그것을 깨달으니 우리도 참 기쁘구나! 고집아, 옹고집아, 고개를 들어라!

옹고집 (고개를 들어 십장생도를 바라본다.) 아…… 누구시오?

신선들 네가 그토록 원하던 것이 여기에 있다! 하늘에는 해가 있고, 구름이 있고, 땅에는 산이 있고, 돌이 있고, 물이 있고, 소나무가 있고, 불로초가 있고, 거북이 있고, 학이 있고, 사슴이 있으니, 모자란 것도 없고, 지나친 것도 없고, 보탤 것도 없고, 빼낼 것도 없다. 활짝 눈을 뜨고 보아라! 동쪽의 해가 밝게 보이느냐? 그리하면 서쪽의 저문 달도 맑게 보이리라. 어둠 속에 없던 것이 밝음 속에 있고, 흐림 속에 없던 것이 맑음 속엔 있다. 있는 것을 갖고자 애쓰지 말라! 이미 네가 모든 것을 가졌는데 무엇을 더 갖겠느냐? 잘못된 옛 길을 버리고 바른 새 길로 가라! 오랫동안 헤매다가 너를 찾아 돌아가는 길, 마침내 너는 즐거우리라!

제14장

봄날, 옹고집이 기쁨에 넘쳐 자기 집으로 돌아온다. 크고 작은 허수아비들이 집안에 가득 차 있다.

옹고집 아버님, 제가 왔소!
　　　　어머님, 제가 왔소!

허수아비들이 술렁거린다.

옹고집 하늘은 저 허수아비들을 쫓아내 주시오!
　　　　땅은 쫓아내 주시오!
　　　　사람은 쫓아내 주시오!

진짜 옹고집이 돌아왔으니, 저 가짜들을 몰아내 주시오!

거센 바람이 일어나며 허수아비들이 허공에 떠올라 날아간다. 옹부
와 옹모가 그 광경을 보면서 놀라와한다.

옹 모   놀랍구나! 저것들이 모두 가짜였단 말이냐?

옹고집   어머니 —

옹 모   (옹고집의 얼굴을 어루만지며) 어디 보자, 네가 정말 내 아들이구
나!

옹고집   제가 잘못하였소!

옹 부   (옹고집을 부둥켜안으며) 이놈아, 다시는 못된 짓 말아라! 이런
일 또 있을까봐 겁난다!

옹고집   다시는 안하겠소. 또 못된 짓 했다간 내 모습 꼭 닮은 허수아
비들이 다시 와서 날 쫓아낼 거요.

옹 모   장쇠야, 어디 있냐? 소 잡고 돝 잡아라! 떡 만들고 술 빚어라!
푸짐한 상 차려서 하늘 향해 감사하고, 또 한 상을 차려서 땅
을 향해 감사하고, 또 한 상을 차려서는 사람들과 나눠 먹자!

옹고집   대문을 활짝 열어라! 창고마다 쌓인 재물 온 세상 사람들께 나
눠 드려라! 오늘같이 기쁜 날 잔치 한번 벌여 보자! 나팔 불고
북을 쳐라! 노래하고 춤을 춰라!

진짜 옹고집이 가짜 옹고집과 허수아비들을 몰아내고 큰 잔치를 벌
인다. 옹모는 만나는 사람마다 바른 행실을 하도록 경고한다. 사람
들이 모여든다.

옹 모   여보시오, 내 말 좀 들으시오. 우리 아들 옹고집을 거울삼아
행실 바로 고치시오. 잘못 행실 알면서도 고치지를 아니하면,
당신 모습 꼭 닮은 허수아비 찾아와서 진짜를 몰아내고 주인
행세 제가 하는 기막힌 일 생길 거요. 그때 가서 후회말고 미

리미리 방비하여 얼른얼른 고치시오.

옹고집   (사람들을 마당에 둘러앉히고 큰절을 하며) 절 받으시오. 그동안의
          잘못을 용서하여 주시오.

사람들   이제 고집을 버렸으니 온누리가 밝겠구려!

옹고집   (희열에 가득 찬 모습으로 사람들에게 말한다.) 저기 하늘에는 해가
          비치고 있소.

사람들   구름이 떠 있소.

옹고집   저기 땅에는 산이 솟아 있소.

사람들   돌이 멈춰 있소.

옹고집   물이 흐르고 있소.

사람들   불로초가 꽃을 피우고 있소.

옹고집   소나무가 서 있소.

사람들   거북이 기어가고 있소.

옹고집   학이 날아가고 있소.

사람들   사슴이 뛰어가고 있소.

십장생도가 환하게 밝아지며 신선들이 노래한다.

신선들   해가 동쪽 하늘에서 떠오르면
          달은 서쪽 땅으로 저무네
          달이 동쪽 마을 위에 솟아나면
          해는 서쪽 언덕 아래 지네
          마을에서 어린아기 태어나면
          언덕에선 늙은이 죽어 묻히네
          황천 건너 불어갔던 바람이 되돌아오면
          구름이 몰려와 비를 뿌리네
          봄날 흙 속에 묻힌 종자마다 싹이 트면
          여름날 어린아긴 자라나 젊은이 되네
          가을날 젊은이가 허리 숙인 늙은이 되면

겨울날 늙은이는 종자 되어 땅에 묻히네
해가 뜨고 달이 지고 달이 뜨고 해가 지면
어린아기 되어 다시 태어나네
아, 모자란 것도 없고
아, 지나친 것도 없네!
아, 보탤 것도 없고
아, 뺄 것도 없네!

옹부와 옹모가 어깨춤을 추며 나온다.

옹 부　할멈

옹 모　영감 ─

옹 부　겨울 동안의 찬바람이 봄바람 되어 불고 있소!

옹 모　구름이 몰려오고 있수!

옹 부　비가 쏟아지고 있소!

옹 모　땅에 묻힌 종자마다 싹이 트고 있수!

옹 부　저기, 마을에선 갓 태어난 아기의 울음소리가 들리는구려!

옹 모　저기, 언덕길로 상여가 올라가고 있구려!

무대 왼쪽에서 갓난아기를 안은 산모들이 자장가를 부르며 나온다.

산모들　자장자장 자는구나
우리 아기 잘도 잔다
은자동아 금자동아
수명장수 부귀동아
은을 주면 너를 살까
금을 주면 너를 살까
나라에는 충신동이
부모에는 효자동이

형제간에 우애동이
둥둥둥둥 둥둥둥둥
우리 아기 잘도 잔다.

무대 오른쪽에서 만장을 앞세운 상여가 지나간다.

상여꾼들   에헤 에헤이야
에헤 에헤 에헤야허
날 다려가네 날 다려가네
에헤 에헤이야
에헤 에헤 에헤야허
이제 가면 언제 오나
정은 두고 몸만 가네
에헤 에헤이야
에헤 에헤 에헤야허
북망산천이 멀다 했더니
바로 문앞이 북망산천이구나

옹고집   여보시오, 상여꾼들, 그 뉘 상여요?

상여꾼   산파할멈 상여요.

옹고   (산모에게) 여보시오, 그 뉘 아기요?

산모들   산파할멈 아기요.

산모들과 상여꾼들, 서로 만났다가 지나간다. 옹고집이 춤을 추며
노래한다.

옹고집   노래하며 보아라!
춤을 추며 보아라!
기뻐하며 보아라!
즐거워하며 보아라!

모자란 것이 있느냐?
지나친 것이 있느냐?
보탤 것이 있느냐?
뺄 것이 있느냐?
모자라지 않아 보탤 것이 없고
지나치지 않아 뺄 것이 없으니
천지만물의 기막힌 조화로구나!

악사들의 연주가 고조되는 가운데 십장생도가 더욱더 밝게 비춰진
다. 천천히, 여운을 남기듯 막이 내린다.

이강백 희곡전집 3

초   판 1쇄 발행일 1986년 2월 20일
초   판 4쇄 발행일 1994년 10월 20일
개정1판 1쇄 발행일 1999년 2월 18일
개정1판 2쇄 발행일 2006년 3월 25일
개정2판 1쇄 발행일 2017년 3월 20일
개정2판 2쇄 발행일 2021년 6월 12일

지 은 이   이강백
만 든 이   이정옥
만 든 곳   평민사
            서울시 은평구 수색로 340 〈202호〉
            전화 : 02) 375-8571(代)
            팩스 : 02) 375-8573
            http://blog.naver.com/pyung1976
            이메일 pyung1976@naver.com

등록번호   251-2015-000102호

ISBN   978-89-7115-619-3 04800

정   가   16,000원